내 정원의
붉은 열매

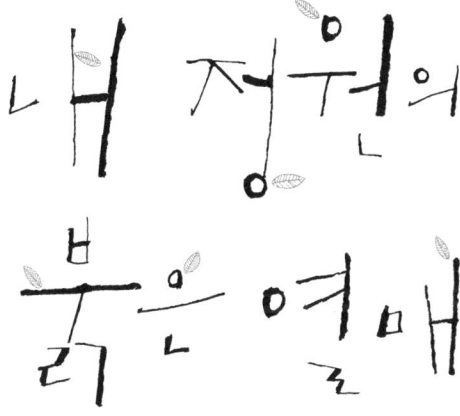

내 정원의 붉은 열매

권여선 소설

문학동네

차 례

빈 찻잔 놓기

누군가 그대 앞에 찻잔이든 술잔이든

빈 잔을 내려놓는다면 경계하라.

그것은 처음에는 온화하고

예의바른 권유로 보일 수도 있지만

언젠가는 그것이 그대에 대한

가장 잔인하고 난폭한 지배로 돌변할 수도 있으니.

1

저녁 무렵 그녀가 강변에 있는 H오피스텔 앞에 도착했을 때는 해가 지고 있었다. 초고층 오피스텔 건물은 중간 부분이 석양에 반사되어 자수정 허리띠를 두른 거대한 사각 기둥처럼 빛나고 있었다. 그녀는 무엇인가를 두려워하고 있었는데 그것이 무엇인지 분명히 알 수가 없었다. 그녀는 건물로 들어가는 대신 강변 쪽으로 나아갔다. 무엇인지 알 수 없는 두려움이야말로 진정한 두려움이라는 생각이 들었다. 그녀와 연선배가 함께 시나리오 작업을 했던 첫 영화에 빗대 표현하자면, 그것은 빈 찻잔에 대한 두려움 같은 것일지도 몰랐다. 〈빈 찻잔 놓기〉는 애플팰리스에서 처음 제작한 영화였고 지금 연선배는 애플팰리스의 공동대표가 되어 저 높다란 오피스텔 건물에 입주해 있다.

오늘 오전 연선배는 오랜만에 그녀에게 전화를 걸어왔다. 전화를 끊고 나서부터 내내 고민했지만 일몰 때까지도 그녀는 결정을 내리지 못한 상태였다. 〈빈 찻잔 놓기〉는 흥행에 성공하지는 못했지만 취향 있는 관객과 평단의 관심을 끄는 데 성공했다. 연선배는 그 정도에 만족한다고 말했다. 다음 개봉될 두번째 영화도 차질 없이 마무리 작업이 진행중이라고 했다. 툭 까놓고 말하면, 하더니 연선배는 첫 영화에 이어 세번째 영화의 시나리오도 그녀와 함께 진행했으면 좋겠다고 말했다.

"그러니 고작가, 저녁 여섯시까지 내 오피스텔로 와주십사고."

연선배는, 더 일찍 와도 좋고, 라는 말을 가볍게 덧붙이더니 몇 달 전에 이사했다는 오피스텔의 이름과 위치를 설명하고 전화를 끊었다. 그녀는 연선배가 말한 H오피스텔을 인터넷에서 검색해보았다. 검색된 내용과 연선배의 목소리, 오랫동안 적조했다가 이제야 전화를 받게 된 사실 등이 한꺼번에 떠오르자 기분이 묘해졌다.

직접 만나서 얘기를 나누지 않아도 알 수 있는 것들이 몇 가지 있다. 연선배는 마치 며칠 전에 만났다 헤어진 사람처럼 그녀를 아무렇지 않게 대하고 있었지만 바로 그 아무렇지 않다는 태도 속에 대단히 인위적인 무엇인가가 감추어져 있었다. 그들이 만나지 못한 반년의 시간이 그녀에게는 아무렇지 않은 게 아니었는데 연선배에게는 아무렇지 않다는 사실. 그것은 아마도 연선배와 그녀가 동일한 감각의 연속선상에 있지 않다는 의미일 것이다. 둘의 위치가 평행을 벗어나 윗항과 아랫항처럼 높낮이를 달리하게 되었다는 의미인지도 몰랐다. 하물며 두 항을 연결하는 비스듬한 각도의 선마저 대단히 희미한 점선에 불과해졌다는 것. 이제 연선배를 더이상 연선배라 부르지 못하고 대표님이라고 불러야 할지도 모른다는 것. 이런저런 생각을 하고 있자니 그녀는 우울하고 나른한 느낌에 사로잡혔다.

　강이 어두워지고 있었다. 그녀는 고개를 돌려 H오피스텔을 올려다보았다. 엘리베이터 라인에 조명이 들어오자 오피스텔 건물은 색을 일변하여 은은한 옥색이 되었다. 수정산처럼 거대한 건물이 그녀와 한강을 내려다보며 우뚝 서 있었다. 그녀는 무엇 때문에 망설이는지 모른 채 오랫동안 망설이고만 있었다. 알 수 없는 초조가 호흡을 불규칙하게 했다. 연선배는 정말 조에게 아주 가벼운 호기심 이외에 아무 감정도 품지 않았을까. 강변에 접한 수정산처럼 거대한 H오피스텔 십구층이 아니라 좁은 골목이 내려다보이는 망원동 M연립 삼층에 살고 있던 그때에도 말이다.

　그곳 302호의 현관문은 항상 열려 있었다. 그녀가 처음 그곳을 방문한 날은 장맛비가 엄청난 기세로 쏟아지던 날이었다. 그녀는 물이 흐르는 우산을 털며 벨을 눌렀다. 벨이 망가졌는지 아무 소리도 나지 않았다. 그녀는 젖은 손으로 문을 두드렸다. 연선배는 징검다리를 건너는 포즈로 한쪽 발로만 현관 바닥을 디딘 채 문을 열었다.

"열려 있었어."

그녀는 젖은 우산을 어디에 놓을까 묻는 얼굴로 연선배를 바라보았다.

"아무 데나 던져놓고 빨리 들어와."

연선배는 뭔가를 막 시작하려는 사람처럼 경쾌하게 서두르고 있었다. 그녀는 우산을 현관 구석에 세워두고 실내로 들어갔다.

"집을 나설 때는 몇 방울씩 떨어지더니 선배네 오면서 점점 퍼붓는 거예요. 이 동네에 오니까 정말 대단하네요. 잘하면 침수되겠어요."

"잘못하면!"

연선배가 나무라듯 그녀의 말을 정정해주었다.

"이 동네 사람들 물 쪽에 피해의식 많거든."

"네, 잘못하면."

그녀는 얌전히 수긍했다.

"어쨌든 제대로 찾아왔네."

그녀가 무심히 고개를 끄덕이자 연선배는 짐짓 엄숙한 얼굴로 제, 대, 로, 라고 반복했다.

"골목에서 못 찾고 좀 헤맸는데."

연선배는 그런 뜻이 아니라는 듯 고개를 살짝 흔들었다.

"너는 지금 비구름의 가장자리에서 비구름의 중심으로 제, 대, 로, 진입한 거야."

12

"그래요? 그거 좋은 건가?"

"좋다기보다는 글쎄, 중심이 아무래도 거룩하지 않니? 변두리는 아기자기하긴 해도 조잡하기 짝이 없잖아?"

연선배는 얼룩투성이에다 한쪽 귀퉁이마저 떨어져나간, 그야말로 조잡하기 짝이 없는 탁자 위에 잔을 두 개 내려놓았다.

"오랜만에 낮술 먹자."

"아니, 선배. 지금은 별로 마시고 싶지 않은데."

"그래? 그럼 나만 마시지 뭐."

그러면서도 연선배는 그녀 앞에 내려놓은 술잔을 치우지 않았다. 눈앞에 빈 잔이 놓여 있나보니 어느 순간 그녀도 자연스럽게 술을 받아 마시고 있었다. 그리고 자연스럽게 연선배와 함께 시나리오 작업을 진행하기로 결정을 보았다. 그것은 그녀가 그즈음에 내린 결정들 중에서 가장 무모하고 신선한 결정이었다.

그날 그녀가 술을 마시지 않겠다고 하는데도 연선배는 그녀 앞에 빈 잔을 내려놓았다. 따지고 보면 연선배는 그녀의 거절을 완곡하게 거절한 셈이었다. 오늘 연선배의 전화를 받기 전까지만 해도 그녀는 자신이 그런 식의 은근한 강요에 대한 두려움에서 벗어났다고 생각했다. 그러나 지금 어두워지는 강을 바라보면서 그녀는 아직도 자신이 그 두려움에서 벗어나지 못했으며 심지어는 더 큰 두려움에 봉착하게 되었다는 사실을 깨달았다. 가장 두려운 것은 어떻게 해서 그렇게 되었는지 모른 채 그녀가 또다시 연선배의 의도대로 빈 잔을 움켜쥐고 뭔가를 받아 마시게 되리라는 점이었다.

그러니까 그들이 함께 만든 첫 영화가 주는 경고 메시지를 요약하자면 이런 것이 될 것이다. 누군가 그대 앞에 찻잔이든 술잔이든 빈 잔을 내려놓는다면 경계하라. 그것은 처음에는 온화하고 예의바른 권유로 보일 수도 있지만 언젠가는 그것이 그대에 대한 가장 잔인하고 난폭한 지배로 돌변할 수도 있으니. 애당초 빈 잔에는 이런 무시무시한 의도가 담겨 있었을 수도 있다. 닥치고 마셔! 안 마셔? 좋아! 두고 보자고. 결국엔 마시게 될 테니!

그녀는 무기력하게 고개를 끄덕였다. 결국엔 마시게 된다. 그러니 앞으로 그녀는 연선배와 다시 작업을 하게 될 것이다.

그날 M연립에서 그들이 두어 시간쯤 이야기를 나눈 뒤였다. 갑자기 복도 쪽이 소란스러워지는가 싶더니 새로운 방문객들이 302호 실내로 쏟아져들어왔다. 수선을 떨며 인사를 하는 그들에게 연선배는 어서 오라는 고갯짓을 하고 그녀에게 하던 얘기를 계속했다. 그녀는 그들 쪽을 쳐다보다 말고 다시 연선배의 얘기에 귀를 기울였다. 연선배의 태도에는 항상 상대의 집중을 요구하는 당당함과 세련됨이 배어 있었다.

방문객들은 모두 다섯 명이었다. 연선배는 목소리를 낮춰 그녀에게 하던 얘기를 서둘러 마쳤는데, 그녀 생각에 연선배의 얘기 중 누가 들어서는 안 될 내용 같은 것은 전혀 없었다. 그래서 사람들이 장난삼아 연선배를 비밀주의자라고 부르며 조금은 어렵게 대하는지도 몰랐다. 그러나 당시의 그녀는 두 살 차이인 연선배를 언니처럼 따르고 좋아했다. 야심이나 권력욕이 그다지 추하지 않게, 오히려 고급스런 액세서리처럼 은은하게 반짝이는 사람이 있다. 연선배는 사람을 긴장감 있게 끌어당기지만 아무리 가까워져도 끝내 가까워졌다는 느낌을 주지 않는 스타일이었다. 그 당시만 해도 그녀는 그런 종류의 사람을, 끝이 보이지 않는 서늘한 동굴 안을 들여다보듯 좋아했다. 세상에는 손바닥만한 웅덩이처럼 뻔히 들여다보이는 사람들이 얼마나 많은가.

그녀와 얘기를 마친 연선배는 새로 들어온 사람 중에 그녀가 모르는 이들을 소개해주었다. 그녀가 모르는 사람은 둘이었는데 한 사람은 입술 빛깔이 유난히 파래서 추워 보이는 젊은 아가씨였고 다른 한 사람은 바로 그였다. 그는 들어온 무리 중 맨 끄트머리였으므로 그녀는 그의 얼굴을 제대로 보지 못했다. 힐끗 본 그는 눈이 조금 작다는 인상을 주었는데 사실 그의 눈은 별로 작지 않았다. 다만 전체적인 표정이 막 자고 일어난 듯 무심하고 아련해 그렇게 보일 따름이었다.

입술이 새파란 예원씨는 연선배의 소개를 받자 그녀를 향해 히죽 웃어 보였다. 그 뒤에서 그는 소개받기를 기다리듯 연선배와 그녀를 번갈아 보고 있었다. 그의 성이 조라는 것을 들었을 때 그녀는 오오, 하고 연선배를 향해 아는 척을 해 보였다. 예전에 연선배에게서 주로 검은 빛깔 계통의 옷을 즐겨 입어 '블랙 조'로 통한다는 청년에 대해 들은 기억이 났다. 그때 연선배가 그에 관해 몇 가지 얘기를 했던 것 같은데 유감스럽게도 그녀의 머릿속에 별로 기억나는 내용은 없었다. 그는 그녀의 얼굴은 보지 않고 연선배를 향해 오오? 라고 되물었다. 아마도 저 여자가 왜 나를 보자마자 오오라고 하는 거지? 하는 의미 같았다. 연선배는 그저 빙그레 웃고 말았다.

그녀가 미리 알고 있었던 셋 중 한 사람은 감독을 맡을 예정이라는 장이었는데, 연선배와 동석한 자리에서 몇 번 만난 적이 있었다. 장감독은 얼굴에 흉터가 있고 대머리인 사내로, 그녀가 볼 때마다 느끼는 것이지만 세상에서 가장 영화감독답지 않게 생긴 사람이었다. 나머지 두 명의 연출부 청년은 한두 번 잠깐 스치듯 본 적이 있었다. 물론 연선배와 함께 있을 때였다.

다섯 명의 방문객들은 며칠 휴가를 보내러 온 사람들처럼 먹을거리를 잔뜩 싸가지고 왔다. 닭튀김과 생선초밥, 즉석에서 끓이기만 하면 되는 일품요리, 과자와 과일, 라면과 김밥과 어포 같은 것들이었는데 일곱 명이 하룻밤에 해치우기에는 그 양이 어마어마했다. 모임의 분위기는 자연스레 그 자리에 모인 사람들을 모두 알고 있는 연선배가 주도했다. 친숙하지 못한 사람들이 때로 모이면 흔히 그렇듯이 그들은 맥이 닿지 않는 얘기들을 나누며 자주 웃었고 조금 빠른 속도로 술을 마셨다. 맥주가 떨어질 만하면 무리 중 아무나 둘씩 짝을 지어 골목길 끝에 있는 구멍가게에서 맥주를 사가지고 와 냉장고에 채워넣었다. 연선배는 미지근한 맥주를 참지 못했는데 모두들 그 사실을 잘 알아 연선배의 참을성을 시험하지 않으려는 것 같았다. 한 번도 맥주를 사러 나가지 않은 사람은 모임을 이끄는 연선배와 소주를 마시는 그녀뿐이었다.

그녀는 조와 대각선 방향에 앉아 있었다. 그는 술을 많이 마시는 것 같지는 않았다. 그는 조금 불안한 데가 있어 보였다. 자주 주위를 두리번거렸고 이명을 들은 듯 벌떡벌떡 일어나 실내를 서성이다 골목이 내려다보이는 베란다로 나갔다 들어오곤 했다. 그녀는 주의가 산만한 사람에게는 주의를 집중하지 못하는 버릇이 있었다. 지금에 와서 아무리 곰곰이 생각해보아도 그녀는 그가 당시 무슨 말을 했는지 정확히 기억할 수가 없다. 그 시간이 다시 온다면 그녀가 연선배의 얘기 때문에 그의 첫인상을 놓친다거나 옆자리에 앉은 장감독의 썰렁한 우스갯소리에 호응하느라 그의 얘기에 집중하지 못하는 일은 결코 없을 것이다.

좌중은 교대로 연선배의 암시에 따라 화제의 무대에 등장해 분위기를 돋우다 저물녘의 잔광처럼 사라지곤 했다. 모임을 주도하는 연선배의 스타일은 흠잡기 어려울 정도로 능란했다. 어느새 그녀는 연선배가 제안한 역할에 맞춰 매우 재능 있고 도도한 여자 선배의 역할을 맡았고, 그는 그녀의 신비한 매력에 끌리는 남자 후배의 역할을 맡고 있었다. 그들의 역할은 연선배의 즉흥적인 암시에 따른 것이었는데, 그와 그녀뿐만 아니라 거기 모인 사람들 모두 연선배의 연출에 비록 만족하지는 않더라도 최소한 순응하는 제스처를 취하고 있었다. 장감독조차도 연선배에게 꼼짝 못해

엄처시하에서 기를 못 펴고 신음하는 공처가 비슷한 역할을 기꺼이 떠맡고 있었다.

그녀는 취기가 오를 만하면 조용히 눈가에 힘을 주는 버릇이 있었다. 그때마다 부릅뜬 그녀의 눈에, 정수리부터 시작해서 눈썹 끝을 지나 볼까지 이어지는 장감독의 큼직한 흉터가 안쓰럽게 들어오곤 했다. 꽤 큰 교통사고를 당해 봉합수술을 받았다는데 맨질한 이마와 뺨을 잇는 사선의 수술 자국은 드넓은 평야에 난 작은 논둑길처럼 도드라졌고, 벗어진 이마까지 벌겋게 달아오른 장감독의 얼굴은 바로 그 논둑길을 지게 지고 걷는 게 가장 어울릴 법한 순박한 농부의 얼굴이었다.

지금에야 비로소 그녀는 의문을 갖는데, 그녀와 조가 처음 만났을 때 연선배는 그들의 짤막한 '오오'라는 인사의 교환 어디에서 비록 장난이나마 그들을 한 쌍의 연인 비슷한 것으로 묶을 만한 단서를 발견했을까? 그녀가 그에게 집중하지 못했던 그 시간, 연선배는 어떻게 그녀가 곧 그에게 몰두할 것이라는 확신을 갖게 되었을까?

그날 M연립에서 마지막으로 술을 사러 나간 커플은 그녀와 그였다. 둘이 맥주를 사러 나가라는 연선배의 명령에 그녀가 자신은 소주를 마신다고 뻗대자 그는 대번에 그럼 자기는 거의 안 마시고 있다고 받아쳤다. 둘은 억울함으로 연대한 커플로 간주되어 더욱 술을 사오라는 부추김을 받았다. 술을 사가지고 돌아오는 길에 취

기 때문인지 그녀는 숨이 좀 가빴다. M연립의 어둡고 좁은 계단
에 들어서자 그녀의 쌕쌕거리는 숨소리는 더 크게 울렸다. 그가
주세요, 라고 했고 그녀는 됐다고 했다. 아이 거 참나, 하며 그는
봉지를 쥔 그녀의 왼손을 꾹 잡아 봉지 끈을 빼내더니 왼손잡이네
요, 라고 나지막이 속삭였다. 양손에 무거운 봉지를 들고 계단을
오르는 그의 뒷모습을 바라보며 그녀는 자신이 연선배의 말대로
지금 그에게 반하는 중인가 하고 의아해했다.

　사건을 다르게 본다면 이런 해석이 더 타당할 수도 있다. 그녀
가 원래부터 그에게 반할 운명이었던 게 아니라 연선배의 연출을
통해 모종의 역할을 맡으면서부터 비로소 그에게 반하기 시작한
것이라고. 둘을 한 쌍으로 묶는 연선배의 설정은 그녀 앞에 빈 잔
을 놓는 일 같은 것이었다고. 그 빈 잔 안에 담긴 암시적 명령은
그와 사귀어라! 였다고.

　그렇지만 여전히 의문은 남는다. 연선배는 왜 그랬을까? 왜 하
필 그녀에게 그를 연관시키려 했을까? 줄곧 그에게 열띤 관심을
보이던 입술이 포르족족한, 백석의 시를 연상케 하던 예원씨를 젖
혀두고! 심지어 연선배 자신을 젖혀두고!

　그녀가 조를 다시 만난 것은 M연립에서의 첫 회동이 있은 지
며칠 뒤였다. 그녀가 여보세요, 하자 그는 어어? 하고 전화를 잘
못 건 사람처럼 놀란 소리를 냈다. 첫 만남이 '오오!'라는 애매한
감탄으로 시작되었다면 두번째 만남은 '어어?'라는 다소 황당한

신음으로 시작되었다.

"차 한잔 어떠십니까, 고작가님?"

"차?"

"네, 차요."

"그럽시다."

"어어? 말투가 왜 그래요?"

"왜?"

"하, 아니에요. 어디가 편하세요?"

그들은 주로 신촌이나 홍대 앞에서 만나 하염없이 걸었고, 걸으면서 영화 얘기를 했고, 두어 번은 같이 영화를 보고 밥을 먹기도 했다. 그리고 그와 마지막으로 만나던 날, 그녀가 약속한 카페에 나갔을 때 처음에는 그 혼자 앉아 있었지만 십 분도 되지 않아, 오빠 나 왔어, 라며 예원씨가 합류했다. 원래 입술 빛이 새파랬던 건 아닌 모양인지 두번째로 만난 예원씨의 입술엔 은회색 펄이 잔뜩 발려 있었다. 그녀는 당황한 기색을 보이지 않으려고 엉뚱한 질문을 했다.

"연선배는 안 오나?"

"한 시간쯤 뒤에 우리가 망원동 작업실 쪽으로 움직이기로 했어요."

엉뚱한 질문이 제대로 된 질문으로 탈바꿈하는 순간이었다. 예원씨가 갈치 빛깔의 허연 입술을 옴쭉거리며 손가락으로 그녀 쪽을 가리켰다.

"이 집 저거 더럽게 맛없게 하는데."

그녀가 시킨 토마토주스에 대한 얘기였다. 그녀는 정말 더럽게 맛이 없는 자신의 토마토주스를 야금야금 마시며 어어? 이것 봐라, 하는 노여운 느낌과 더불어 왠지 자신이 주책바가지가 된 듯한 더러운 느낌에 사로잡혔다. 그 느낌은 망원동 M연립에 도착해 연선배의 얼굴을 볼 때까지 지속되었다.

연선배는 302호에 혼자 있었고 평소에 하지 않던 옅은 화장까지 하고 있었다. 그의 뒤를 따라 들어선 그녀를 보자 연선배의 화사한 얼굴 위로 그녀 자신이 조금 전 카페에서 극구 숨기고자 애썼던, 예상치 않은 일에 직면한 자의 당황한 표정이 떠올랐다. 그녀의 뒤를 따라 예원씨가, 연팀장님, 우리 왔어요, 하고 폴짝 뛰어든 순간 그 표정은 금세 사라졌고 연선배는 그들이 그렇게 떼지어 몰려올 줄 알았다는 듯 흔쾌히 말했다.

"어서들 오시라."

그녀는 그를 힐끔 쳐다보았다. 그의 몽롱한 눈동자는 고요한 점성의 늪처럼 어떤 흔들림도 보여주지 않았다. 그저 자다 깬 듯한 아련한 어리둥절함과 끝없는 온화함 이외에는 그 어떤 것도. 그녀는 그가 조금 무서워졌다. 아울러 입술이 번들거리는 예원씨도 덩달아 무서워졌다.

연선배는 떨리는 손으로 카드패를 돌리듯 빈 잔 넷을 낡아빠진 탁자 위에 내려놓으며 말했다.

"장감독 불러야겠다."

그날은 그런 식이었다. 장감독은 302호에 연선배만 있는 줄 알고 왔다가 그들이 떼로 모여 술판을 벌이고 있는 걸 보자 당황하여 냉큼 다른 스태프 하나를 불러들였다. 실망의 연쇄 속에 한 사람 한 사람씩 늘어나는 방식이 마치 한 꼬마 두 꼬마씩 늘어나는 기묘한 인디언놀이와도 같았다. 그리고 그 수수께끼 같은 놀이는 블랙조, 그가 쓰고 있는 아련한 복면의 눈빛으로부터 비롯되었다.

2

그녀가 H오피스텔 입구에서 1904 버튼을 누르자 짧은 음악소리에 이어 딸깍 인터폰을 드는 소리가 들렸다.

"오, 고작가, 좀 늦으셨네. 얼른 올라오시라."

스피커를 통해 들려오는 연선배의 목소리는 다소 높았다. 입구의 자동문이 열렸다. 그녀가 입구 쪽으로 한 걸음 내딛는 순간 인터폰이 완전히 꺼지지 않았는지 스피커를 통해 실내의 소음이 들려왔다. 내가 말한 그 작가, 라는 연선배의 목소리에 이어 웅성대는 소리와 함께 누군가의 빠른 말소리가 들려왔다. 닫히려는 문 안으로 급히 들어서느라 뭐라고 하는지 내용은 알아듣지 못했지만 빠른 말투만은 그녀의 귀에 익었다.

엘리베이터를 타고 십구층까지 올라가는 동안 그녀는 머릿속이 복잡했다. 연선배의 오피스텔에서는 한창 술판이 벌어지고 있을 터였다. 물론 그녀가 강변에서 망설이느라 약속시간에 늦은 건 사실이었다. 오전의 통화에서 연선배는 더 일찍 와도 좋다고 말했지만 애초부터 그녀와 독대할 생각은 없었던 것이다. 망원동 M연립에서처럼 목소리를 낮추어 우리끼리 얘기지만 하는 식의 비밀 얘기를 나누던 때와는 사정이 달라진 것이다.

엘리베이터가 상승함에 따라 강이 보이는 면적이 점차 늘어났다. 강 건너편 도로의 차량 불빛까지 보였다. 강은 어둡고 달리는 차량의 불빛은 밝아 흐르고 있는 것이 강이 아니라 길 같았다. 그녀는 오른손으로 왼손등을 천천히 문질렀다. 나쁜 남자의 손이 닿았던 자리였다. 그때 어두운 계단이 아니라 지금처럼 탁 트인 엘리베이터 안이었더라도 그는 그렇게 스스럼없이 그녀의 왼손등을 꾹 눌러 잡을 수 있었을까.

인디언놀이를 벌이던 마지막 술자리에서 그는 어느 순간부터 매우 그답지 않은 모습을 보였다. 유난히 벌떡벌떡 자주 일어나 베란다 쪽으로 나가는가 하면 부엌 쪽에서 예원씨에게 언성을 높이기도 했다. 마침내 그는 먼저 가겠다고 일어섰다. 연선배가 그녀에게 따라 나가보라는 눈짓을 했다. 그녀가 뒤따라 나가자 그는 그만 들어가라는 듯 복도에서 손사래를 치며 또 연락하겠다고 말했다. 일주일 넘게 그에게서 전화가 오지 않았다. 그녀는 하루가 멀다 하고 M연립 302호에 드나들었다. 문을 열고 들어서면 일곱 평 남짓한 좁은 공간은 그녀가 반쯤은 알고 반쯤은 모르는 사람들로 북적였지만 그는 없었다. 비구름의 중심답게 골목 쪽 베란다 내벽은 항상 젖어 있었고 그곳을 드나드는 사람들의 청결하지 못한 생활습관 탓에 실내에서는 지하 노래방에서나 풍길 법한 톡 쏘는 곰팡내와 담뱃진 냄새가 났다. 그녀와 연선배는 한 귀퉁이가 떨어져나간 탁자에 마주 앉아 머리를 맞대고 회의를 하고 술을 마시고 각자의 노트북을 연결해 공동으로 시나리오를 집필했다.

어느 날 아침 그녀가 M연립에 들어서자 연선배는 그녀에게 새벽에 건넌방에서 블랙 조와 예원씨가 함께 나오는 걸 봤다고 말했다. 지나가는 말처럼 툭 던지는 식이었지만 그 뉘앙스는 매우 독특하고 의미심장했다. 그리고 며칠 뒤에 그에게서 전화가 왔다.

"고작가님, 오늘 날씨 좋습니다. 산책 삼아 안 나오실래요?"

그녀는 냉담하게 거절했다.

"아이 거 참나. 지난번처럼 그렇게 우르르 보자는 거 아니에요. 그날은 일정이 비틀려서…… 아, 그 얘긴 나중에 하고 우리 전시회 같이 가요."

"싫습니다!"

그는 잠시 조용했다.

"저에 대해 무슨 말 들으셨군요."

그녀는 아무 말도 하지 않았다.

"그런 게 정말 다 무슨 상관일까요?"

그녀는 수화기를 든 채 조용히 몸을 떨었다. 그의 뻔뻔스러움 때문이 아니라 자신이 정말 그런 게 무슨 상관이 있냐고 생각하게 될까봐 두려웠다.

"고작가님은 좀 다르실 줄 알았는데. 전 우리가 좀 통한다고 생각했어요."

"전화 끊을게."

"제가 다시 연락 안 하길 원하시죠? 원하시는 대로 할게요. 제 존재 자체가 불쾌하셨다면…… 죄송합니다."

전화가 끊겼다. 그의 마지막 말에서 왠지 희미한 조소의 냄새가 풍겼다.

한동안 그는 그녀에게 강박관념이며 모든 사고의 중단이었다. 그와 만날 때도 그러했고 헤어진 후에도 그러했다. 그녀는 도저히 그에 대한 관념을 사유할 수 없었다. 그의 조약돌 같은 눈동자라든가 섬세한 배려와 관용, 사람들의 무리에서 겉도는 고독, 나긋나긋한 부드러움, 아무 때나 벌떡벌떡 일어나는 버릇, 여자들을 소집해놓고 무연히 앉아 있던 모습, 곧잘 붉히는 얼굴빛과 전화기를 통해 들려오던 떨리는 목소리 같은 사소한 직접성과 소름끼치는 현실성이 주는 잔인한 무게에서 해방될 수 없었다. 그는 그녀의 머릿속에서 통합된 하나의 관념으로 존재하지 않았다. 그녀는 그를 통째로 잊고 싶었지만 그는 그녀의 머릿속에 파편처럼 산산이 박혀 모조리 한꺼번에는 들어낼 수가 없었다.

그녀가 며칠 동안 연락을 끊었다가 다시 302호에 나타났을 때 연선배는 아무렇지 않게 그녀를 대했다. 어떤 사태에 대해서도 아무렇지 않게 행동할 수 있는 연선배의 여유는 어디서 나오는 것일까, 라고 그녀는 신경질적으로 생각했다. 블랙 조라든가, 팔색조처럼 입술 빛깔이 천변만화하는 예원씨, 생각도 둔하고 동작도 굼뜬 장감독 등 302호에 드나드는 어떤 인간을 떠올려도 짙은 염증만이 솟구쳤다.

"아무래도 이 작업 계속 못 할 것 같아요, 선배. 그 말 하러 왔어요."

연선배는 그녀 앞에 빈 잔을 놓으며 물었다.

"고작가, 질투하는구나."

"네?"

연선배는 가만히 그녀를 내려다보았다. 알아들었지 않냐는 표정이었다.

"제가 뭘 해요?"

"질투한다고."

"제가 왜요?"

"고작가, 재밌네."

"고작가 고작가 하지 마세요. 저 작가 아니에요."

"그래, 너! 그럼 너라고 하지. 넌 지금 그 낮도깨비 같은 계집애를 질투하고 있어."

"그건 아니에요!"

"그런 넌을 왜 질투하냐고?"

그녀는 말없이 베란다 쪽을 바라보며 앉아 있었다. 연선배가 나지막한 톤으로 물었다.

26

"우린 비슷한 데가 많지?"

그녀는 자신이 연선배와 비슷한 데가 많은지 어떤지 생각해본 적은 없었지만 그렇게 물으니 그런 것도 같았다. 아무래도 입술이 천변만화하는 예원씨보다는, 화장을 거의 하지 않는다는 점에서 연선배와 더 가깝다고 말할 수 있었다. 연선배가 술을 따르며 물었다.

"고작가, 기분 나빠도 인정할 건 인정합시다. 우린 비슷한 데가 많아, 그렇지?"

"기분 나쁜 건 아니에요."

"질투란 건 말이야, 원래 판이하고 불가능한 쪽을 향하는 거야. 대상이 저질이든 고상하든 중요하지 않아. 나랑 판이하게 다른 년, 내가 죽었다 깨나도 될 수 없는 년, 정글이나 동굴에서 튀어나온 것 같은 년. 그런 년들한테는 손도 써볼 수 없지. 이해도 안 되고 납득도 안 돼. 우린 걔네들 눈 깜빡거리는 동작 하나도 흉내 못 내. 걔네들은 어쩐지 늙거나 죽지도 않을 것 같아. 그러니 그저 우리 같은 것들은 평생 질투나 하다 나가떨어지는 수밖에."

그녀는 한숨을 쉬었다. 조에 관한 말을 어떻게 시작해야 좋을지 판단이 서지 않았다. 그가 그녀들 셋 사이에서 어떤 포지션을 잡고 있었는지 연선배는 짐작도 못 할 거라고 생각하는 순간 연선배가 웃었다.

"두 연놈이 우리 둘을 갖고 논 거 맞지?"

그녀는 침을 삼켰다. 연선배에 대한 감탄과 경악으로 머릿속이

명해졌다. 연선배의 입에서 서슴없이 튀어나온 말, 두 연놈이라든 지 갖고 논다든지 하는 말의 싱싱하고 또렷한 적시성에 소름이 끼쳤다.

그녀는 탁자 위에 엎드렸다. 젊은 그들은 무서운 실체였다. 나이든 연선배와 그녀를 자극하고 어르고 위협하는 알지 못할 힘을 가진, 무섭고도 무심한 짐승 같은 존재들이었다. 그녀와 연선배를 해괴한 욕망 속으로 한발 한발 끌어들이는 몸 가벼운 한 쌍의 전도사였다. 그녀는 뭘 좀 안다고 생각했고 연선배는 모든 걸 꿰뚫어보고 있었지만 둘 다 손도 못 써보고 무차별적으로 나가떨어졌다. 이해도 안 되고 납득도 안 됐다.

연선배가 그녀의 어깨 위에 가만히 손을 올려놓았다. 연선배는 제작사를 통해 연출부 직원 둘을 교체하도록 했다고 말했다. 그것으로 끝이었다.

H오피스텔 1904호의 현관문은 굳게 닫혀 있었다. 그녀가 벨을 누르자 문을 연 사람은 놀랍게도 예원씨였다. 이번에는 와인빛으로 번쩍이는 입술이었다.

"와, 고언니 왔다."

고언니라는 호칭이 낯설었다. 예전의 만남에서 예원씨는 그녀를 어떤 호칭으로도 부른 적이 없었다.

"어서 들어와요, 언니."

예원씨가 그녀의 팔을 잡아끌었다. 오피스텔 현관은 독립적인 방처럼 큼직했고 유리 칸막이로 실내와 차단되어 있다. 유리 칸막이를 지나 왼쪽으로 꺾으니 넓고 확 트인 거실과 강변으로 면한 통유리가 나타났다.

"대표님, 고언니 왔어요."

이 말을 듣고서야 그녀는 인터폰에서 마지막으로 들려온 빠른 말투가 바로 예원씨의 것이었음을 깨달았다. 연선배는 그녀와 눈을 마주치는 대신 예원씨를 보며 말했다.

"예원이가 우리 고작가 되게 보고 싶었나보네."

"그럼요, 대표님. 완전 반가워요."

예원씨는 살짝 취해 있었다.

낯선 사람들이 원목 바닥으로 된 넓은 거실에 불규칙하게 둘러앉아 있었다. 그들의 머리통을 내려다보고 있자니 마치 못생긴 단추가 마구 달린 이상한 담요를 내려다보는 느낌이었다.

"앉아, 고작가."

연선배가 짧게 말했다. 연선배는 거기 모인 사람들을 그녀에게 소개해줄 생각이 없는 듯했다. 그녀는 더러운 담요의 한 자락을 덮듯이 빈자리에 끼어 앉았다. 그들은 와인과 맥주를 마시고 있었고 곳곳에 놓인 접시에는 막회처럼 두툼하게 썰린 치즈 조각과 육포, 과일 들이 있었다. 그들 중에 그녀가 유일하게 알고 있는 사람은 장감독뿐이었다. 장감독은 연선배를 향해 침을 튀기며 맥거핀에 대해 열변을 토하는 중이었다. 젊은 축들은 뭘 알고나 그러는지 걸핏하면 고개를 끄덕였다. 그녀 앞에는 빈 와인잔이 놓여 있었다. 옆자리의 남자가 그녀의 잔에 술을 따랐다. 장감독이 갑자기 그녀를 향해 팔을 쭉 뻗으며 말했다.

"고작가, 고작가! 내가 우리 연대표한테도 얘기해놨는데 말이야, 이번엔 스릴러적인 요소가 좀 들어가줘야 되겠어. 이젠 순멜로로는 안 돼. 톡 쏘는 맛이 있어야지, 안 그래?"

그녀는 고개를 끄덕였다. 장감독이 다른 화제로 넘어갔을 때 그녀는 잔을 내려놓고 일어나 통유리 쪽으로 다가갔다. 실내가 밝은 탓에 바깥 풍경은 잘 보이지 않았다. 강이 흐르고 있어야 할 그곳에는 실내에 모인 사람들의 반사된 모습만 가득했다.

맥주가 떨어져간다는 말에 그녀는 벌떡 일어섰다.

"고작가는 그냥 앉아 있어."

연선배가 말했다. 연선배가 그녀에게 건넨 두 번의 말이 고작 '앉아'와 '앉아 있어'라는 사실이 그녀의 가슴을 아프게 했다.

"안 그래도 소주 좀 사오려고 했어요."

"그래? 고작가, 소주 먹게? 그럼 신팀장이 고작가랑 같이 나갔다 올래?"

마른 몸집의 남자가 엉거주춤 일어났다.

"아니! 예원씨랑 같이 갈게요. 오랜만이라 할 얘기도 많고. 예원씨, 같이 갑시다."

예원씨의 표정이 애매해졌다. 과도하게 친밀한 척을 하던 연기력에 잠시 빈틈이 드러나는 순간이었다. 그러나 예원씨는 이내 히

죽 웃으며 좋아요! 라고 했다.

오피스텔 건물 일층에 있는 편의점에서 술을 사가지고 나오는 참에야 그녀는 간신히 참았던 질문을 던졌다.

"그동안 예원씨는 무슨 일 하고 지냈어?"

"영화일 했죠."

"어디서?"

"S팀이요."

"S팀?"

"이번에 애펠에서 개봉하는 두번째 영화요. 몰라요?"

"그때 망원동에서 빠지면서 그만둔 줄 알았는데.

"그만두긴요. 그때 블랙 조 오빠랑 나랑 이번 영화에 투입되느라고 거기서 발 뺀 거죠. 그쪽 M팀이 준비했던 건 일단 소품이고 우리 S팀은 완전 대작이었잖아요? 연대표님 혼자서도 M팀 시나리오는 충분히 감당이 되신다고 해서 우리는 S팀으로 들어갔죠."

그녀는 M팀이니 S팀이니 하는 얘기를 처음 들었다. 예원씨가 한 수 가르쳐준다는 투로 들려준 바에 따르면 망원동-멜로 팀은 M팀이었고 서교동-에스에프 팀은 S팀이었다는 것이다. 그리고 지금 오피스텔에 모인 사람들은 세번째 영화팀인 Y팀에 소속될 사람들이며, 블랙 조 오빠는 네번째 영화팀인 T팀에 소속될 예정이라는 것이다.

엘리베이터에 오르자 예원씨는 바깥을 손가락질하며 말했다.

"아, 멋있어. 맨날 맨날 이런 경치 보고 살면 얼마나 좋을까?"

"늘 보면 그냥 그렇지 않을까? 감흥도 없고."

"그게 무슨 말이에요? 맨날 보면 백 프로 즐길 수 있죠. 아침 다르고 저녁 다르고 아주 죽이던데. 나 진짜 나중에 이런 데서 살 거야."

예원씨가 어떤 멜로디를 흥얼거리는 동안 그녀는 왼손에 쥔 봉지 끈을 단단히 틀어쥐었다.

"블랙 조 말이야."

예원씨는 춤을 추듯 어깨를 흔들면서 물었다.

"그 오빠 왜요?"

그녀는 편안함을 가장하기 위해 엘리베이터 유리벽에 몸을 기댔다.

"왜 이번엔 예원씨랑 같은 팀에서 안 해? 둘이 사귀지 않아?"

예원씨가 노래를 그쳤다. 예원씨는 자줏빛 입술에 침을 조금 바르더니 눈을 동그랗게 떴다.

"언니, 알고 그러는 거예요, 모르고 그러는 거예요?"

"뭘?"

"그 오빠 여자한테 관심 없잖아요?"

그녀는 멍청한 표정을 굳이 숨기려 하지 않았다. 숨길 수도 없었다.

"언니 진짜 몰랐나보네. 연대표님도 알고 계시니까 난 언니도 아는 줄 알았지."

"연선배, 아니 연대표님도 알아?"

"알죠. 알고 그때 완전 넘어갔잖아요."

"언제?"

"한참 됐는데. 망원동 있을 땐가? 연대표님은 워낙 쿨하셔서 괜찮은데 언니가 좀 블랙 조 오빠를 불편해한다고 들었는데. 그래서 그 오빠가 나한테 무슨 얘길 어떻게 하고 다니냐고 난리쳐서 그때 완전 절교할 뻔했잖아요. 그 오빠가 인간적으로 언니 좋아했거든요. 아마 이 팀에 안 들어오려는 것도 언니 때문일걸."

그들은 1904호의 문 앞에 와 있었다. 예원씨는 벨을 누르는 대신 거침없이 디지털 도어록의 비밀번호를 눌렀다. 그녀와 연선배가 시나리오를 쓸 때 한글 파일의 비밀번호로 지정했던 번호였다. 그녀는 헛웃음이 났다. 예원씨가 현관의 유리 칸막이를 밀고 들어간 후 그녀는 술이 든 봉지만 내려놓고 돌아서 나왔다.

3

강까지 가는 흙길 위에는 군데군데 무성한 잡풀이 돋아 있었다. 후덥지근한 밤이었지만 강에 가까워질수록 바람은 세고 시원해졌다. 강바람이 그녀의 취기를 누그러뜨리고 달아오른 뺨을 식혔다. 다만 그것이 목적일 뿐이라는 듯 그녀는 바람이 불어오면 그쪽을 향해 심호흡을 했다.

강은…… 아니 강이라고 생각되는 검고 길쭉한 공간은 전혀 흐르고 있지 않은 것처럼 보였다. 흘러가는 건 흘러가는 대로 내버려둬, 라고 연선배는 오래전 그녀에게 충고했다. 감정이 흐르는 대로 그냥 흘러가게 놓아두라고, 부질없음을 부질없음으로 받아들이라고 했다. 어쩔 수 없는 것들에 대해서는 입을 다물라고, 대답이 돌아오지 않을 것들에 대해서는 따져 묻지 말라고도 했다. 만약 연선배가 그에 관한 진실만 알려주었더라면 연선배의 말들은 그때나 지금이나 매우 옳고 경제적인 발언들이었을 것이다. 그녀는 그에 대한 호감을 그냥 흘러가게 놓아두었을 것이고 부질없음을 한탄하지 않았을 것이다. 어쩔 수 없는 것 앞에서 욕망의 입을 닫았을 것이고 대답이 돌아오지 않을 것들에 대해 따져 묻지 않았을 것이다.

그러나 당시의 그녀는 그에 대한 포기와 기대가 빛의 속도로 교차하는 혼란 속에서 지독한 불면에 시달렸다. 얕은 잠에서 깰 때마다 시계를 보았다. 그녀는 시간이 흐르는 게 두려웠다. 시곗바늘이 돌면서 시간이 흘러간다는 사실, 시침과 분침이 시시각각 낯선 시간을 가리키고 있다는 사실을 견딜 수 없었다. 잠을 자면서, 밥을 물에 말아 먹으면서, 책을 읽으면서, 바흐의 〈브란덴부르크 협주곡〉을 들으면서 흘려보낸 그때의 기억이 생생히 떠오르자 그녀는 자기도 모르게 눈살을 찌푸렸다. 몸이 나아지고 마음이 아물고 시나리오를 다시 쓸 수 있게 되기까지는 시간이 필요했다. 그러나 아프지 않고 울지도 않고 글을 다시 쓰게 될 그 시간, 그때의 시곗바늘이 어디를 가리키게 될지 알지 못해 그녀는 못 견디게 불안했다. 결코 익숙해질 수 없는 거칠고 두터운 시간이 흘러갔다.

그리고 그동안에도 쉼 없이 일들은 진행되어갔다. 일들이 그녀를 고통의 시간 너머로 날라왔다.

시나리오가 완성되어갈 즈음 그녀는 마침내 강 같은 평화를 얻었노라고 연선배에게 농담처럼 말했다. 연선배는 그녀 앞에 빈 잔을 놓으며 말했다.

"끝났어. 다 잊자."

그녀는 고개를 끄덕였고 연선배가 채워준 잔을 단숨에 비웠다.

강은 보이지 않지만 어둠 속에서 느릿느릿 흘러가고 있었다. 높은 오피스텔 건물의 마천루 조명이 강 위에 흐릿하게 반사되었다. 흔들리는 빛 속에서 강이 잠깐씩 흐르는 물결의 속살을 드러냈다. 반사된 빛이 반사하는 물의 흐름을 알려주듯 그녀에게서 부딪쳐 튕겨나간 존재들이 그녀 내부의 진상을 드러내주었는지도 모른다. 그리고 그때 연선배는 그녀가 강을 바라보듯 그렇게 그녀의 혼란과 분노와 절망을 지켜보면서 그녀의 욕망 깊숙한 곳에 두레박을 드리웠을 것이다. 그녀보다 고작 두 살 많은 주제에, 흘러가는 건 흘러가는 대로 내버려둬, 라고 늙은 마녀처럼 말하면서 말이다. 빈 잔을 놓는 행위는 이미 어떤 영향을 미쳐 의도한 결과를 만들어낸다. 여백이 윤곽을 만들고 반사된 것이 반사한 것을 드러내듯, 연선배는 그녀 내부에 천연덕스럽게 빈 잔 하나를 내려놓음으로써 그녀가 시나리오를 쓰는 내내 퍽퍽한 고통의 육질에서 가장 쓰라린 실연의 즙을 쥐어짜내도록 만들었다.

앞사람이 카드 키를 갖다대자 자동문이 열렸다. 그녀는 서둘러 그 뒤를 따라 H오피스텔 내부로 들어갔다. 엘리베이터를 타자 속이 울렁거리면서 무언가 대단히 불유쾌한 것이 그녀 내부에서 꿈틀거리는 느낌이었다. 다시 이 타락한 궁전으로 돌아왔다는 생각만으로도 심장이 빠르게 뛰었다. 그녀를 고언니라고 부르며 팔짱을 끼던 예원씨의 위장된 친밀감은 그녀에 대한 연선배의 소홀함과 맞짝을 이루고 있었다. 그녀와 연선배의 거리감이 예원씨를 안심시켰고 그녀에 대한 연민까지 불러일으키게 한 것이 틀림없었다. 예원씨는 연선배의 오피스텔에 자주 들락거리며 디지털 도어록의 비밀번호를 공유하는 사이였다. 아마 연선배는 어느 잠 안오는 밤쯤에 예원씨 앞에 빈 잔을 놓으며 이렇게 주문을 걸었을지도 모른다. 우린 비슷한 데가 많아, 그렇지? 그리고 그녀에 대해서는 자기들과는 달리 쿨하지 못하고 고지식한데다 아무 남자에게나 열정을 품는 순진한 노처녀라고 떠들어댔을 것이다. 그런 년들이 있지, 라고 운을 뗀 후, 정글이나 동굴이 아니라 이번엔 오두막이나 원두막에서 뛰어나온 것같이 꽁하고 답답한 구식년들이 있다고, 그런 년들은 늙지도 죽지도 않을 것 같다고, 손도 써볼 수 없다고 설파했을 연선배의 표정이 믿을 수 없을 만큼의 생생한 현실성을 띠고 엘리베이터 유리벽 위에 떠올랐다.

몸이 허공에 붕 떠오르는 듯한 느낌과 함께 엘리베이터가 십구층에 도착했음을 알리는 신호음이 울렸다. 다시 심한 멀미가 났다.

그녀는 1904호의 벨을 누르려다 말고 디지털 도어록의 비밀번호를 눌렀다. 문이 열렸다. 실내에서 음악소리와 떠드는 소리가 들려왔다. 그녀는 현관의 유리 칸막이를 밀려다 멈칫했다.

"그러니까 실제로 연애를 해야 뭐가 써진다는 거예요?"

누구의 목소리인지 알 수 없었다.

"자자, 우리는 앞으로도 쭉 모른 척하자고."

이건 연선배의 목소리였다.

"보조작가 주제에 오바는!"

역시 알 수 없는 목소리였다.

"그러니끼 우린 픽픽 밀어주기만 하면 되는 거지."

이 능청스런 말은 논둑길 흉터가 있는 대머리 장감독의 목소리였다.

이 짤막한 대화는 그녀를 한순간에 술이 번쩍 깨게 만들었다. 그녀는 강변에서처럼 천천히 심호흡을 했다. 가방을 놓고 나왔다는 핑계로 꾸역꾸역 되돌아온 그녀였다. 평소에는 시시콜콜한 근심에 시달리면서도 갑자기 어느 한순간 깊이 생각하지 않고 덮어놓고 결정해버리는 돌연한 즉흥성을 가진 그녀였다. 번민에 대해 습관적으로 태만하고 번거로운 문제는 애써 회피하며 살아온 그녀였다. 유리 칸막이 앞에서 그녀는 가슴에 손을 댄 채 1904호에 있는 어떤 인간보다도 자신을 혐오하며 서 있었다.

그녀는 침착하게 신발을 벗고 원목 바닥 위로 올라섰다. 자신에 대한 가장 가혹한 징벌은 아마도 거실에 둘러앉아 그녀에 관해 떠들고 있던 무리 앞에 자기 모습을 드러내는 일일 것이다. 그녀는 자신의 출현에 놀라고 당황할 그들에 대한 연민과 우려로 가슴이 저렸다.

둘러앉은 사람들이 그녀를 흘끗 보자마자 반사적으로 고개를 돌렸다. 신팀장이라는 마른 체구의 남자가 연선배에게 눈짓을 했다. 연선배는 고개를 돌려 그녀를 올려다보았다. 연선배의 표정에서 그녀는 아무 기미도 읽어내지 못했다.

"어딜 그렇게 돌아다니다 와?"

"저기……"

그녀는 마른침을 삼켰다.

"강이 좋아서."

"아, 그래. 강 참 좋지. 역시 작가는 달라. 어서 와 앉아."

그녀는 썩은 동아줄을 붙잡듯, 예전에 M연립 302호에 블랙 조와 그녀, 그리고 예원씨가 떼지어 들어섰을 때 연선배가 보여준 당황한 표정과, 그 수습을 위해 안간힘을 쓰던 모습을 떠올렸다. 지금 보이는 연선배의 담담한 표정은 조금 전에 그들 무리가 그녀에 관해 어떤 무례도 범하지 않았다는 사실을 증명하는 것일 수도 있었다. 그녀는 자신이 필사적으로 그렇게 믿고 싶어한다는 것을 느꼈다.

"이봐, 작가는 어디가 달라도 다른 거야. 아름답고 고독한 것에 대한 민감함이 있잖아."

연선배의 말에 고개를 끄덕거리기 좋아하는 몇몇 청년들이 힘차고 열의 있게 고개를 끄덕였다. 그녀는 신비한 양탄자에 앉듯 둘러앉은 그들 무리에 섞였다.

"아, 참! 고작가! 우리 첫 시나리오 쓰던 그 탁자 있지? 그거 서 재에 갖다놨어. 우리 또 거기서 쓰자."

그녀는 모서리가 깨지고 군데군데 홈이 팬 탁자를 떠올렸다. 그 조잡한 탁자가 놓여 있던 M연립 302호에서 그녀는 연선배가 하는 얘기들이 투명한 진실이라고 믿었고 연선배와의 사이에 어떤 격의도 사라졌다고 생각했다. 그때 그들은 얼마나 많은 얘기를 나눴던가. 시시콜콜한 과거사부터 진지한 인생 설계까지, 미묘한 감정의 표백부터 장난스런 실언담까지. 그러나 지금 생각해보면 얼마나 공허한 이야기들이었는가. 그때 그녀는 연선배가 이야기의 맛을 알고 삶을 어른스럽게 이해할 줄 아는 사람이라고 생각했다. 그리고 연선배가 만약 조금만 더 미인이었더라면, 모르긴 몰라도 지금처럼 멋지지는 못했으리라고, 약간의 안도감 속에서 생각했다. 그런데 지금의 연선배는 여전히 미인은 아니지만……

여기까지 생각하자 그녀의 가슴속에서 까닭 모를 슬픔이 솟구쳤다. 그녀는 술잔을 내려놓고 훌쩍 일어나 통유리 쪽으로 다가갔다. 그곳에 강이 있을 터였다. 강은 보이지 않았지만 강을 둘러싸고 흐르는 강변도로 차량의 불빛들이 희미하게 보였다. 그 흐름을 보고 있자니 격했던 감정이 조용히 흐르기 시작하는 것이 느껴졌다. 언젠가는 이 딱딱한 앙금도 순해지고 퇴색되고 부드럽게 발효하리라. 오래전의 블랙 조 그도 이런 마음으로 불쑥 일어나 베란다로 나갔던 것인가. 단단한 불신과 의혹과 피해의식에 사로잡힌 채 하염없이 아무것도 보이지 않는 유리 밖 어두운 공간을 바라보았던 것일까. 그때의 기억이 떠오르자 마치 언젠가 그녀 자신이 자신의 뒷모습을 가만히 바라보았던 것만 같은 달콤한 기시감이 강물처럼 그녀를 감쌌다. 그가 마지막으로 그녀에게 했던 말이 기억났다. 제 존재 자체가 불쾌하셨다면…… 죄송합니다. 그녀도 지금 이 오피스텔 1904호에 모인 사람들에게 희미한 조소를 띠고 정중하게 그 말을 해주고 싶었다. 제 존재 자체가 불쾌하셨다면……

그녀는 고개를 숙여 오른손으로 왼손등을 천천히 쓰다듬었다. 통유리를 통해 누군가 그녀를 바라보는 시선이 느껴졌다. 연선배였다. 이제 그녀는 분명히 안다. 무리를 조종하는 데 능한 연선배가, 그녀에게 블랙 조의 성적 취향을 숨김으로써 그녀를 가망 없는 감정의 소모 속에서 헤매게 만든 연선배가, 그것이 좋은 시나리오를 얻어내려는 의도의 실현이었다고 착각하고 있는 연선배가, 실은 처음엔 스스로도 그에게 무섭도록 끌렸으며 입술이 새파란 예원씨의 젊음을 새파랗게 질투했다는 것을. 연선배도 자신의 의도에서 결코 자유롭지 않았다는 것을. 목적에 맞게 결과가 산출되었다 하더라도 그 과정은 대단히 비틀려 있었다는 것을. 그 비틀림을 생략하고 망각할 권리를 연선배는 갖고 있지 않다는 것을.

그녀는 유리에 비친 연선배를 향해 보일 듯 말 듯 웃었다. 아마이번 영화에는 어떤 인물이 유리를 통해 자신과 시선이 마주친 상대방을 잔혹하게 칼로 난자하는 장면이 포함될 것이다. 그럴 것이다. 그래야만 할 것이다. 한낱 보조작가인 그녀로서는 스릴러 운운하던 장감독의 빈 잔도 어떻게든 채워주어야 할 의무가 있으니 말이다.

사랑을 믿다

나는 지금 서른다섯이라는

인생의 한낮을 지나고 있다.

내 생애의 조도는 여기가 최대치다.

이보다 더 밝은 날은

내게 다시 오지 않을 것이다.

동네에 단골 술집이 생긴다는 건 일상생활에는 재앙일지 몰라
도 기억에 대해서는 한없는 축복이다.

　지난 2월 늦은 저녁이었다. 혼자 이 술집에 들른 것은 내 입장
에서도 다소 의외였다. 나는 소주나 막걸리를 즐기지 않았고 이
집은 맥주나 와인 같은 것은 팔게 생기지 않았다. 그런데도 나는
문을 열고 들어가 자리를 잡고 술을 시켰다. 주문한 안주가 나오
기 전에 김치와 나물들이 나왔다. 제대로 들어왔다는, 아니 제대
로 걸려들었다는 느낌이었다. 밑반찬만으로 술을 반병 비우기에
부족함이 없었다. 그후로 이 집은 내가 이틀이나 사흘에 한 번꼴
로 들르는 단골 술집이 되었다.

　빈대떡에 막걸리, 찌개에 소주, 몇 가지 나물들과 김치를 늘어
놓고 혼자 술을 마시면서 하는 생각이란, 맞아 그때 그런 얘길 했
었지라든가 왜 그랬을까 그녀는, 하는 식의 소소한 과거사이다.

이 집에 발을 들여놓는 순간 나는 미래에 대한 불안이라든가 당장 해결해야 할 시급한 문제로부터 자유로워진다. 이곳은 내게 오로지 기억, 기억, 그렇게 속삭이는 장소가 되었다. 천천히 술을 마시다보면 홀연, 낫 놓고 기역자를 모르듯, 기억 속의 내가 뭣도 모르고 살아온 모양이 환등처럼 떠오른다. 현실의 시간은 밤이지만 이곳에서 나는 기억의 한낮을 산다. 요즘 내가 그 땡볕 아래서 기다리는 인물은, 숨겨둔 단골 술집처럼 나는 남몰래 마음에 두고 좋아하지만, 그쪽은 이제 나를 한낱 친구로만 여기고 잊었을 한 여자이다. 기억이란 오지 않는 상대를 기다리는 방식이며 포즈이기도 하다는 걸 나는 이곳에서 배운다.

사랑을 잃는 것이 모든 것을 잃는 것처럼 절망적으로 느껴지는 때가 있다. 온 인류가 그런 일을 겪지는 않을 것이다. 손쉽게 극복하는 경우도 있을 것이고 그런 게 있는 줄도 모른 채 늙어버리는 경우도 있을 것이다. 드물게는, 상상하기도 끔찍하지만, 죽을 때까지 그런 경험만 반복하는 사람도 있을 것이다. 어떤 삶이 더 낫다고 말할 수는 없다. 분명히 말할 수 있는 건 나도 삼 년 전에 그런 일을 겪었다는 정도이다. 서른다섯의 나이에 자랑할 일도 아니지만 비밀도 아니다. 난 사랑을 믿은 적이 있고 믿은 만큼 당한 적이 있다. 지금 돌이켜 생각하면 사랑을 믿은 적이 있다는 고백이 어처구니없게 느껴진다.

사랑과 믿음, 상당히 어려운 조합이다. 그나마 소망은 뺀다 쳐도, 사랑과 믿음 중 하나만도 제대로 감당하기 힘든 터에 감히 둘을 술목관계로 엮어 사랑을 믿은 적이 있다니. 믿음을 사랑한 적이 있다는 말만큼이나 뭐가 뭔지 모르게 모호하고 추상적이다. 나처럼 겁과 의심이 많고 감정에 인색한 인간이 뭘 믿은 적이 있다고? 티컵강아지가 드래곤을 대적하겠다고 날뛰는 것만큼 안쓰럽고 우스꽝스러운 경우가 아닌가.

인생을 살다보면 까마득하여 도저히 다가설 수 없는 것으로 보였던 것이 의외로 손쉽게 실현 가능한 것으로 여겨지는 때가 오기도 한다. 나 또한 그런 순간에 들렸던 것뿐이다. 더 기막힌 건 앞으로 살다보면 그런 일이 또 찾아오지 말란 법도 없다는 사실이다. 그렇다고 우산이나 상비약을 챙기듯 미리 대비할 수도 없다. 사랑을 믿는다는 해괴한 경험은 유비무환의 정신으로 퇴치하거나 예방할 수 없는, 문이 벌컥 열리듯 밖에서 열리는 종류의 체험이니까. 두 손 놓고 고스란히 당할 수밖에 없는 고통이니까.

하지만 가장 기막힌 경우는 따로 있다. 언젠가 내가 누군가의 문을 벌컥 열고 들어가 그런 고통을 안겨주고 유유히 빠져나온 적이 있다는 사실이다. 그 당시에 나는 그런 사실을 전혀 몰랐다. 그렇다고 해서 내가 저지른 죄가 가벼워지는 건 아니다. 몰랐기 때문에, 몰랐다는 사실까지 나의 죄에 곱절 가중된다. 다른 사람도 아니고 그녀의 사랑을 몰랐다는, 발등을 짓찧을 죄까지 말이다.

내가 기억하는 한에서 그녀는 못생긴 편도, 매력이 없는 편도 아니었다. 내 어법이 이렇게 졸렬하고 인색하다. 누군가가 아름답다든가 매력적이라고 말하는 일이 나로서는 쉽지가 않다. 대상이 아름답다거나 매력적이라고 긍정하는 순간, 불현듯 그 규정의 한 모서리가 대상과 어긋나는 듯한 불편함이 나를 사로잡는다. 그리하여 대상이 아름답고 매력적이라고 말하는 대신, 아름답지 않은 건 아니라든지 매력적이지 않은 건 아니라든지 하는 조잡한 이중부정을 각주처럼 달아놓고서야 마음이 편안해지는 식이다.

하지만 그녀에 대해서 이것만은 확실히 말할 수 있다. 첫인상은 평범했지만 콧날 끝에서 윗입술에 이르는 인중선이 깎은 듯 단정해 과녁처럼 시선의 포인트가 잡혔다는 것. 그래서 사람들이 그녀의 윗입술의 움직임에, 다시 말해 그녀의 말에 집중하게 된다는 점에서 어쩌면 막연히 예쁜 얼굴보다 여러모로 유리한 얼굴이라 할 수도 있었다. 키는 중간 정도에 날씬한 편이었다. 몸매처럼 성격도 기름기가 없어 박하처럼 싸한 기운을 내뿜었다. 그녀는 머리가 나쁘지도 않았고 몸이 게으르지도 않았다. 그렇다고 재빠르다는 느낌을 줄 만큼은 아니었는데, 마치 암컷 영양처럼 우아하게 민첩하고 영리할 따름이었다.

그녀에 대해 여기까지 생각한 후 나는 잠시 어리둥절해졌다. 취기 때문에 내가 그녀에 대해 너무 너그러워진 건 아닌가 하는 생각이 들었다. 그럴 수도 있다. 그녀도 나만큼이나 서툴고 겁이 많은 인간이었다는 걸 나는 안다. 넘쳐흐르는 감정의 절실함보다 한 오라기의 자존심을 선택하는 인색한 성격이었다는 것도 안다. 하지만 내가 무슨 말을 하겠는가. 마지막으로 그녀를 만난 이래로 내 머릿속의 그녀는 어디에 놓든, 무엇을 담든, 항상 아담하면서도 고독해 보이는 도자기의 윤곽선을 떠올리게 한다. 어쩌면 그때 그녀에게서 들은 묘한 얘기 때문인지도 모르겠다. 삼 년 전 내가 한 여자로부터 실연을 당했을 즈음의 얘기이며, 그녀를 한동안 못 보고 지내다 삼 년 만에 만났을 때의 얘기이다. 삼층짜리 건물에 얽힌 얘기기도 하니, 삼박자가 딱 들어맞는 얘기다.

삼 년 전 그날, 그녀는 나를 만나자마자 예약해둔 술집까지 십오 분가량 걸어야 한다고 말했다.

"괜찮지?"

나는 물론 괜찮다고 했다. 화장을 하지 않은 그녀는 얼굴빛이 어두웠고 볼이 약간 부어 동남아 여자 같은 분위기를 풍겼다. 그녀는 모자 달린 점퍼에 운동화 차림이었는데 그 차림에 맞게 걸음도 빨랐다. 횡단보도 앞에 잠시 멈춰 섰을 때 그녀가 나를 돌아보았다.

"지난주에 큰고모님께서 돌아가셨어."

내가 오, 그래? 하는데 그녀가 피식 웃었다. 나는 친척 어른이 돌아가셨다고 말하면서 그녀가 왜 피식 웃는지 의아했다. 신호가 바뀌자 그녀는 횡단보도 쪽으로 발을 내디디면서 혼잣말하듯 중얼거렸다. 정확하진 않지만 희한하다든가 뭐라고 한 것 같았다. 주위를 둘러보았지만 희한한 것은 없었다. 굳이 희한하다면 그녀

쪽이 약간 그랬다. 큰고모님께서 돌아가셨는데 왜 피식 웃느냐 말이다. 예전부터 그녀는 내게 가끔 이런 의아함을 불러일으키는 행동을 하는 편이긴 했다.

그녀가 안내한 술집은 몹시 좁고 기차처럼 길었다. 그런 후미지고 허름한 술집을 예약까지 해야 한다는 사실이 놀라웠다. 단지 네 개의 테이블이 일렬종대로 놓여 있을 뿐이었고 오른쪽 벽을 따라 겨우 사람이 지나다닐 만한 좁은 통로가 있었다. 입구 맞은편 기차 머리 쪽이 주방이었다. 우리가 앉은 세번째 자리의 왼쪽 벽에는 작은 유리창이 뚫려 있었는데, 말이 유리창이지 미닫이도 여닫이도 아닌, 벽에 박힌 직사각형의 유리에 불과했다. 바깥은 조그만 유료주차장이었다. 유리 너머로 캄캄한 주차장에 웅크린 몇 대의 차들과 희미한 주차관리소 불빛이 보였다.

"제육과 해물을 반반 주세요."

그녀의 말에 어려 보이는 여종업원이 눈을 빠르게 깜빡였다.

"반반? 무엇이, 반반을요?"

여종업원은 한국어가 서툰 것 같았다.

"이것과 이것을 반반씩 달라고요."

그녀가 벽에 붙은 메뉴판의 항목을 하나씩 가리켰다. 여종업원은 메뉴판 위쪽 얼룩진 천장 모서리를 골똘히 쳐다보았다. 무슨 거창한 암산이라도 하는 듯 머릿속이 복잡한 표정이었다. 마침내 주방에서 주인으로 보이는 여자가 뛰어나왔다. 그녀는 제육볶음과 해물볶음을 반반씩, 가격은 이만오천원에 하기로 주인 여자와

50

삼 초 만에 결정을 보았다.

"내 마음대로 시켰는데, 괜찮지?"

나는 괜찮다고 대답했다. 솔직히 말하면 냉동 재료를 벌건 양념에 대충 볶아내는 요리를 좋아하지 않았지만 안주 같은 건 안중에도 없던 터라 달리 반대의견을 내지 않았다. 그녀가 목소리를 낮추어 투덜거렸다.

"여긴 다 좋은데 종업원이 자주 갈려. 올 때마다 늘 반반씩 시키는데도 말이 안 통하는 종업원이 오면 처음부터 다시 시작해야 하니까 축적의 보람이 없어."

"그래도 주문하는 네 노하우는 상당히 축적된 것처럼 보이던데?"

"글쎄, 설왕설래하는 시간이 좀 단축된 듯도 하고."

"여기 자주 오나보지?"

"비싸니까 자주는 못 와. 가끔 오지."

그녀는 조금 변한 듯했고 나는 그녀가 조금 낯설었다. 그 집의 모든 안주는 일괄 이만원이었다. 술집 외양에 비해서는 비싼 편이라고 할 수 있었지만 어쨌든 이만원이었다. 그녀는 이만원짜리 안주 두 가지를 반반씩, 오천원만 추가하는 선에서 시켰고 이제껏 그렇게 해왔다는 것이다.

나는 그녀와 이십대 후반을 함께 보냈다. 자주 만날 때는 일주일에 두어 번, 드물어도 한 달에 한두 번은 만나는 사이였다. 딱히 약속을 정해서 만난 기억은 없었다. 같은 일을 하다보니 오다가다 부딪치고 얽히게 되었고 취향이나 스타일이 비슷해 각별한 친밀감을 느꼈다. 우리의 만남이 끊어진 건 그녀가 업무를 바꾸면서부터였다. 마침 그때 나도 막 연애에 돌입한 시점이라 그녀에게 따로 연락을 하게 되지 않았다.

그녀에게 경제관념이 생긴 것, 자기 입맛 위주로 음식을 시키는 것, 이런 것이 그녀의 변한 부분이라고 할 수 있을까? 잘 모르겠다. 차림새로 보아 그녀가 예전보다 수수해졌다는 건 분명했다. 예전엔 목걸이나 반지는 몰라도 귀고리 하나는 독특한 걸로 달고 다니길 즐겼는데 그날은 아무 금붙이도 달거나 걸고 있지 않았다. 나는 경제관념이 가난에서 온다는 편견을 따르고 싶지는 않았다. 하지만 자기 입맛 위주로 음식을 시키는 것, 이 대목은 생각해볼 여지가 있었다. 별안간 미식가가 되었다는 뜻일 수도 있고 타인에 대한 배려가 줄어든 탓일 수도 있었다. 그리고 이 경우는 생각하고 싶지 않지만, 기회가 왔을 때 입맛을 만족시키지 않으면 안 될 정도로 입에 맞는 음식을 먹지 못하고 지낸다는 뜻일 수도 있었다. 이럴 경우, 이것은 그녀에게 생긴 놀라운 경제관념과 더불어 무엇을 의미하겠는가. 그녀가 물질적으로뿐만 아니라 정신적으로도 대단히 가난해졌다는 뜻 아니겠는가. 우리가 못 보고 지낸 삼년 동안에.

"한 이 년쯤 됐나?"

그녀가 혼잣말하듯 중얼거렸다. 내가 삼 년이라고 정정해주려는데 그녀가 유리 너머 주차장 쪽을 응시하며, 처음 이 집에 온

게, 라고 덧붙였다. 나는 그저 오 그래? 하고 말았다. 그녀가 잠시
뒤 덧붙였다.

"실연당한 친구 덕에 이 집을 알게 됐지."

실연이라는 말에 나는 기습을 당한 듯 움찔했다. 결혼까지 약속
했던 여자가 나를 떠났다는 단순한 사실이 새삼스레 상기되면서
가슴 밑바닥에서 독초처럼 쓰디쓴 고통의 싹이 돋아나는 느낌이
었다.

"실연당한 친구?"

"응."

그녀의 말에 따르면 그 친구는 남자에게 심한 배신을 당하고 그
녀에게서 조언과 위로를 듣고자 했다는 것이다. 그 말에 내가 적
잖은 관심을 보이는 순간 그녀가 갑자기 자리에서 일어났다. 좁은
통로를 지나 주방 앞으로 간 그녀는 여종업원에게 냉장고와 수납
장 쪽을 가리키며 손짓을 해 보였다. 술을 시키는 것 같았다. 술이
필요한 얘기이긴 했다. 특히 내게는 더 그랬다.

나는 종종 실연의 유대감에 대해 생각한다. 세상에는 내가 떠나
든 그들이 떠나든 둘 중 한쪽은 어느 별인가로 떠났으면 좋겠다
싶은, 참으로 호감이 가지 않는 인간형들이 있다. 그런데 만일 내
가 우연히 그들 중 누군가가 얼마 전에 지독한 실연을 당했다는
사실을 알게 되었다고 하자. 나는 몇 초 전까지만 해도 같은 하늘
을 이고 살기조차 싫었던 그 인간을 내 집에 데려와 술을 대접하

고 같은 천장 아래 재울 수도 있다. 심지어 술냄새를 풍기는 그 인간의 입술에 부디 슬픈 꿈일랑 꾸지 말라고 굿나잇 키스까지 해줄 용의가 있다. 허기의 유대나 가난의 유대 같은 것이 있고, 시험강박의 유대, 채식주의의 유대, 실종 자녀를 둔 부모들의 유대 등이 있을 수 있다. 내가 별난 인간이어서 그런지 몰라도 나는 실연의 유대만큼 대책 없이 축축하고 뒤끝 없이 아리따운 유대를 상상할 수 없다. 그래서였을까. 그때 그 기차간 같은 술집에서 나는 그녀가 술을 시키는 걸 바라보면서 얼굴 한 번 본 적 없는 그녀의 친구가 무척 가깝게 느껴졌다. 그녀의 친구와 나 사이에 생겨날 실연의 유대에 대한 예감만으로도 가슴이 설렜다. 물론 그녀의 매개가 절대적으로 필요한 상황이었다. 자리로 돌아온 그녀가 물었다.

"차도 안 가지고 왔으니까 조금 마시는 것도 괜찮지?"

나는 역시 괜찮다고 대답했다.

"맥주하고 소주 시켰는데 어때?"

오, 그래? 나는 소주를 좋아하지 않았지만 이의를 제기하지 않았다. 나는 맥주를 마시면 그만이니까. 그리고 이런 기차간 같은 분위기에서 실연에 대한 얘기를 듣다보면 소주 몇 잔 정도는 곁들이게도 될 테니까.

"맥주에 소주를 섞어 마시자, 괜찮지?"

맥주에 소주를 섞는다니 기겁을 할 일이었지만 나는 이미 엉겁결에 괜찮다고 말해버린 후였다. 그녀는 뭔가를 미리 결정한 후 한발 늦게 내 의사를 타진해왔다. 이것도 그녀의 변한 부분 중 하

나일지 모른다고 나는 생각했다. 나는 그녀를 만난 후 줄곧 오, 그
래? 아니면 괜찮아, 라는 말만 되풀이하고 있는 듯한 느낌이었다.

"그래, 그 친구한테는 뭔가 도움이 되는 얘길 해줬어?"

"그 친구? 아아."

그녀가 입꼬리를 올리며 웃었다.

"내가 도움이 되고 말고 할 것도 없었어."

"왜?"

그녀의 친구는 절망적인 기분에 휩싸인 와중에도 하루 전에 미
리 이 술집을 예약해놓았다고 했다.

"그건 충분히 희망이 있다는 증거 아니겠어?"

"희망? 무슨 희망?"

"사는 데 애착이 있는 한 희망은 있는 거잖아. 나는 그 희망을
은근히 훼방놓는 시늉만 하면 됐고."

희망을 훼방놓는다는 게 무슨 뜻인지 나는 이해할 수 없었다.
그녀가 간단히 설명했다.

"그래야 거기 희망이 있다는 걸 알지. 뭔가 잔뜩 어질러놓아야
거기 공간이 있다는 걸 알 듯이."

설명을 듣고 나면 더 모를 듯한 느낌이 드는 것, 이 또한 그녀의
희한한 면 중 하나였다. 훼방을 놓아야 거기 희망이 있다는 걸 안
다니. 뭔가를 잔뜩 어질러놓아야 거기 공간이 있다는 걸 안다니.
무슨 설명이 이런가.

여종업원이 쟁반을 날라왔다. 쟁반에 놓인 것들을 흘깃 훑어보

던 내 시선이 술병에 고정되었다. 그제야 나는 비싸서 이 집에 자주 못 온다는 그녀의 말을 이해했다. 그것은 안주에 대한 얘기가 아니라 술에 대한 얘기였다. 국그릇과 반찬 접시들 옆에 맥주 두 병과, 목이 긴 도자기병에 든 안동소주 한 병이 얌전히 놓여 있었다. 그러니까 그녀는 맥주에 안동소주를 섞자는 거였다. 이 또한 희한했다.

이 집 반찬들은 확실히 공장에서 납품받지 않은 것들이라고, 직접 아주머니가 장을 봐서 매일 만드는 것들이라고, 그녀를 이곳에 처음 데려온 친구는 힘주어 강조했다고 한다. 그러고 나서 묻지도 않고 그녀의 잔에 맥주를 따르고 안동소주를 섞었다. 고통은 무례를 용서하게 만드는 법이다. 친구는 술부터 들이켰고 그녀는 국부터 떠먹었다. 들이닥쳐 냉수 한잔 먹고 바로 본론에 돌입하는 빚쟁이처럼 친구는 술잔을 내려놓고 다그치듯 물었다.

"넌 그때 어땠어? 이럴 땐 어떻게 해야 계속 숨을 쉬고 살 수가 있는 거야?"

내 어리둥절한 표정에 그녀가 술을 천천히 한 모금 마시고 말했다.

"내가 그 친구보다 일 년 먼저 비슷한 일을 당한 적이 있었거든."

처음 듣는 얘기였다. 머릿속이 혼란스러웠다. 누가 보았다면 그때 나의 표정은 안주 반반을 이해하기 위해 여종업원이 지었던 바로 그 복잡다단한 표정과 흡사했을 것이다. 그녀의 친구가 이 년 전에 실연을 당했고 그보다 일 년 먼저 그녀가 실연을 당했다면 그녀는 삼 년 전에 실연을 당했다는 계산이 나온다. 삼 년 전이라면 우리는 스물아홉이었고, 자주는 아니어도 가끔씩은 만나고 있을 즈음이었다. 그녀의 상대가 내가 아는 녀석일지 모른다는 생각이 드는 순간 문득 얼토당토않은 의혹이 솟구쳤다. 그러나 이번에도 나는 고작 이렇게 말했을 뿐이다.

"오, 그래?"

일 년 전 그녀는 어떻게 숨을 쉬었던가. 그녀에게도 살고 싶다는 희망이 있었던가. 물론 있었을 것이다. 결코 희망의 모습으로 존재하지 않아 그녀가 그것을 알아보는 데 시간이 걸렸을 뿐.

"모든 걸 잃었다고 생각하는 순간 말이야."

그녀의 말에 친구가 처연히 고개를 들었다.

"가만히 주위를 돌아보면 여전히 뭔가 남아 있다는 걸 깨닫게 될 거야."

"대관절 뭐가 남아 있다는 거야?"

"글쎄, 그걸 뭐라고 설명해야 할까. 별로 보잘것없는 것들이긴 하지."

"그러니 무슨 상관이야? 엄청나게 대단한 것이 남아 있다고 해도 난 상관없어."

친구가 한 손으로 과장되게 허공을 그었다.

"아니! 보잘것없어! 정말 보잘것없는 것들만 남아 있지!"

친구는 멍한 눈으로 그녀를 바라보았다. 그 눈빛에는 그녀가 구원의 메시지를 주리라는 기대와 어떤 것도 자신을 구원할 수 없으리라는 체념이 안주 반반처럼 섞여 있었다.

"하지만 그 보잘것없는 것들이 상황을 바꿔놓거든. 거의 뒤집어놓는다고도 할 수 있지."

친구가 갑자기 상체를 앞으로 쑥 내밀었다.

"내가 어떻게 해야 상황이 뒤집힐 수 있다는 거야?"

친구는 그녀의 말을 오해하고 있었다. 상황이 뒤집힐 수 있다는 의미를 어떻게든 애인이 다시 돌아오게 만들 비법이 있다는 식으로 해석해선 곤란했다. 그녀는 냉정하게 말할 필요를 느꼈다.

"이를테면 친척집에 심부름을 간다든가, 업무 파트너의 경조사를 챙긴다든가 하는 것들. 그런 일들을 받아들여."

순식간에 친구의 눈빛에 배신감이 차올랐다. 친척집? 경조사? 친구는 그녀가 자기를 진지하게 대하지 않는다고, 심지어 조롱하고 있다고 생각했다. 친구는 힘없이 상체를 뒤로 물렸다.

"나는 네가 무슨 말을 하는지 전혀 모르겠다. 차라리 할 말이 없으면 가만히 앉아 있어주든지."

그리고 친구는 이내 국그릇 위로 눈물을 떨어뜨리기 시작했다. 친구는 원래 눈물이 많았는데 연애를 하면서 눈물이 더 늘었고, 애인과 결별한 후론 눈물이 거의 주량만큼 늘었다고 할 수 있었다. 그녀는 안동소주가 섞인 맥주를 한 모금 마신 후 마지막으로 이렇게 말했다.

"보이지 않는 건 아닌데 너무 초라하고 하찮아서 어디 한번 보자 하고 덤벼들 마음이 생기지 않는 그런 것들 있잖아. 그런 보잘것없는 것들이 네 주위에 널려 있거든. 대상이든, 일이든, 남아 있는 그것들에 집중해. 집중이 안 되면 마지못해서라도 감정이 그쪽으로 흐르도록 아주 미세한 각도를 만들어주라고. 네 마음의 메인 보드를 살짝만 기울여주라고."

그러나 친구는 그녀의 말에 귀 기울이지 않았고 그녀도 더는 말하지 않았다. 생각해보니 그녀도 일 년 전 실연을 당했을 때, 몸이건 마음이건 어느 쪽으로도 기울이려는 노력을 하지 않았던 것 같았다. 겉으로는 살 맞은 짐승처럼 꿈틀댔지만, 그 안쪽에서는 표면장력으로 팽팽한 절망의 비커를 붙들고 쓰디쓴 고통의 한 방울도 쏟지 않으려 안간힘을 쓰고 있었다. 그녀의 내면은 어떤 위로나 이해에도 귀 기울이지 않았고 가히 미친 균형이라 부를 만한 부동의 자세로 육체의 성마른 날뜀을 꼿꼿이 노려보고 있었다. 그런 시절을 견디자면 어쩔 수 없이 표독해지기 마련인데 그 표독함은 이를테면 맥주에 희석된 안동소주처럼 너무도 특별하고 아름다운 표독함이라 할 수 있었다. 그때 그녀는 자기 앞에서 울고 있는 친구 또한 어렴풋이 느끼고 있으리라 생각했다. 자신이 이 고통을 누구보다 즐기고 있다는 것을. 오래도록 기념하고 싶어한다는 것을. 고통이 사라진 뒤를 더욱 견딜 수 없어한다는 것을.

나는 그녀가 따라놓은 술을 마셨다. 싱거운 맥주 맛 속에 뽀족한 심처럼 독한 안동소주 향이 박혀 있었다. 그녀의 친구는 이미 원경으로 물러났다. 이제 실연의 유대는 그녀와 나, 둘 사이에 맺어졌다. 나는 떫은 혀끝으로 더듬더듬 물었다.

"너는 그때 어떻게 극복, 아니, 수습? 너는 어떻게 했지?"

그녀는 국그릇 옆에 숟가락을 내려놓으며 말했다.

"내 경우는 운이 좋았지."

그녀의 어머니는 탁월한 훼방꾼 역할을 했다. 그녀는 결국 큰고모님 댁을 방문하기로 했다. 어머니가 며칠 동안 계속해서 조르지 않았다면, 그리고 혹시 그 사람이 금전적인 문제로 자신을 외면했을지 모른다는 망상이 그날 아침 그녀의 머릿속을 가득 채우지 않았다면 그녀가 무거운 선물보따리를 들고 큰고모님 댁을 찾아가는 일은 없었을 것이다.

"금전적인 문제로 실연을 당했단 말야?"

나는 그녀가 실연을 당한 적이 있다는 말을 들었을 때보다 더 놀랐다. 실연의 상대가 혹시 내가 아니었을까 하는 민망하고 얼토당토않은 의혹이 깨끗이 사라졌다. 대신 그 당시 내가 도대체 무엇을 하고 있었기에 그녀가 금전적인 문제 따위로 배신할 놈을 사귀는 것도 모르고 있었던가, 하는 오라비 같은 회한이 밀려왔다. 그저 내 생각에, 라며 그녀는 빈 국그릇을 한쪽으로 밀어놓았다.

여전히 의심쩍어하는 내 표정을 보고 그녀가 고개를 흔들었다.

"지금 시점에서는 확실히 말할 수 있어. 금전적인 문제는 아니었어. 하지만 워낙 몰리면 그런 생각이 들기도 하잖아."

그녀의 말을 듣는 순간 나는 불현듯 내 여자가 나를 떠난 이유가 금전적인 데 있을지도 모른다는 망상에 사로잡혔다. 그럴 수 있었다. 충분히 그럴 수 있었다. 그렇다면 지금 나는 워낙 몰리고 있는 셈인가. 어이없게도 그랬다. 그녀가 내 컵을 잡으며 말했다.

"천천히 마셔."

가지런한 그녀의 인중선이 또렷하게 다가왔다.

그녀의 큰고모님 댁은 전철로 한 시간도 넘게 걸리는 시 외곽 끝자락에 있었다. 그녀가 방문하기 일 년 전쯤 그곳으로 이사했는데, 그녀는 큰고모님이 이사한 후로 한 번도 그 집을 방문해본 적이 없었다. 그녀의 어머니 말로는 전체가 사층 건물로, 삼층에는 큰고모님 부부만이 외롭게 살고 있다고 했다.

"자식이 없으니까……"

그녀의 어머니는 이 대목에서 말을 흐렸다. 처음부터 큰고모님 부부에게 자식이 없었던 건 아니었다. 그녀의 고종사촌 오빠는 어려서도 아니고 젊어서 죽었다. 서른이 되기 직전이었고 제대 후 삼 년 반 넘게 준비한 회계사 시험에 합격한 지 얼마 되지 않아서였다. 술에 취한 상태로 화장실에 가다가 난간이 없는 계단 옆으로 추락하는 어이없는 사고였다. 떨어지면서 머리를 다쳤고 하루가 지나서야 머리가 피범벅이 된 시체로 발견되었다.

그녀의 어머니는 큰고모님 부부의 소유로 된 사층 건물이, 하나밖에 없는 조카딸인 그녀에게 상속될 가능성이 높다고 생각해 그녀가 그 댁을 자주 방문해 살가운 딸 노릇을 하며 미래의 소유물을 찬찬히 살펴두기를 바라고 있었다. 그녀의 어머니는 열흘 동안 미주관광을 다녀오는 길에 사온 선물을 꼭 큰고모님 댁에 전해달라고 며칠 동안 그녀를 설득했다고 했다.

"그런데 그게 뭐였는지 아직도 모르겠어. 무척 무거웠거든. 설마 미국에서 꿀 같은 걸 사오진 않았을 텐데 꼭 꿀단지였던 것 같아."

"꿀 비슷하다면 잼 아닐까?"

"잼? 환갑 넘은 노인들에게 잼을 선물하는 것도 이상하지 않아?"

"노인들이 단 걸 얼마나 좋아하는데?"

"그래? 그럼 잼이라고 해두지 뭐."

그녀는 무거운 잼단지가 든 보따리와 대충의 약도만 가지고 큰고모님 댁을 찾아나섰다. 비록 변두리라고는 해도 사층 건물이었다. 그 사람이 자신을 떠났다는 것이 자명한 상황에서, 그녀는 그 사람이 무엇을 놓쳤는지 꼼꼼히 확인해둘 필요가 있었다. 그 당시 그녀는 자기 소유물의 가치들을 하나하나 점검하는 데 몰두해 있었다. 그녀가 동전 한 푼을 챙기는 순간 그 사람은 동전 한 푼을 빼앗기는 식이었다. 그런 텅 빈 탐욕의 몸짓만이 다시는 만날 길 없는 그 사람에게 그녀가 할 수 있는 유일한 복수였다. 그녀가 그런 산수에 골몰했다는 게 나로서는 적잖이 흥미로웠다. 배울 수 있다면 가장 배우고 싶은 산수였다.

그녀가 직접 가보니 안타깝게도 큰고모님 부부의 상가 건물은 사층이 아니라 삼층이었다. 모든 건물이 그렇듯 옥상 위에 평수가 작은 성냥갑 모양의 옥탑방이 얹혀 있었는데 그녀의 어머니는 그것도 엄연히 한 층으로 계산에 넣은 것이었다. 사거리 근처의 상가 밀집지역에 위치하긴 했지만 큰고모님 부부의 건물은 주변 건물에 비해 면적도 좁고 초라했다. 일층은 돼지갈비를 파는 식당이었고, 이층은 조그만 여행사 사무실이었다. 소위 사층이라는 조그만 옥탑방은 철학관 간판을 달고 있었다. 엘리베이터 같은 것은 물론 없었다. 그녀는 무거운 잼단지가 든 보따리를 질질 끌다시피 하여 계단을 올라갔다. 큰고모님 부부가 살고 있다는 삼층의 현관문은 조금 열려 있었다. 초인종 옆에 옥상 쪽 철학관을 표시하는 작고 빨간 플라스틱 딱지가 붙어 있었다.

그녀는 초인종을 누를까 하다가 열려 있는 문을 그대로 당겼다. 현관에 들어서자마자 주름진 회색 커튼이 앞을 가로막았다. 그녀는 현관 입구에 커튼을 쳐놓은 집을 처음 보았다. 왼편에는 거울이 달린 신발장이 놓여 있었다. 커튼과 거울이 놓인 좁다란 사각의 공간은 지하상가에 흔히 설치된 증명사진을 찍는 무인촬영소의 내부와 흡사해서, 그녀는 신발장 어딘가에 돈을 밀어넣고 뭔가를 작동시켜야 하지 않을까 하는 생각마저 들었다.

그녀는 짐을 내려놓고 신발을 벗으려다 멈칫했다. 어디다 신발을 벗어야 좋을지 알 수 없었다. 적동색 타일이 깔린 현관에는 이미 여러 켤레의 신발들이 어지럽게 놓여 있었다. 큰고모부의 것으로 짐작되는 남자 구두 한 켤레와 슬리퍼, 큰고모의 것으로 생각되는 여성용 단화, 고무신, 샌들 등이었다. 일단 신발들만 봐서는 큰고모님 부부만 외롭게 사는 집이 아니라 대가족이 북적대는 집 같았다. 그녀는 현관 한 귀퉁이에 신발을 벗어놓고 주름진 회색 커튼을 들추었다. 왜 그런지 모르겠지만 회색 커튼을 젖히기 직전 그녀의 가슴속에 낯설고 두려운 느낌이 몰려왔다.

커튼을 젖히고 안쪽으로 한발 내딛는 순간 그녀는 실내에 있던 사람들의 시선이 일제히 자기 쪽으로 집중되는 걸 느꼈다. 선물 보따리를 끌어들이느라 커튼 안으로 상체만 들이민 상태에서도 그녀는 그들의 시선을 강하게 의식할 수 있었다. 창 쪽에도 두꺼운 회색 커튼이 드리워 있어 한낮인데도 실내는 밝지 않았다. 왼편 소파에 웅크린 세 명의 여자가 노골적인 호기심에 가득 찬 눈빛으로 그녀를 쳐다보고 있었다.

기다리던 안주 반반이 나왔다. 상추를 곁들인다거나 브로콜리를 얹는 따위의 데코레이션이 완벽하게 생략된, 둥근 접시에 검붉은 빛깔의 내용물만 반반씩 담겨 있었다.

"먹어봐. 한번 먹으면 잊기 힘든 맛이야."

때마침 그녀는 담배를 피우고 있었다. 나는 마루타가 된 기분으로 술을 한 모금 마시고 제육과 오징어를 함께 집어 입안에 넣었다. 무엇이라고 할까, 혀의 돌기들이 일제히 놀라 일어나며 환호하는 느낌이었다. 재료나 양념도 훌륭했지만 프라이팬에 볶은 것을 다시 연탄불에 직화구이를 했는지 맵고 기름진 맛 끝에 고소한 탄불 맛이 느껴졌다. 술은 술대로 안주는 안주대로 한 겹 한 겹 얇고 정교하게 엇갈리고 스며드는 독특한 맛의 조화였다.

"대단한데!"

나는 그녀를 만난 뒤 처음으로 내 느낌을 솔직히 표현했다는 생각이 들었다. 그럴 줄 알았다는 듯 그녀가 미소를 지으며 담배를 바닥에 떨어뜨려 밟아 껐다. 이 집에서는 그런 고전적인 담뱃불 끄기가 허용되나보았다. 나는 돌연 유쾌해졌다.

"그래서? 그 여자들은 누구였는데?"

"가만, 가만. 나도 안주 좀 먹고."

"그래, 그렇지. 어서 먹자. 먹고 얘기하자."

내가 아니라 혀의 돌기들이 말했다.

그녀는 엉겁결에 세 명의 여자에게 인사를 했다. 제일 안쪽에 앉은 여자가 그녀를 향해 고개를 까딱거렸다. 그녀는 선물보따리를 벽에 붙여 세워놓고 그 자리에 가만히 서 있었다. 그릇에 담긴 물처럼 고요하게 산다던 큰고모님 부부 댁에 그렇게 많은 손님들이 방문해 있으리라곤 짐작도 못 했다. 가만히 살펴보니 여자들의 연령대가 아주 다양했다. 그녀를 향해 고개를 까딱인 안쪽 여자는 족히 칠십은 훌쩍 넘긴 노파였고, 눈가에 기미가 촘촘히 박힌 가운데 여자는 삼십대 후반쯤으로 보였다. 그녀 가까이에 앉은 눈꼬리가 치켜올라간 여자만이 큰고모님과 비슷한 환갑 언저리인 듯했다.

"이쪽으로 와 앉으셔."

노파가 말했다. 그러나 노파의 손가락은 이쪽이라는 말과 달리 맞은편에 놓인 등받이 없는 동그란 의자를 가리켰다. 그곳은 실내에서 가장 밝다고 할 수 있는 자리였다. 그녀는 순간적으로 그곳에 앉는 것을 거부하고 싶었다.

"큰고모님은 지금 안 계신가요?"

그녀의 물음에 세 여자가 일제히 반응을 보였다. 큰고모님이라네, 라고 노파가 말하자, 그러게요, 라고 가운데 기미 낀 여자가 대꾸했고, 눈꼬리 사나운 환갑 여자가 그녀 쪽으로 목을 쭉 빼며 물었다.

"큰고모님이라면, 여길 자주 들락거리는 편인가?"

들락거린다는 말이 귀에 거슬렸지만 그녀는 왠지 모르게 변명을 해야 할 것 같은 생각이 들었다.

"아뇨. 자주는 못 오고, 한참 만에 왔습니다. 큰고모님은 어디 가셨어요?"

그러자 또 여자들이 활기를 띠었다. 어디 가셨을 리가 있냐느니, 문도 열려 있지 않았냐느니, 먼저 온 손님이 계시다느니, 우리도 기다리는 중이니 처녀도 거기 앉아 기다리라느니, 누가 하는지도 알 수 없는 말들이 그들 무리에서 쏟아져나왔다. 노파가 재차

66

손가락으로 맞은편 의자를 가리키는 바람에 그녀는 기계적으로 그 자리에 뾰똑 앉았다. 모두들 그녀의 다음 말을 기다리는 기색이어서 그녀는 마지못해 이렇게 덧붙였다.

"큰고모님이 여기로 옮겨오신 후론 처음 와 뵙는 거예요."

그녀의 말에 다시 여자들이 술렁거렸다. 그녀가 무슨 말만 하면 그런 식이었다. 기미 낀 여자가, 여기로 옮겨오신 지 얼마 안 되었나봐요, 하자 노파가 그러게, 라고 대꾸했고, 눈꼬리 사나운 여자가 다시 목을 쭉 빼며 물었다.

"처녀는 고모님이 여기로 언제 옮겨오셨는지 아나?"

"한 일 년 정도 된 걸로 알고 있습니다."

"그전엔 어디 계셨는데?"

"서울 화곡동 쪽에 사셨습니다."

"어머, 화곡동에 우리 큰형님이 사시는데 그때 함께 올걸."

가운데 여자가 안타깝다는 듯 외쳤다.

"그래, 화곡동에 계실 적에도 자주 드나들었나?"

이번에는 노파가 그녀를 구슬리듯 물었다.

"아뇨, 자주는 못 뵙고 일 년에 한두 번 정도."

그녀는 살짝 횟수를 늘려 말했다. 눈꼬리 사나운 여자가 날카롭게 추궁하듯 물었다.

"일 년에 한두 번이면 자주 아닌가?"

"자주라고는 할 수 없지."

노파가 큰고모님을 자주 방문하지 못한 그녀를 힐책하듯 의미

심장하게 고개를 저었다.

"그래, 아가씨는 무슨 볼일로 왔어요?"

가운데 여자가 조심스럽게 물었다. 그녀는 뭐라고 대답해야 좋을지 몰랐다.

"거, 초면에 그런 걸 물으면 실례 아닌가?"

노파의 말에 눈꼬리 사나운 환갑 여자가 큭큭 웃었다. 그녀는 좀 성가시게 되었다는 생각이 들었다. 그때 가운데 여자가 고개를 숙이고 어깨를 움찔대기 시작했다. 갑자기 울음을 터뜨리려는 모습처럼 보였는데, 자세히 보니 뜨개질감을 손에 들고 뜨개질을 시작한 것이었다. 알록달록한 치마 위에 알록달록한 뜨개실과 바늘을 얹어두었나본데, 그런 사실을 전혀 몰랐던 그녀로서는 그 번개 같은 뜨개질 동작이 격한 감정을 억누르는 마법의 몸짓처럼 느껴졌다. 가운데 여자는 신경질적일 정도로 손을 빠르게 놀려 뜨개질을 하면서 말했다.

"저는요, 할머니. 이름 보고는 딱 남잔 줄 알았거든요."

노파가 낮게 웅얼거렸다.

"여자라니까, 여자."

"차라리 여자인 게 낫지요."

눈꼬리 사나운 여자가 말을 받았다. 그들은 그녀가 오기 전에 나누던 얘기라도 있었던지 이런 소리들을 한마디씩 주고받으며 그녀의 눈치를 살폈다. 그녀는 눈을 내리깔고 못 들은 척했다. 지금이라도 큰고모님이 나오기 전에 선물보따리만 놓고 가버리는 게 좋지 않을까 하는 생각도 들었다. 그녀가 고개를 들자 세 여자는 잔뜩 기대하는 눈빛으로 그녀를 바라보았다. 마치 무대 한가운데 스포트라이트를 받고 앉아 있는 느낌이었다.

"저는 이걸 큰고모님께 전해드리고 가기만 하면 되거든요. 여기 놓고 갈 테니 말씀 좀 전해주시겠어요?"

노파가 괘씸하다는 듯 손을 홰홰 내저었다.

"아니 무슨 소리! 여기까지 왔는데 만나뵙고 가야지."

"손님들도 많이 계시고 해서……"

노파는 그녀의 말을 끝까지 들으려고도 하지 않았다.

"어차피 날을 잡고 뵈러 왔으니 여유를 갖고 기다려. 뭐 급한 일이 있다고? 왕고모님이 얼마나 섭섭해하시겠나? 또 아나? 왕고모님이 좋은 선물을 주실지."

노파의 말에 눈꼬리 사나운 여자가 또 큭큭 웃었다. 환갑 넘은 나이에 어울리지 않는 웃음이었다. 그럴 리는 없지만 그녀는 세 여자가 자신이 큰고모님을 방문한 의도에 대해 무슨 낌새를 채고 자기들끼리 눈짓을 해대며 번갈아 그녀를 떠보는 게 아닐까 싶은 생각이 들었다. 그리고 큰고모님을 무슨 이유로 왕고모님이라고 바꿔 부르는지도 알 수 없었다. 큰고모님 부부가 언제 이사왔는지 모르는 걸 보면 이 집과 흉허물 없이 친밀하게 지내는 사이는 아닌 것 같았다. 어쩌면 상가 임대료나 파출 업무 같은 사업상의 문제로 아쉬운 소리를 하러 온 여자들 같다는 생각도 들었다. 그래서 이들이 공연히 그녀에게까지 불순한 혐의를 두고 저의를 탐색하려는 것 같아 그녀는 가능한 한 말을 아끼기로 했다.

실내를 가득 채운 낡은 가구들과 여기저기 굴러다니는 잡동사니들, 얼룩덜룩 때가 낀 리놀륨 바닥은 집주인의 오랜 방치를 말해주고 있었다. 그런 퇴락한 분위기 속에 낯선 여자들과 함께 앉아 있자니 그녀는 약간의 곤욕스러움을 느꼈다. 침묵을 지키는 그녀가 못내 아니꼽다는 듯 마침내 여자들은 자기들끼리 얘기를 나누기 시작했다.

"애기엄마는 집에 대관절 무슨 일이 있어?"

노파가 물었다.

"전 정말 죽어도 여기 안 오려고 했어요."

가운데 여자가 목숨이라도 건 듯 빠른 속도로 뜨개질을 하며 대답했다.

"그런데? 어떻게 오게 됐어?"

눈꼬리 여자가 물었다.

"즈이 큰형님 말씀이 사람이 살면서 너무 까칠하게 그러는 거 아니라고 하시더라고요."

"옳지! 화곡동 사신다는 그니로군."

"네, 맞아요, 할머니. 즈이 큰형님은 학교에서 애들 가르치는 선생님이세요. 그런데 배울 만큼 배운 학교 선생님들도 좋은 게 좋은 거라고 다들 여러 군데서 알아보고 다닌다네요."

"그렇다니까, 글쎄!"

눈꼬리 여자가 추임새를 넣었다.

70

"그러면서 이러시는 거예요. 세상에 죽어도 못 하는 게 어딨고 죽어도 꼭 해야 하는 게 어딨냐고요. 그 말이 그렇게 가슴에 콕 집히는 거예요. 그렇지 않아요, 아주머니? 살다보면 죽어도 이건 못 하겠다 죽어도 이건 해야겠다 그런 말 많이 하잖아요? 그런데 정말 죽어도 그런 게 어디 있겠어요? 그런 건 없다 생각하니까 못 올 것도 없겠다 싶더라고요."

그들은 이제 그들만의 이야기에 빠져 그녀에게 별 관심을 보이지 않았다. 그러자 오히려 그녀 쪽에서 그들에게 부쩍 관심이 생겼다. 그녀는 그들의 얘기 속에서 큰고모님 부부와의 친교에 대한 힌트를 얻으려고 애썼지만 대화 내용이 워낙 요령부득이라 쉽지 않았다.

그들은 정해진 순서라도 있는 듯 돌아가며 얘기를 했다. 우선 노파가 옛이야기책에나 나올 법한 희한한 질병에 관한 얘기를 하자, 뒤를 이어 눈꼬리 여자가 얼마 전에 신문에 보도된 유괴사건 얘기를 했다. 마지막으로 가운데 여자가 남자의 지독한 바람기에 대해 비난을 퍼부었다. 얘기가 한 바퀴 돌자 다시 노파가 쥐나 벌레를 이용한 민간요법적인 처방을 줄줄 늘어놓았고, 눈꼬리 사나운 여자는 이를 갈며 우리나라 경찰의 무능함을 개탄했다. 자기 차례가 되었는데도 가운데 여자가 조용히 뜨개질만 하는 바람에 실내에는 침묵이 흘렀다. 잠시 후 눈꼬리 사나운 여자가 애잔한 목소리로 물었다.

"애기가 몇이야?"

"하나요."

"하나? 아들이겠군."

노파가 끼어들었다.

"네, 이제 겨우 초등학교 삼학년이에요."

"우리 막내손주보다 한 학년 위군."

눈꼬리 사나운 여자가 무슨 선서라도 하듯 엄숙하게 말하더니, 살아 있다면, 이라고 비장하게 덧붙였다. 이 말을 신호로 노파는 신들린 듯 만능 고약에 대한 찬사를 늘어놓았고, 눈꼬리 사나운 여자는 낮게 염불인지 주문인지를 외웠고, 삼십대 여자는 훌쩍훌쩍 울기 시작했다. 그러면서도 가끔 콧물을 훔칠 때 빼고는 양손으로 빠르게 뜨개질을 계속했다.

그녀는 머릿속이 텅 비어가는 느낌이었다. 그녀는 그들이 나누는 대화에서 의미라기보다는 어떤 기운을 감지했다. 그것은 꿀이나 잼처럼 끈적하게 조이고 당겨오는 불행의 인력 같은 것이었다. 그들의 이야기가 슬픈 리듬을 띤 환상성을 갖고 있어 그녀는 자신이 어디에 있는지조차 잊었다. 갑자기 노파가 쉰 소리로 툴툴거렸을 때에야 그녀는 긴 몽상에서 깨어났다.

"되게 더디네, 거참."

눈꼬리 올라간 환갑 여자가 대꾸했다.

"먼저 온 손님이 오래 걸리는 모양이에요."

"누구든 사연이 많겠죠."

어느새 울음을 그친 삼십대 여자가 받았다.

72

"말을 많이 했더니 목이 칼칼하네."

"자판기라도 하나 마련해두지 않고서."

"그러게 말이에요."

그녀는 좀 이상하다는 생각이 들었다. 집 안에 자동판매기를 들여놓는 사람이 어디 있는가. 그때 커튼 너머에서 현관문이 당겨지는 소리와 함께 거친 숨소리가 들려왔다. 여자들의 고개가 일제히 돌아갔다. 그녀의 고개도 돌아갔다. 쿵쿵거리면서 쩝쩝거리는 소리와 함께 커튼이 훨쩍 열리더니 그녀의 큰고모부님이 모습을 드러냈다. 그녀는 의자에서 엉거주춤 일어섰다. 큰고모부의 흐릿한 눈빛에서 그녀는 그가 자기를 알아보지 못했다는 걸 느꼈다. 큰고모부는 입에 이쑤시개를 문 채 그곳에 앉은 여자들을 내려다보았다. 노파가 고개를 까딱하며 그녀에게 그랬듯이, 이쪽으로 와 앉으세요, 라고 말했다. 큰고모부는 그 말은 무시한 채 이렇게 중얼거렸다.

"보아하니 뭐들 보러 오셨나본데……"

큰고모부는 안쪽으로 잠깐 시선을 돌렸다.

"이 사람은 아직도 자나?"

큰고모부는 다시 그들을 향하더니 가볍게 나가라는 손짓을 했다.

"철학관 오셨으면 한 층 더 올라가시오."

"네에? 여기가 아니라고요?"

세 여자가 동시에 일어섰다. 가운데 여자의 알록달록한 치마에서 실뭉치가 또르르 굴러떨어졌다.

"보면 모르십니까? 여긴 가정집이오."

노파가 다시 소파에 쭈그리고 앉아 벗어놓았던 버선을 꿰며 말했다.

"아이고, 다들 가정집 같은 데다 신단을 꾸미고들 하니까 여기도 그런 줄 알았지."

큰고모부는 천천히 이를 쑤시면서 말했다.

"그놈의 콩꼬투리만한 철학관 딱지를 떼고 당장 큼지막하게 새로 만들라고 하든지 해야지."

왜 그랬는지 모르지만 그녀는 세 여자들을 따라 우르르 밖으로 몰려나왔다. 그들은 초인종 옆에 붙은 빨간 딱지 속에서 자신들이 오해할 수밖에 없었던 변명거리를 찾으려 했다. 철학관 딱지에는, 기미 낀 여자가 "이름 보고 남자인 줄 알았어요" 했던 남자 이름 석 자가 '도사'라는 글자와 함께 새겨져 있었다. 글자 아래에 위쪽을 가리키는 화살표가 있었는데 그 가느다란 선이 세 여자의 원성을 샀다.

세 여자는 앞다투어 계단을 올라갔고 그녀는 계단을 내려왔다. 옥탑방 도사는 자신이 왕고모님으로 불린 사실을 모르겠지만, 그녀는 세 여자가 왕고모님 도사에게 어떤 선물을 받으러 가는지 알 수 있었다. 계단을 한 칸 한 칸 밟을 때마다 그녀는 뭔가에 들씌운 듯 중얼중얼 빌고 또 빌었다. 희귀병을 앓는 친지의 완쾌를, 유괴된 손자의 생환을, 바람난 남편의 귀가를, 자식을 앞세운 뒤 늙어가는 부부의 평안과 명랑을 빌었다. 그녀가 타인을 위해 뭔가를 이토록 절박하게 빌어본 적은 없었다. 계단을 다 내려왔을 때 그녀는 스스로가 다른 사람이 된 것처럼 느껴졌다. 다만 계단을 올라갔다 내려온 것뿐인데, 삼층 큰고모님 댁에 무거운 잼단지만이 아니라 그녀를 그녀이게 만들었던 본성의 작은 칩마저 함께 두고 온 듯했다.

그때 뵈었던 큰고모부님이 일 년 전에 돌아가셨다. 그리고 지난달에 그녀는 큰고모님이 돌아가셨다는 연락을 받았다. 그나마 다행인 것은 자연사라는 사실이었다. 큰고모부가 자살한 지 일 년 만이었다. 기일은 하루 치이었다. 아들이 죽은 뒤로 늘 기운이 없고 비몽사몽이라 남편 점심 한번 제대로 차려준 적 없던 큰고모는 남편의 첫 제사상을 차리기 위해 아침 일찍 일어나 장을 보러 나섰다. 갑작스레 몰아닥친 늦추위에 꽁꽁 언 채 삼층 계단을 힘겹게 올라와 집에 들어서자마자 큰고모는 몸을 녹일 셈으로 뜨거운 물을 마셨다. 그게 화근이었다. 큰고모는 뜨거운 물을 삼킨 순간부터 끙끙 앓다 그날 밤에 돌아가셨다. 생전의 큰고모부가 점심때마다 내려가 식사를 하곤 했던 일층 돼지갈빗집 주인 여자가 임종을 지켰다. 큰고모의 마지막 유언은, 그때 찬물을 먹었어야 했는데, 였다고 했다. 그리고 삼층 건물은 그녀에게 상속되었다.

그녀의 얘기는 여기까지였다. 이 얘기를 듣는 데 서너 시간이 걸렸다. 우리는 안동소주 한 병과 셀 수 없이 많은 맥주병을 비웠고 이십 분 간격으로 번갈아 주차장에 있는 화장실에 다녀왔다. 누가 물어온다면 나는 다만 그녀의 얘기의 개요만을 전달할 수 있을 뿐이다. 그러나 이런 식의 이야기에서 개요란 얼마나 허망한가. 우중충한 공예품이 가는 솔질에 의해 희끄무레한 먼지를 벗고 세밀한 장식의 윤곽과 색깔을 드러내듯, 인중선이 분명한 그녀의 윗입술에서 흘러나온 찬찬한 묘사는 내게 정오 무렵 낡은 삼층 건물 가정집 거실에서 일어난 풍경들을 오롯이 드러내주었다. 그런데 나는 그것을 이 정도로밖에는 전달할 수가 없다. 나는 그녀가 낯선 여자들과 마주 앉아 있는 동안 그녀 내부에서 무슨 일이 일어났는지 모른다. 그녀 또한 그것을 표현하지 못했다. 그게 무엇이든 어디 보자 하고 덤벼들면 보잘것없는 것이긴 할 것이다. 그러나 그것이 그녀를 바꿔놓았다는 것은 분명했다.

술집을 나올 때 나는 그녀가 이미 계산을 마쳤다는 걸 알았다. 먼저 만나자고 연락한 내가 술값을 내도록 해주는 게 도리였다. 내 표정에서 비난의 기미를 알아챈 그녀가 피식 웃었다. 피식. 그렇다. 순간 나는 모든 걸 깨달았다. 얼토당토않은 의혹은 진실이었다. 그래서 그녀는 큰고모님께서 돌아가셨다고 말하면서 피식 웃었던 것이다. 나도 피식 웃었지만, 그것은 웃음이라기보다 입가에 인 조용한 경련에 가까웠다. 나는 그녀가 횡단보도를 건너면서 중얼거렸던 말을 상기했다. 과연, 그녀의 큰고모님 부부와 나의 인연은 희한했다. 내가 그녀의 사랑을 모른 채 한 여자와 연애를 시작했을 때 그녀는 실연의 고통을 안고 큰고모님댁 삼층 건물을 방문했고, 내가 그 여자에게 실연을 당하고 삼 년 만에 그녀를 찾았을 때 그녀는 돌아가신 큰고모님 부부로부터 삼층 건물을 상속받았다. 나는 어쩌면 내 것이 되었을지도 모를 낡은 삼층짜리 상가 건물을 떠올렸다. 회색 커튼을 쳐놓은 괴상한 현관과 어두운 실내, 옥상으로 향하는 계단 벽에 붙어 있었을 빨간 플라스틱 딱지까지 생생했다.

그녀는 주차장 쪽에서 나온 늙은 남자에게 살짝 손을 들어 보였다. 차를 가지고 오지 않았다는 신호였다. 그녀는 일곱시를 가리키는 시곗바늘의 각도처럼 편안해 보였다. 그녀가 편안하다면 나로시도 만가운 일이었다. 그러나 이제 그녀는 누구를 만나도 가슴이 설레지 않는 것이다. 그리고 누가 자신에게 가슴이 설레길 원하지도 않는 것이다. 그녀는 사랑의 고통으로부터 너무 먼 어딘가로 초월해버린 것 같았다. 그녀는 훨씬 더 관대하고 자연스러워졌지만 더이상 사랑을 믿지는 않는 것 같았다. 이런 생각은 나를 슬프게 했다. 자신의 소유물을 하나하나 점검하여 나로부터 그것을 하나하나 빼앗는 식의 무력한 산수에 골몰했던 스물아홉의 그녀는 어디로 갔을까.

그때 나는 어쩌면 나도 모르게 놓쳐버린 스물아홉의 그녀로 인해 뒤늦은 실연을 앓게 되리라는 생각을 했다. 너무 늦어 격렬하지는 않겠지만, 격렬할 수도 없겠지만, 그래서 입술을 피나게 씹어대진 않겠지만, 희미해진 사진 속 윤곽을 더듬듯 손끝이 닳도록 무언가의 테두리를 하염없이 더듬어나갈 만큼의 세월이 시작되리라는 예감이었다. 그 예감은 지난 2월 내가 이 술집을 찾아든 순간 적중했다.

　동네에 단골 술집이 생겼다는 건 기억에 대해서는 한없는 축복이지만 청춘에 대해서는 만종과 같다. 사랑을 믿던 한 시기가 끝났으며, 뒤를 돌아보아야만 앞으로 나아갈 수 있는 나이가 되었다는 것을 의미한다. 나는 지금 서른다섯이라는 인생의 한낮을 지나고 있다. 태양은 머리 꼭대기에서 이글거리지만 이미 저묾과 어둠을 예비하고 있다. 내 생애의 조도는 여기가 최대치다. 이보다 더 밝은 날은 내게 다시 오지 않을 것이다.

　내 인생이 연령의 절반을 꼭짓점으로 하여 직각으로 꺾이는 형태라면, 그녀의 인생은 앞쪽이 다소 높은 산의 능선처럼 삼분의 일 지점에서 봉우리를 이룬 후 부드럽게 흘러내리는 형태일 것이다. 누구에게나 자기만의 멜로디가 있다. 이십대 후반 무렵 나만큼이나 겁이 많고 감정에 인색했던 그녀가 내게 보내온 사랑노래는 매우 낮은 음역의, 들릴 듯 말 듯한 작고 희미한 멜로디였으리라. 나는 그것을 나와 무관한, 그녀의 희한한 개성으로 간주했다. 스물아홉의 봉우리에서 그녀는 너무 일찍 철들었고 다가올 어둠에 너무 일찍 눈이 익어버렸다. 낡은 삼층 건물의 어둑한 실내에서 그녀가 낯선 여인들을 통해 본 것은 그녀의 미래가 그리는 능선이었을까. 삼 년 전 그녀는 이미 오후를 사는 사람의 나른한 눈빛을 갖고 있었다. 그리하여 그녀는 지금의 내 대낮 같은 기다림을 알아보지 못한다. 그리고 그것은 전적으로 그녀의 작은 노랫소리를 알아듣지 못하고 다른 여자의 높고 새된 노래에 혹한 내 귀의 어두움에서 비롯된 일이다.

사랑을 잃는 것이 모든 것을 잃는 것은 아니라는 것쯤은 나도 안다. 그런데 희한한 건 그녀의 큰고모님 부부와 나의 질긴 인연이 아직 끝나지 않았다는 사실이다. 나는 옥상에 옥탑방을 얹은 낡은 삼층짜리 건물을 그냥 지나치지 못하며 가벼운 실수나 후회 거리가 생기면 이렇게 말하곤 한다.

그때 찬물을 먹었어야 했는데.

헤어지기 전 그녀가 내게 마지막으로 물었다.

"괜찮지?"

"괜찮네."

물론 기차처럼 긴 술집에 대한 품평이었지만, 나는 그녀의 얘기를 듣는 동안 내가 겪고 있는 실연의 고통이 서서히 무뎌지는 것을 느꼈다. 나는 그녀의 괜찮냐는 물음에 괜찮다는 대답을 되풀이하면서, 그녀가 자꾸 나의 안부를 묻고 나는 그것에 괜찮다고 대답을 하는 듯한 착각이 들었다. 괜찮지? 괜찮아. 그러면서 나는 정말 괜찮아졌다. 이제 모든 것은 소소한 과거사가 되었다. 나는 기차간 모양의 술집 분위기를 내는 이 단골 술집에 혼자 앉아, 맞아 그때 그런 얘길 했었지라든가 왜 그랬을까 그녀는, 하고 생각한다. 그녀의 이름, 그녀가 했던 얘기들, 그녀의 피식 웃던 표정,

그녀의 단정한 인중선과 윗입술을 떠올린다. 그녀는 오지 않고 나는 사랑을 믿지 않는다. 돌이켜보면 엄청난 위로가 필요한 일이 아니었다. 사랑이 보잘것없다면 위로도 보잘것없어야 마땅하다. 그 보잘것없음이 우리를 바꾼다. 그 시린 진리를 찬물처럼 받아들이면 됐다.

내 정원의 붉은 열매

무언가가 완성되는 순간은

그것을 완전히 잃고,

잃었다는 것마저 완전히 잊고,

오랜 세월이 흐른 뒤

우연히 그 언저리를 헛짚는 순간이다.

사랑하는 사람이 죽었다는 말을

내가 베란다에 식물을 키워보려 한다고 말하자 현수가 말했다.

"물구멍 없는 화분에 키워."

현수는 긴 대젓가락을 능숙하게 놀려 자기 앞접시와 내 앞접시에 부추만두 하나씩을 내려놓았다. 젓가락질 잘하는 사람이 머리가 좋다고 했던가. 얼마나 사뿐히 집었던지 얇은 찹쌀피에는 젓가락에 눌린 자국조차 없었다. 물구멍 없는 화분에 내가 별 관심을 보이지 않자 현수가 답답하다는 듯 물었다.

"물구멍 없는 화분이 얼마나 혁명적인지 모르지?"

물구멍 없는 화분이 얼마나 혁명적인지 나는 몰랐다. 그저 화분 공장 입장에서, 물구멍을 막는 데 들어가는 재료값과 물구멍을 뚫지 않아 절약되는 공정 사이에서 어느 게 더 이익일까, 장난삼아

저울질해보았을 따름이다. 그러나 현수의 설명을 들으면서 나는 솔직히 놀라지 않을 수 없었다.

현수의 말에 따르면 물구멍이 없는 화분은 디자인의 혁명이 아니라 질료의 혁명이라는 것이었다. 당연히 그럴 것이었다. 물이 빠지지 않아도 되는 특별한 흙의 발명이 화분의 물구멍을 없앴다. 그리하여 화분 자체를 없앴다. 못 쓰는 솥이나 냄비, 쓰레기통, 세숫대야, 바가지 등등 어떤 그릇이나 용기도 화분이 될 수 있다는 것이다. 더불어 물구멍이 없으니 물받이도 필요 없다는 것이다.

"하, 참!"

그제야 내 입에서 탄식이 흘러나왔다. 그럼 화분공장은 망한 것이다.

"심지어 이 만두도 말이야."

현수는 젓가락으로 부추만두의 솟아오른 봉오리를 살짝 찔렀다.

"안에 특별한 흙을 조금 담고 부추 씨를 심으면 훌륭한 미니 화분이 될 수 있지."

멋지게 설명을 마무리한 현수는 와인을 마시고 만두피의 구멍에 입을 대고 즙을 빨았다. 만두가 입속으로 들어갈 때 현수의 입술 사이에 그어진 레드 와인 자국이 언뜻 보였다. 나는 내 접시 위에 놓인 부추만두를 내려다보았다. 투명한 찹쌀피 위로 부추의 싱그러운 초록빛이 배어나고 있었다. 만두가 화분이 되어 부추를 자라게 할 수 있다니, 흥미로운 얘기였다. 나는 그밖에 또 무엇이 화분이 될 수 있을까 생각해보았다. 현수가 대바구니에서 이번에는 새우만두 하나를 집었다. 부추만두가 화분이 될 수 있다면 저 연분홍빛 통새우살이 은은하게 내비치는 새우만두는 어항이 될 수도 있겠군, 하고 생각하는데 문득 내 입에서 이런 물음이 튀어나왔다.

"그렇다면 방도?"

현수는 새우만두를 입에 넣으려다 말고 물었다.

"방? 룸 말하는 거야?"

"응."

현수는 잠시 생각한 뒤 대답했다.

"그렇지. 창문만 봉쇄한다면 이론상으로 충분히 화분이 될 수 있지."

방이 화분이 될 수 있다니 과연 혁명적인 일이었다.

"방 정도면 정원도 되겠다."

현수의 입이 벌어지면서 자줏빛 와인 선이 열리는가 싶더니 그 사이로 분홍 장미의 볼록한 꽃잎 같은 새우만두가 사라졌다. 그 광경을 바라보는 순간 갑자기 내 머릿속에서 만두 속즙이 터지듯 기억의 물방울이 톡 터졌다. 오랫동안 잊고 있었던 장면 하나가 떠올랐다. 마치 꿈에서인 듯 나는 P형과 단둘이 걷고 있었다. 화사한 봄꽃이 만개한 주택가였다.

현수는 계속 만두를 먹으면서 실내에서 키우면 좋은 식물에 대해 얘기했다. 내 앞접시에는 여전히 초록빛 부추만두 하나가 놓여 있었다. 한 김 걷히고 식어가는 만두처럼 기억 속의 장면들이 조금씩 분명해지면서 모양을 잡아갔다. 최근에 현수를 몇 번 만나면서 자주 겪는 일이었다. 오래전에 잊었다고 생각했던 일들이 어둠 속 등대 불빛처럼 깜빡깜빡 떠오르곤 했다. 나는 와인을 한 모금 마시고 만두를, 아니 작은 화분을 입에 넣었다.

P형을 생각할 때면 나는 언제나 그 방을 떠올리곤 했다. 아니, 그 방을 떠올릴 때면 P형을 생각했는지도 모른다. 그때는 그런 식이었다. 만두의 피처럼, 식물의 화분처럼, 선배라는 존재는 방을 하나씩 가지고 있었고 그 방으로 상징되었다. 한때 P형이 살았던 그 방, 난곡 주택가를 지나 한없이 언덕을 올라 녹슬고 칠이 벗겨진 초록색 철문을 밀고 들어가면 나타나던 그 방. 창문도 없던 그 방은 뒤집힌 화분처럼 한쪽 벽이 비스듬히 기울어 있었다. 그러고 보니 귀가 잘 들리지 않는 P형의 어깨도 그렇게 비스듬히 기울어 있었던 것 같다. 그렇다면 P형과 단둘이 걸었던 그 길은 난곡 주택가였던가.

내가 발이 넓은 현수에게 P형의 소식을 물어볼까 망설이는데 현수의 휴대전화 벨이 울렸다. 현수는 잘 들리지 않는지 휴대전화를 귀에 바짝 갖다대고 통화를 했다. 현수의 목소리가 높아졌다.

"뭐? 누가 죽었다고?"

나는 와인을 마시다 말고 잔을 내려놓았다. 누군지 모르지만 이렇게 추운 날 죽다니, 라는 생각밖에 들지 않았다. 내일 새벽에는 기온이 영하 13도까지 내려간다고 했다. 강풍을 동반한 추위라 체

86

감온도는 영하 20도에 육박할 것이라고 했다.

"알았어."

현수는 나를 쳐다보더니 휴대전화를 들고 자리에서 일어났다. 중국풍 카페의 실내는 난방이 잘 되어 따뜻한 편이었다. 나는 둥근 와인잔을 한 손으로 감싸고 천천히 돌렸다. 대바구니 보 위에 남은 두어 개의 만두가 찹쌀피가 마르면서 투명함을 잃고 화분처럼 굳어가고 있었다.

곰곰이 따져보니 P형과 함께 걸었던 봄꽃 만발한 주택가는 내가 처음에 생각했던 것처럼 난곡 입구 주택가가 아니었다. 그때에만 해도 나는 P형의 방에 대해 모르고 있었다. 그러니 P형에 대해서도 모르고 있었던 셈이다. 그때 나는 P형을 처음 만났다.

그날 나는 두시에 수업이 있었다. 일전에 내가 현수에게 사회과학 공부에 관심이 있다고 말하자 현수는 별일 아니라는 듯 이렇게 대꾸했다.

내가 하는 공부모임에 들어와.

서울 출신에다 재수까지 한 현수는 신입생답지 않게 노련하고 냉소적인 편이었다. 무엇에도 놀라거나 당황하는 일이 드물었다. 지방에서 갓 올라온 내게 현수는 대학생활의 안내자이자 스승이었다. 그러나 여럿이 모여 책을 읽고 토론을 한다는 것이 그토록 조심스럽고 번거로운 절차가 필요한 일이라곤 나는 상상조차 못했다. 여러 번의 전언이 오간 끝에 모임을 이끄는 선배가 직접 나를 만나보고 결정하겠다는 통보가 왔다.

하, 참! 그때 나는 속으로 탄식했다. 현수는 '내가 하는 모임'이라고 말해선 안 되었다. 아무리 내게 지도와 편달을 아끼지 않는 현수라 할지라도, 아니 그렇기 때문에 더욱 현수는 '내가 참가하는 모임'이라고 정확히 말했어야 했다. 현수의 작은 유치를 엿본 것 같아 나는 그녀가 조금 더 친밀하게 여겨졌다. 아무튼 그날 아침 현수는 나를 만나자마자 오후 두시에 교문 앞 서점으로 가보라고 했다. 수업이 있다는 내 말을 현수는 특유의 몸짓으로 가볍게 무시했다.

P형이 두시부터 기다리겠다고 했어. 그 형은 십 분만 지나면 가버릴 거야. 원래 바쁜 사람이기도 하지만 스타일이 그래. 안 기다려. 수업이야 한 번쯤 빼먹어도 괜찮잖아? 유감스럽게도 나는 절대 빼먹으면 안 되는 수업이라 함께 못 가. 이과 수업들이 주로 그래. P형에게 네 인상착의를 말해뒀어. P형은 별 특징이 없어서 뭐라고 말해줄 수가 없네. 안경은 안 꼈고, 좀 말랐고, 어딘가 삐딱해.

문과였던 나는 할 수 없이 두시 수업을 빼먹고 서점으로 갔다. 학교 옆이 등산로 입구여서 교문 앞에는 등산객들을 상대로 가벼운 안줏감과 술을 파는 올망졸망한 노점들이 많았다. 그 가운데 끼어 있는 서점은 지식의 수문장이라기보다 못난 자식들을 줄줄이 거느린 고지식한 가장처럼 보였다. 서점 계단에는 취한 노인들이 나른한 자세로 앉아 있었고 서점 문은 술집 문처럼 반쯤 열려 있었다. 서점 안에는 학생들이 열 명 정도 있었는데 반 정도가 안경을 안 끼고 마른 학생들이었다. 그중 어딘가 삐딱한 사람이 없나 둘러보는데 누군가 내게 다가왔다.

P형이세요?

P형이 등을 돌리며 말했다.

일단 나가자.

나는 P형을 따라 서점에서 나왔다. 나는 현수가 내 인상착의를 어떻게 말했기에 P형이 대번에 나를 알아보았는지 궁금했다. 나 역시 별다른 특징이 없었고 안경을 안 끼었고 좀 말랐을 따름이었다. P형과 다른 점이라면 성별이 여자이고 어딘가가 삐딱하지 않다는 정도인데, 삐딱하지 않다는 것이 식별의 표시가 된다는 선 기본적으로 말이 안 됐다.

집이 어디냐?

고향 말씀이세요?

뭐라고?

고향 말씀하시는 건지.

아니, 지금 사는 곳.

하숙합니다.

저쪽?

P형이 턱으로 하숙촌 방향을 가리켰다.

네.

그럼 거기까지 좀 걷자.

하숙촌까지는 세 정류장쯤 되었지만 당시에는 누구나 그 정도

거리는 걸어다녔다. 나는 입학한 지 한 달도 못 되어 걷는 데 자신이 붙었다. 그래서였을까. 처음 교내 미팅을 했을 때 나는 파트너와 산책 삼아 교정을 한 바퀴 돌기로 했다. 세 시간 넘게 걸렸지만 어느 쪽에서도 먼저 그만두자는 말을 하지 않았다. 쌀쌀한 기운이 남아 있는 초봄이었는데도 우리는 땀범벅이 되었다. 원래의 자리로 돌아오자마자 우리는 허둥지둥 서둘러 헤어졌다. 둘 다 혹시 상대방이 내친김에 삼십 분 넘게 걸리는 하숙촌까지 걸어가 커피나 한잔하자고 말할까봐 두려웠던 것이다. 서로를 믿지 못해 허둥지둥, 그것으로 끝이었다. 그런 식으로 미팅에 성공할 수는 없었을 것이다. 파트너에 대해서는 기억나는 게 없지만 오랜 산책의 막바지에 지친 몸을 이끌고 한 발짝씩 걸음을 뗄 때마다 끝나지 않을 바느질을 한 땀 한 땀 박아나가는 듯 지루하고 막막하던 느낌만은 또렷했다.

아버지는 뭐 하시니?

회사 다니십니다.

회사?

네.

무슨 회사?

기계부품 같은 것 만드는 회사입니다.

뭐라고?

P형이 내 쪽으로 어깨를 기울였다.

기계부품 만드는 회사라고요.

작지?

네?

이번에는 내가 P형 쪽으로 어깨를 기울였다.

회사 규모 말이야.

별로 큰 회사는 아닙니다.

그럼 마찌꼬바네.

P형은 이렇게 말하고 누런 청자 담뱃갑을 꺼내 한 대 피워물었다. 물론 마찌꼬바였다. 하지만 마찌꼬바는, 자기가 마찌꼬바라는 건 알지만 누가 마찌꼬바라고 하면 도저히 참지 못하는, 앤의 빨강머리 같은 존재 아닌가. 아버지 뭐 하시냐는데 마씨쇼바 나니십니다, 라고 말할 수는 없는 것 아닌가. 나는 살며시 P형을 훔쳐보았다. P형은 눈이 작고 코가 뾰족하고 중키에 마른 편이었다. 흔한 격자무늬 셔츠에 베이지색 점퍼와 회색 바지를 입고 있었다. 전체적으로 평범해 보였지만 선량한 인상은 아니었다. 뾰족한 코끝에 날카로운 심문관의 영혼이 깃든 듯한 느낌이어서 나는 다소 긴장하고 있었다.

담배 피우니?

안 피웁니다.

점심은 먹었니?

네.

P형은 돌연 듣기 거북할 정도의 목 긁는 소리를 내더니 옆쪽으로 가래침을 탁 뱉었다. 상대가 누구든 자기의 관념과 습관을 변

함없이 유지할 듯한 사람이었다. 하늘은 흐렸지만 구름이 얇아 사방이 환했다. 주택가 담장에는 봄꽃들이 피어 있었다. 이런 시간에 이런 길을 P형 같은 사람과 함께 걷고 있자니 이상한 기분이 들었다. 어딘가 삐딱하다는 현수의 말은 어깨에 관한 얘기였을까, 심성에 대한 얘기였을까. 아무튼 요는 P형과 내가, 난곡의 그 삐딱한 방이 아니라 내 하숙집으로 향하는 주택가 꽃길을 걸었다는 사실이다.

통화가 오래 걸리리라는 예상과 달리 현수는 곧 자리로 돌아왔다. 현수는 부고 전화를 받은 사람답지 않게 침착한 얼굴로 조금 전에 하던 식물 이야기를 계속했다. 그런 식의 지루하고 의미 없는 설명이 얼마간 이어졌다.

"물구멍 없는 화분! 이건 꼭 외워둬라. 네 베란다에 신천지가 열릴 거다."

현수는 잔을 들어 내게 축배를 드는 시늉까지 했다.

"외울 것까지야. 그런데 누가 죽었대?"

내 말이 끝나기도 전에 현수가 손을 번쩍 들어올렸다.

"아냐, 신경쓰지 마. 신경쓸 일 아니야, 됐어."

이럴 때의 현수는 만사에 시큰둥하고 성가신 일이라면 딱 질색하던 예전의 모습 그대로였다. 나는 입을 다물었다. 사람이 죽었는데 됐다니. 뭐든 제대로 숨기지 못하는 내 표정에서 그런 비난의 기미를 알아챈 현수가 양보하듯 말했다.

"나중에 천천히 얘기하자고."

나는 현수에게 P형에 관해 물어보려던 생각이 말끔히 사라지는 것을 느꼈다. 현수는 예전부터도 P형에게 관심이 없었다. 어쩌면 속으로는 P형을 은근히 멸시하고 조롱하고 있었는지도 모르겠다는 생각마저 들었다. 잠시 후 현수가 낮게 절규하듯 말했다.

"내가 이래서 미친다!"

나는 앞접시에 놓인 새우만두의 피를 조금씩 뜯어내다 말고 고개를 들었다. 현수는 왠지 모르게 흥분한 것처럼 보였다. 현수는 내 잔에 자신의 잔을 부딪친 뒤 와인을 쭉 들이켜고 신경질적으로 입술을 핥았다. 입술 사이의 붉은 라인이 흩어졌나.

"전에 택시를 탔는데 택시기사도 나를 그렇게 보더라."

"어떻게……?"

나는 어물어물 말을 흐렸다.

"전화로 누가 죽었니 마니 하는 얘기를 하다 끊으니까 기사가 차 돌릴까요 묻더라고. 아뇨, 됐어요, 그냥 갑시다, 했더니 말이 없어. 얼굴은 안 보이는데 꽤씸해하는 기색이 뒤통수에 역력한 거야. 완전 싸가지구만, 사람이 죽었는데 됐다니, 뭐 그런 식이지."

가만히 생각해보니 직업이 직업이니 만큼 현수가 이런 부고 전화를 받는 일은 특별한 일이 아닐 수도 있겠다 싶었다. 현수는 외국계 보험회사의 매니저였다. 현수가 거의 십오륙 년 만에 내게 전화를 걸어와 자신의 직업을 밝혔을 때 나는 적잖이 경계했다. 보험에 가입할 형편이 못 되는 몇 가지 이유를 급히 생각해내기도 했다. 그러나 현수는 나와 몇 번 만나면서 보험 얘기를 꺼낸 적은 한 번도 없었다. 나는 현수에게 조금 미안한 마음이 들었다.

"이런 전화, 자주 받나보구나."

나는 현수의 잔에 와인을 따르고 남은 것은 내 잔에 모두 따랐다.

"자주라면 자주고. 한동안 잠잠하더니 또 시작인 거지."

나는 그 말이 무슨 뜻인지 몰랐다. 현수는 웨이터를 부르더니 새로운 종류의 만두를 더 시키고 종이봉투에서 와인 한 병을 꺼내 따달라고 주문했다.

"여긴 코르키지가 싸. 만두도 맛있는 편이고."

"만두가 예쁘다."

"실컷 즐겨. 예쁜 것도 비용에 포함되니까."

결국 나는 먼저 묻지 않을 수 없었다.

"그런데 뭐가 잠잠하다가 또 시작이라는 거야?"

현수가 기다렸다는 듯 빙긋 웃었다. 그러자 미소년 같던 예전의 인상이, 이목구비의 윤곽을 허무는 두툼한 살집 사이로 새싹처럼 살그머니 고개를 내미는 듯도 했다.

"산타 기억나니?"

현수의 입에서 너무 뜻밖의 이름이 나오는 바람에 내 상체가 움찔했다.

"산타? 산타 형 말이야?"

현수는 어쩐지 내 반응을 재미있어하고 있는 것 같았다.

"나 산타랑 계속 연락하고 살았어."

"그랬구나."

나는 고개를 끄덕였다. 현수와 산타, 듣고 보니 그럴 줄 알았다는 생각이 들었다.

"이런 주사가 생긴 지는 몇 년 됐지. 한두 달에 한 번씩은 이런 전화질이다. 술 먹고 자면 밤마다 누가 죽는 꿈을 꾼대. 이미 죽어서 누워 있는 사람을 볼 때도 있고 가끔 자기가 누군가를 죽일 때도 있단다."

"누가 진짜 죽은 건 아니고?"

"진짜 죽긴? 순 개꿈이지."

나는 웃었다. 현수도 나를 따라 웃었다.

"참, 어이가 없지. 이번에는 누가 죽었다는지 아니?"

"누구?"

"놀라지 마. P형이 죽었단다."

술기운이 사르르 오르면서 손바닥이 따뜻해졌다. 와인은 술기운이 따스하게 오른다고, 그래서 오늘처럼 추운 날 마셔야 한다고 첫 병을 딸 때 현수가 말했다. 실제로 죽지 않았어도 산타의 꿈속에서 죽어 있었을 P형을 생각하자 자연스레 그 방의 전구 불빛이 은은하게 떠올랐다. 천장에서 구불구불 내려온 전선 끝에 매달린 전구를 와인잔 쥐듯 가볍게 감싸고 꼭지를 틀면 방 안 가득 퍼지던 그 불빛. 그러고 보니 전구도 충분히 화분이 될 수 있었다.

무심한 사람의 입에서 들었네

P형의 방은 난곡 입구 주택가를 지나 거의 언덕 꼭대기쯤에 있었다. 방의 한쪽 벽은 두부모를 비스듬히 내리친 듯 천장의 반 넘은 지점부터 급격히 기울어 있었다. 기운 벽면에는 앉은뱅이책상과 유리문이 달린 찬장, 밥솥 같은 키 작은 가구나 물품 들이 놓여 있었다. 다행히 물이 새지는 않았지만 벽지는 낡고 누덕누덕해서 기운 옷 같았다. 그래서 방은 이중으로 기운 듯한 느낌을 주었다. 천장이 기운 쪽에 작은 화분을 놓고 아늑한 다락방의 분위기를 낼 수도 있었을 것을, 그때는 아무도 그런 것에 신경쓰지 않았다.

P형의 지도를 받는 신입생들은 일주일에 한 번씩 그 방에 모여 공부를 했다. '내가 하는 모임' 운운했던 현수 역시 평범한 신입회원에 불과했다. 공부가 끝날 즈음이면 한 선배가 라면과 술이 든 봉지를 들고 휘파람을 불며 나타났다. 그 선배의 이름은 공개되지 않았으므로 우리는 그를 산타 형이라고 불렀다. 산타 형은 별칭에 걸맞게 생닭을 사와 삶아주기도 하고 꽁치나 고등어를 넣은 김치찌개를 끓여주기도 했다. 어느 날은 잔뜩 취해서 아래쪽 주택가에서 닥치는 대로 꺾은 꽃으로 커다란 꽃다발을 만들어오기도 했다. 그래서 봄꽃에 얽힌 내 기억이 뒤섞였는지도 모른다.

P형이 진지하고 유머가 결여된 엄격한 느낌을 주는 선배였다면 산타는 경박하고 충동적이면서도 왠지 한없이 너그러울 듯한 느낌을 주는 선배였다. 시간이 흐르면서 신입생들은 종종 집에 가는 척

하고 그 방을 나와 산타와 어울리곤 했다. 이상하게도 P형을 따돌렸다는 사실에 대해 아무도 가책을 느끼지 않았다. P형에게는 P형의 의무가 있고 그것은 이미 종료되었다는 식이었다. 그리고 우리의 신비로운 미꾸라지, 시냇물처럼 경쾌하고 조약돌처럼 매끄러운 산타와의 천렵 파티가 시작되었다는 식이었다.

나는 한동안 산타를 내가 교제하는 어떤 범주에 넣어야 할지 몰라 망설였다. 선배라고 하기엔 존경심이 적었고, 그저 아는 사람이라고 하기엔 위험할 만큼 가까웠다. 당시로서는 신뢰할 수 없는 선배라는 범주는 언어도단이며 이율배반이었다. 이상하게도 나는 산타와의 술자리에서는 언제나 과음을 했다. 종내는 술을 못 이기고 탁자에 엎어져 곯아떨어진 적도 많았다. 언젠가 잠에서 깨보니 신입생 친구들은 모두 가버리고 없고 산타만이 남아 있었다. 산타는 혼자서도 술을 잘 마셨다. 내가 부스스 일어나자 산타는 술잔을 비워 내게 건네며 물었다.

너 요즘 고민이 뭐니?

산타가 종종 신입생들에게 던지는 질문이었다. 현수는 이런 식의 질문을 불쾌해했다. 후배들에게 억지로 고민을 쥐어짜내 실토하도록 만드는 악취미적인 질문이라는 게 똑 떨어지는 이유였다. 그러나 덜떨어진 내가 경험한 산타의 질문은 달랐다. 그것은 내게 뭔가를 물어주었다. 소통을 열고, 나를 자폐된 내부에서 끌어내 술자리로 미혹하고, 내게 눈물과 토사물을 분출할 기회를 주는 감격적인 말건넴이었다. 너 요즘 고민이 뭐니? 이 질문은 혹한의 시절을 견디게 해준 우리 세대의 겨울 간식과 같았다. 겉은 델 정도로 뜨겁고 검고 위험하고 외설적이지만, 속은 노랗고 부드럽고 질척하고 달콤한 군고구마처럼, 그 질문은 감격적이고 맛있었다. 나보다 고작 한 살 많은 주제에 독판 어른인 척했지만 스물한 살의 현수도 산타가 한쪽 어깨를 부드럽게 쥐며 이렇게 물었을 때 똑같은 걸 느꼈으리라고 나는 생각한다. 너 요즘 고민이 뭐니?

그날 나는 울었던가, 토했던가. 어쨌든 산타가 마지막으로 내 귓가에 이렇게 속삭인 것만은 지금도 분명히 기억하고 있다.

나는 네가 너무 나를 닮아서 정말 걱정이다.

그 말은 우려라기보다 산타의 입에서 풍기는 술과 침 냄새만큼이나 은밀하고 달착지근한, 악마의 은총처럼 느껴졌다.

"산타는 지금 지방 대학에 내려가 있어."

현수는 새로 딴 와인을 한 모금 마시고 말했다.

"교수는 아니고 도서관 부관장. 그것도 임시직이라지 아마."

현수의 말에 따르면 산타는 온갖 직업을 전전했다는 것이다. 나로서는 그 이력을 듣기만도 숨차고 황홀했다. 부동산 중개업부터 병원 사무장을 거쳐 일식집 주방장까지, 종내는 직접 실내 포장마차와 건강식품 대리점을 연 적도 있다고 했다.

"포장마차 할 때 내가 가서 홍합탕도 끓이고 서빙도 하고 그랬지. 손님 없으면 그냥 문 닫고 둘이서 퍼마시는 거야. 산타가 술 하나는 참 맛있게 먹었지. 그걸 보면 악연이다 싶으면서도 왜 그렇게 모든 게 용서가 되던지. 그렇다고 그 인간이 뭐 나한테 몹쓸 짓을 했다는 건 아냐. 주변 사람들한테 정말 천하의 몹쓸 짓 많이 하고 다녔지. 그런데 머리는 술술 빠져가는 인간이 어린애처럼 좋다고 술 쪽쪽 마시는 걸 보면 그냥 내가 대표로 용서가 되더라고."

테이블 옆 장식장에는 경극 차림을 한 중국 인형들이 진열되어 있었다. 나는 여전히 현수에게 P형의 소식을 묻지 못하고 있었다.

"그땐 젊었다, 그래도. 십 년도 더 전이니 징그럽게 젊었지. 오늘 아침에 베갯잇에 덮어놓은 타월에서 머리카락을 아홉 가닥이나 주웠어. 요즘 자면서 침을 흘리는 버릇이 생겼고 머리가 부쩍 빠져."

한 해가 저물어가건만 어제까지만 해도 나는 내 나이에 대해 별 느낌이 없었다. 현란한 이력을 가진 산타와 달리 나는 누가 잘못 꽂아놓은 작대기처럼 오랜 세월을 한 장소에 붙박여 살아왔고 남은 생애도 그렇게 살아갈 터였다. 그러니 나이 따위가 무슨 상관인가. 차라리 근속연수라든가 퇴직연한 같은 것이 내게는 더 실감 있게 다가오는 숫자였다. 그런데 와인 탓인지 아니면 현수에게서 산타 얘기를 들은 탓인지, 내 나이를 생각하자 그 숫자의 왼쪽 예각에 가슴이라도 찔린 듯 뜨끔했다.

놋쇠 접시에 새로운 만두가 담겨나왔다. 튀긴 듯한 길쭉한 만두는 양쪽 피가 열려 김밥 꼬투리처럼 색색의 재료가 살짝 내보였다.

"화분이 깨졌네."

내 중얼거림에 현수가 만두를 집으려던 젓가락을 내려놓고 잠시 머리를 긁적이며 나를 바라보았다. 못 알아들었나 싶어서, 화분이 깨졌다고, 하고 말을 반복하자 현수가 정색을 하고 물었다.

"너 원래부터 무척 음흉한 인간이었던 거, 너는 알고 있냐?"

"원래부터 음흉했다고? 내가?"

"왜 안 물어봐?"

"뭘?"

"이봐, 이봐. 너 옛날에 P형과 사귀지 않았니?"

"하, 참!"

나는 고개를 돌렸다. 돌린 눈길에, 뭔가에 놀란 듯 팔을 들고 눈을 홉뜬 중국 인형이 들어왔다. 다시 현수를 보았을 때 현수의 왼쪽 눈 흰자가 레드 와인을 한 방울 떨어뜨린 듯 발그레하게 충혈되어 있었다.

"너 실핏줄 또 터지려나보다."

현수가 가방에서 콤팩트를 꺼내 왼쪽 눈을 자세히 들여다보더니 투덜거렸다.

"이거 심상치 않군. 내가 그 인간 때문에 평생 장애인이 됐다는 거 아니냐."

현수는 거울을 꺼낸 김에 얼굴 전체를 비춰보더니 혀로 입술을 싹싹 핥았다.

"레드 와인이 마실 땐 좋은데 이게 문제야. 근데 너 아니야? 정말 아니었어?"

나는 무어라고 말해야 좋을지 몰랐다. P형과 사귀지는 않았지만 그렇다고 아무 사이도 아니라고 말할 수도 없었다. 현수가 산타 이야기를 허물없이 털어놓았으니 나도 그에 상응할 만한 이야기를 털어놓으면 좋으련만 사실 나와 P형 사이에는 그럴 만한 비밀스런 내용이 없었다. 현수가 이해한다는 투로 고개를 끄덕였다.

"P형 말만 듣고 내가 오해했다면 미안하다. 난 또 방에 자주 드나드는 사이인 줄 알았지."

순간 차디찬 기운이 내 등줄기를 훑고 지나갔다. 난곡 꼭대기의 그 방? 천장이 기운 그 방에 내가 자주 드나드는 사이인 줄 알았다고? 현수는 도대체 이런 사실을 누구에게서 들었을까.

"P형이 그런 얘길 했어?"

내 목소리가 떨려 나왔다.

"그렇지, 네가 안 했으면 P형이 한 거지."

현수는 모든 걸 알고 있었다. 그러고 보면 음흉한 건 현수였다. 그리고 경박하고 수다스러운 건 산타가 아니라 P형이었다.

터질 게 터졌다. 그날도 우리는 공부를 마치고 P형 방에서 우르르 나왔다. 산타가 우리를 사슴 몰듯 몇 정류장 떨어진 술집으로 몰아갔다. 말은 안 했지만 산타가 항상 P형 방에서 약간 거리가 있는 술집으로 우리를 데려간다는 걸 우리 모두 예민하게 느끼고 있었다.

그날따라 현수가 평소보다 사납게 군다는 생각은 했지만 사태가 그렇게까지 진행될 줄은 아무도 몰랐다. 참다못한 산타가 깐족 깐족 대드는 현수의 뺨을 냅다 후려갈겼다. 그 바람에 현수는 쿵 소리가 날 정도로 심하게 머리를 벽에 부딪쳤다. 현수는 약간 어리둥절한 얼굴로 머리를 문지르면서 우리를 쳐다보았다. 맙소사! 실핏줄이 터져 왼쪽 눈 흰자위가 온통 새빨갰다. 우리는 피를 본 박쥐떼처럼 일제히 산타에게 덤벼들어 비난을 퍼부어댔다. 현수는 잠시 조용히 앉아 있더니 정신을 차린 순간 순식간에 술집을 뛰쳐나가버렸다. 그리고 우리가 뭐라고 할 새도 없이 산타 또한 번개처럼 그 뒤를 따라 나갔다. 우리는 당사자들이 없는 자리에서 그들의 미묘한 갈등에 대해 열렬한 토론을 했다.

내가 그 광경을 본 것은 순전히 우연이었다. 옥외 화장실을 찾다가 골목을 잘못 접어든 나는 차라리 한적한 곳에서 볼일을 볼 요량으로 내처 걸어올라갔다. 나는 산동네 축대 어귀에서 걸음을 멈췄다. 축대 주변은 마치 단풍나무 군락지 같았다. 가로등 불빛을 담뿍 머금은 단풍잎으로 둘러싸인 축대는 노랗고 빨간 알록달록한 조각보를 두른 공단 이불처럼 아름다웠다. 그러나 무엇에건 덥석 덤벼들 줄 몰랐던 나는 그 풍경을 아름답다기보다 아깝다고 느꼈다. 어떤 봄꽃이 빛 받은 가을 단풍보다 아름다우랴. 나는 귀한 음식을 아껴먹듯 축대 쪽을 조금씩 훔쳐보았다. 어쩌면 영어 단어를 외울 때 단어장을 한번 보고 애먼 허공을 한번 보는 식으로 그 풍경 전체를 외우고 싶어 그랬는지도 모른다.

어느 순간 작은 소음과 미세한 움직임이 내 신경을 끌어당겼다. 불빛이 닿지 않는 축대 그늘, 지린내가 풍기는 폭이 좁은 공터 쪽이었다. 내가 처음으로 본 것은 어둠 속에서 흔들리는 하얀 곡선이었다. 그 뒤에 누군가 서 있었다. 느느 또는 능능 하는 규칙적인 소리는 이가 새로 날 때 어린애가 혀끝으로 입천장을 밀어내는 소리와도 같았다. 직각의 자세로 구부린 채 빗물 홈통을 붙들고 밀리지 않으려 애쓰는 현수가 있었고 그 뒤에서 수직의 자세로 현수의 엉덩이를 흔드는 산타가 있었다. 나는 그 광경의 의미를 단번에 알아챘고 얼른 시선을 축대 위쪽으로 돌렸다. 곧 그들 쪽에서 흐느끼는 듯한 소리가 났다. 나는 왠지 모를, 소용돌이처럼 휘몰아치는 슬픔을 느꼈다.

나는 무작성 걷고 또 섰었으며 걸으면서 숭얼거렸다. 너 요즘 고민이 뭐니? 그 질문은 주문처럼 나를 흥분시켰고 또 진정시켜주었다. 나는 난곡 입구까지 내처 걸었다. 언제나 그 자리에 서 있는 나무를 생각하듯 나는 P형을 떠올렸다. 어쩌면 그 방을 먼저 떠올렸는지도 모른다. 곧 P형을 볼 수 있으리라는 생각에 걸음이 급해졌다. 나는 헐떡거리며 언덕을 뛰어올라갔다. P형이 그 방에 없으리라는 생각은 들지 않았다.

오늘 여기서 자고 갈게요, 형!

문을 열자마자 나는 숨도 고르지 않고 이렇게 외쳤다. 앉은뱅이 책상 앞에 앉아 있던 P형이 고개를 돌렸다.

일단 들어와라.

방의 따스한 전구 불빛이 나를 단풍처럼 수줍게 물들였다. 나는 조심스레 들어가 앉았다. P형은 발바닥을 문지르며 작은 눈으로 나를 힐끔 바라보았다. 나는 P형의 눈이라기보다는 눈가, 눈을 둘러싼 갸름하고 길쭉한 윤곽만을 보았다.

술 먹었니?

네.

많이 먹었어?

네. 아니, 적당히.

잠시 침묵이 흘렀다.

적당히 먹었어요.

나는 집게손가락으로 고무장판에 눌어붙은 담뱃불 자국을 문질렀다. P형은 여전히 책상다리의 자세로 한쪽 발바닥을 문지르며 때를 벗겨냈다. 때로는 발바닥의 때를 방바닥에 터는 손짓을 하기도 했는데 실제로 때가 나와서인지 아니면 그저 짐짓 해보는 몸짓인지 나로서는 알 수 없었다. 그때는 그런 불결하고 위악적인 제스처가 일종의 진솔하고 리얼한 표현으로 이해되던 때였다.

그건 안 될 것 같다.

P형의 말이었다.

저, 못 가요.

버스가 끊겼다는 뜻이었지만 말하고 보니 뭔가 그밖에 다른 뜻이 포함되어 있어도 좋을 듯했다. 나는 덧붙였다.

안 갈래요!

조용한 가운데 오래 앉아 있다보니 자꾸 기운 벽 쪽으로 자세가 기우는 느낌이었다. 어쩌면 P형도 귀가 잘 안 들려서가 아니라 이렇게 기운 방에 오래 살다보니 저절로 어깨가 한쪽으로 기울었는지 모르겠다는 생각이 들었다.

너……

P형이 한참 만에 말을 꺼냈다.

네.

나는 긴장으로 목이 잠겼다.

너는 술만 취하면 무턱대고 상대방을 좋아한다고 고백하는 버릇이 있어.

P형의 입가에 비웃는 듯한 실주름이 잡혔다. 순간 나는 장판의 담뱃불 자국에 집게손가락을 댄 채 꼼짝도 할 수 없었다.

그거 별로 안 좋은 버릇이야, 알지?

나는 몰랐다. 그게 나쁜 버릇인지도 몰랐고, 내게 그런 버릇이 있다는 것도 몰랐다. 그때 나는 순간적으로, 어쩌면 이건 P형이 지어내는 거짓말일 수도 있다고 생각했다. 하지만 왜 이런 모욕적인 거짓말을 지어낸단 말인가. 걸핏하면 술에 취해 누군가에게 사랑을 고백하는 버릇이 있다는, 이 잔인한 말은 과연 진실인가, 아니면 사랑을 거절하는 P형의 위악적인 방식인가.

오늘은 내가 소주 한 병 사다줄 테니까 그거 먹고 차 다니면 가라.

수치감이 밀랍처럼 내 몸을 휘감았다. P형이 방을 나갔다. 슬리퍼 신는 소리, 부엌 덧문이 열리는 소리, 초록색 철문이 삐걱 열리는 소리, 희미하게 멀어지는 슬리퍼 끄는 소리가 들렸다. 나는 아

무 소리도 들리지 않을 때까지 귀를 기울였다. 더이상 아무 소리
도 들려오지 않자 나는 벼락을 맞은 듯 옆으로 쓰러졌다. 벽이 기
울어 방바닥과 예각을 이루는 곳에 머리가 닿았다. 나는 그 자세
그대로 머리를 벽에 바짝 붙이고 있었다. 벽에는 아무리 밀어도
머리끝이 닿지 않는 빈 각이 있었고 그곳에 보이지 않는 분노의
뿔이 돋아나는 것 같았다. 역시 너희도 별볼일 없는 집단이었단
말이지. 위와 아래를, 안과 밖을, 푸른 꽃과 붉은 열매를, 위치와
차원을, 무늬와 여백을 모조리 한꺼번에 초월하고 극복할 듯 기염
을 토하면서도, 폭력이나 일삼고 여자 후배를 희롱하는가 하면, 여
자 후배의 자고 간다는 말 한마디를 그렇게 통속적인 방식으로 해
석하고 비난하고 배척하는 결벽한 집단이었단 말이지. 나는 몸을
일으켜 그 방을 나왔다. 다시는 혼자서 이 방의 문턱을 넘는 일은
없으리라 생각했다. 중간에 P형을 만날까봐 언덕길 중턱 골목에
잠시 숨어 있었다. 한참 만에 P형이 큰 봉지를 들고 나타났다. P형
은 슬리퍼를 끌며 언덕을 뛰어올라갔고 나는 반대방향으로 뛰어
내려왔다. 그제야 온몸이 저릿할 정도의 격심한 요의가 몰려왔다.
  그후로도 나는 계속 그 방에 드나들었지만 공식적인 공부모임
을 할 때뿐이었다. 그날 밤 언덕길 중턱에서 그랬듯 나는 P형과
한 발짝이라도 빨리 멀어지기 위해 항상 숨이 가빴고 감전된 듯
아랫도리가 저렸다. 초겨울까지 우리는 P형의 방에서 공부를 했
다. 겨울방학이 시작되면서 공부모임을 지도하는 선배가 바뀌었
고 방도 그 선배의 방으로 바뀌었다. 바뀐 방도 남루하기 짝이 없

었지만 벽이 기울거나 하진 않았다. 공부가 끝나도 찾아오는 사람이 없었고 안주는 빈약하기 그지없었다. 어떤 때는 굳어빠진 밥에 간장과 마가린을 넣고 물을 붓고 끓여 안주로 삼기도 했다. 우리는 새로운 선배의 방에서 겨울 합숙을 했다. 합숙이 끝난 후에도 P형이나 산타를 볼 수 없었다. 그들의 소식조차 들을 수 없었다. 현수가 언뜻 말을 흘리길, 산타는 감옥도 아니고 군대에 끌려갔다고 했다.

P형은?

몰라.

알면서 부러 그런다는 투였나.

그리고 나도 또한 무심히

택시를 잡기 위해 현수와 함께 도로변에 서 있는데 양 무릎이 꽝꽝 어는 것 같았다.

"나도 이렇게 머리가 시린데 머리가 다 빠진 그 인간은 오죽할까."

그 인간이라면 산타일 터였다. 때론 위악을 떨고 때론 위선을 떨며 세상 오만을 다 떨지만 자신을 평생 장애인으로 만든 대머리 산타를 아직도 따스하게 걱정할 줄 아는 것, 이게 현수의 매력이었다. 연말이라 택시는 좀처럼 잡히지 않았다.

"내가 음흉했다는 말…… 무슨 뜻이야?"

추위 때문에 말을 하는 게 무엇인가의 뚜껑을 억지로 여닫는 일처럼 힘들게 느껴졌다.

"어쩌면 둔했던 건지도 모르지. 알면서도 의뭉을 떠는 줄 알았는데, 그게 아니었다면, 아둔해서 뭘 몰랐던 거겠지."

"뭘 몰라?"

"이제 와서 무슨 상관이야? 나는 어느 쪽이냐 하면…… 네가 차라리 음흉한 쪽이었으면 좋았겠다 싶어."

현수 역시 힘겹게 말을 잇고 있었다. 나는 현수의 말을 곱씹어보았다. 나는 과연 음흉했던가, 아둔했던가.

"우리 옛날에 같이 공부할 때, 내가 술 취하면, 아무한테나 좋아한다고 고백하고 그랬니?"

말끝이 얼음가루처럼 파슬파슬 부서졌다.

"아무한테나 뭐라고?"

"사랑 고백하고 그랬냐고?"

"하하!"

갓 쪄낸 찐빵처럼 현수의 벌린 입에서 흰 김이 무럭무럭 났다.

"기억 안 나? 너 한때 술만 취하면 벌떡 일어나서 사랑합니다! 외치고 픽 쓰러졌잖아."

내가 그랬던가? 전혀 기억에 없었다.

"그때 P형은 없지 않았니?"

"없었지. 산타가 은근히 따돌리고 그랬으니까. 우리까지 왜 그랬나 몰라. 참 좋은 선배였는데. P형이 너 술버릇 가지고 뭐라 그러데?"

"아니, 그냥 알고 있더라고."

현수는 미간을 살짝 찌푸렸다. 피부가 굳어 있어 그것조차 매우 힘겨운 움직임처럼 보였다.

"산타가 얘기했겠지. 산타가 그런 짓을 잘했어. 후배들하고의 친밀감을 과시하는 얘기들. 눈 깜짝 안 하고 이간질도 잘 시키는 인간인데 뭐. 우리 얘기를 시시콜콜 떠들고 다닌 걸 나도 나중에 알았어."

우리 얘기라면 눌이 사귄 얘기셌나. 내가 아무리 아둔해도 그 정도는 알아들을 수 있었다. 그렇게 보자면, 내가 그 방에 혼자 갔던 걸, 자고 가겠다고까지 했던 걸 떠벌린 P형도 마찬가지 아닌가. 나는 단호하게 말했다.

"P형이 뭐라고 했건 나는 P형과 사귀지 않았어."

의도와 달리 혀가 굳어 있어 내 말은 내 귀에도 어떤 누명에 대한 절박한 호소처럼 들렸다.

"알았어, 알았다고. P형이 네 하숙방 위치를 잘 알고 있길래 자주 드나드는 사이인가보다 생각한 것뿐이야."

하숙방? 그러니까 현수가 자주 드나드는 사이인 줄 알았다고 말한 그 방은 난곡의 그 방이 아니라 내 하숙방이었단 말인가? 뇌의 한부분이 얼어버린 듯 나는 순간적으로 멍한 기분이 되었다.

승객을 태운 택시들이 쌩쌩 지나갔다. 현수는 P형에 관한 얘기를 몇 가지 늘어놓았다. 안타깝게도 요즘 근황이 아니라 모두 옛 날 얘기들이었다. 그런데도 나는 생판 처음 듣는 얘기뿐이었다. 현수는 아무렇지도 않게 P형 방에 자주 드나들었나보았다.

"언젠가 지나가다 들러서 밥을 해준 적이 있거든. 그런데 냄새 가 너무 나더라고."

"그 방이 워낙 더러웠으니까."

"아니, 방이 아니라 밥솥에서."

"방이나 밥솥이나 다 더럽고 다 화분이 될 수 있지."

현수가 그 방에 자주 들락거렸다는 사실에 나는 다소 삐딱한 마 음이 되었다.

"너 취했냐? 무슨 소리 하고 있어?"

"글쎄 뭐가 어쨌다고!"

"밥을 했는데 밥솥에서 냄새가 나서 밥을 먹을 수가 없더라니 까."

"그래서 뭐?"

산타가 밥솥에 닭을 삶고 나면 아무리 솥을 닦아도 며칠 동안 밥에서 닭냄새가 났다 했다. 산타가 생선탕을 끓이고 나면 P형은 며칠 동안 생선 비린내가 나는 밥을 먹어야 했다고 했다. 그다음 부터 현수는 산타가 무슨 안주를 만들겠다고 날뛰면 자기가 먼저 긴장이 되더라고 했다. P형에게 또 무슨 냄새나는 밥을 먹이려나 싶어서.

"참 무던한 사람이었지. 언젠가 P형이 네가 시 쓰고 싶어한다는

110

애길 하는데 부럽더라. 네 하숙집에 갔을 때 그런 얘기 했었다며?
야, 왔다, 먼저 타라."

나는 현수가 열어준 뒷문으로 얼떨결에 택시에 올라탔다. 마지
막으로 물어야 할 것이 남아 있었다. 지금 묻지 않으면 영영 묻지
못할 것 같았다.

"잠깐만! 현수야!"

현수가 빙긋 웃었다. 어두운 가운데서도 나는 현수의 화장한 얼
굴이 살얼음처럼 잔잔히 깨지면서 가는 주름들이 잡히는 것을 보
았다. 왼쪽 눈이 충혈되고 입술 사이로 검붉은 와인 자국이 선명
한 현수의 얼굴은 잘못 만들어진 중국 인형처럼 보였다.

"P형은 어떻게 지낸대?"

"몰라."

"정말 몰라?"

"아, 몰라, 몰라."

현수가 들고 있던 종이가방을 내 무릎 위에 얹더니 차문을 쾅
닫았다. 알고 있다는 뜻이었다.

기사는 말없이 요금버튼을 눌렀다. 택시 안은 어두웠다. 현수가
준 종이가방에는 우리가 미처 마시지 못한 와인 한 병과 클립 파
일에 끼워진 연금보험 가입증서가 들어 있었다. 나는 종이가방을
바닥에 세우고 두 손을 맞잡았다. 기분이 나쁘기는커녕 현수의 작
은 영악을 엿본 것 같아 언젠가처럼 유쾌해졌다.

룸미러가 걸어 기사의 얼굴은 볼 수 없었다. 디지털시계는 01:45를 가리켰다. 앞자리 조수석의 안전벨트는 센베과자처럼 말려 쇠고리에 걸쳐 있었다. 나는 머리를 받침대에 기댔다. 어깨에 힘이 풀리고 무릎에 감각이 없었다. 팔다리가 녹은 쇠고기처럼 너덜너덜해졌다. 차는 다리를 건너 강변도로로 접어들었다. 차창 밖으로 온몸에 노란 꼬마전구가 박힌 나무들이 휙휙 지나갔다. 어둠 속 노랗게 점묘된 나무들의 윤곽선이 비현실적으로 보였다. 차가 속도를 내면서 차창을 스쳐가는 자잘한 노란빛은 밤바다를 타고 흐르는 자디잔 야광 치어떼의 무리처럼 보였다. 언젠가도 이렇게 어두운 배경 위로 흐르는 치어떼의 형상을 물끄러미 바라보았던 기억이 났다.

현관문을 닫지 못할 만큼 항상 신발로 넘쳐나던 하숙집 현관은 거의 텅 비어 있었다. 집 안에는 아무도 없는 듯했다. 나는 친구와 방을 같이 쓰고 있었으므로 P형을 방으로 안내하는 대신 육중한 타원형 테이블이 놓인 식당으로 안내했다. 그게 주인아주머니가 언제 들이닥쳐도 보기에 나쁘지 않을 듯했다.

큼직한 황색 양은주전자에는 진하게 우린 보리차가 가득 들어 있었다. 나는 찬장에서 작은 냄비를 꺼내 물을 끓였다. 커피와 프림은 방에서 가져왔다. 그 당시 하숙생들은 모두 커피나 프림 같은 것을 각자 방에 갖춰놓고 먹었다. 설탕은 식당에 있는 요리용을 써도 되었다. 찻잔 두 개에 커피를 탔다. P형과 나는 창가 가까운 테이블 끝자리에 마주 보고 앉았다. 창 쪽에서 스며든 햇빛이 창틀 밑에 놓인 커다란 고무나무 화분을 지나 테이블 한쪽 면에 간신히 다다르려 애쓰고 있었다. 창가의 빛이 닿을락 말락 하는 타원형 테이블의 둥근 부분과 나와 P형 사이의 선분을 잇는다면 멋진 활이 하나 만들어질 각도였다.

커피에서 희미하게 음식 냄새가 나는 듯했다. 물을 끓인 냄비에 배어 있던 냄새였는지도 모르고, 어쩌면 테이블 중앙에 놓인 반찬 그릇에서 풍기는 냄새였는지도 모른다. 반찬그릇들은 모기장 같은 푸른 망을 씌운 반구형 철사 틀 안에 옹기종기 모여 있었다. P형은 말없이 커피를 마시다 말고 문득 새장 같은 반구형 덮개를 살짝 들어올렸다. 반찬은 깻잎조림과 멸치볶음, 김구이 같은 것들이었다. P형이 덮개를 내려놓는 걸 보는 순간 왠지 나는 P형이 그 반찬들을 몹시 먹고 싶어한다는 느낌을 받았다.

P형은 내게 입학하기 전에 생각했던 꿈이라든가 입학한 후에 느낀 점이라든가 하는 것을 물었다. 나는 테이블 표면의 긁힌 자국을 문지르거나 고무나무의 두꺼운 녹색 잎 위에 내려앉은 얇은 먼지를 바라보며 천천히 대답을 했다. 나는 시를 쓰고 싶은데 아버지는 고등학교 영어교사가 되기를 바라신다는 것, 대학에 들어와서는 거의 시를 못 썼는데 왠지 더 쓰고 싶지 않다는 것, 그렇다고 영어교사가 되기는 더 싫다는 것, 뭘 해야 할지 잘 모르겠다는 것, 사회구조나 현실상황 같은 것을 알 수 있는 공부를 하고 싶다는 것 등과 같은 내용이었다.

모레 저녁에 모임이 있어. 그때부터 참석하도록 해.

P형은 난곡행 버스 번호와 내려야 할 정류장을 말해주었다.

여섯시 정각에 정류장에서 보자.

P형은 마지막으로 반찬그릇을 덮은 반구형 망을 힐끗 쳐다본 다음 의자에서 일어났다. 나는 이 정도 얘기를 하기 위해 P형이 왜 내 하숙집까지 와야 했는지 알 수 없었다. 모레 저녁 여섯시 정각에 정류장에 도착해야 할 존재가 나 자신이 아니라 저 반찬들이 아닐까 싶은 느낌마저 들었다. 아무래도 P형이 점심을 먹지 못해 그런 것 같았지만 사실 P형은 밥이나 반찬에 대해서는 한마디도 하지 않았다. 내게 점심을 먹었냐고 물어봤고 반찬그릇 덮개를 살짝 들었다 놨을 뿐이었다. 그것은 아무 의미도 없는 말이거나 행동일 수 있었다. 그러나 나는 P형이 간 후에 서둘러 밥솥 뚜껑을 열어보았다. 밥은커녕 솥도 없었다. 그제서야 나는 밥솥의 코드가 빠져 있다는 것을 알았다. P형은 그것을 이미 보았는지도 모른다. 나는 이상한 혼란에 휩싸여 물을 끓인 냄비와 찻잔 두 개를 박박 닦아놓았다.

희미한 햇살이 서향 창을 타고 테이블의 반쯤까지 들어와 있었다. 반구형 덮개의 그물무늬가 반찬그릇 위에 어룽거렸고 검정색 테이블 표면 위엔 물 많은 행주로 닦은 얼룩의 점선들이 치어떼의 형상으로 남아 있었다. 식당 안은 너무 고요하고 천연덕스러워 아무도 다녀가지 않은 듯했다. 나는 조금 전에 P형이 앉았던 의자에 앉았다. 몸에서 기운이 빠져나가면서 나른한 느낌이 들었다. 조금

114

전 내가 앉아 있던 의자 뒤편 벽에는 매일 한 장씩 뜯어내는 일력이 걸려 있었다. 4월 10일 황금당. 몇 시쯤 되었는지 몰라도 무엇을 해야 할지 모를 애매한 시간이라는 것만은 분명했다. 나는 한참 동안이나 어디론가 맹렬히 헤엄쳐가는 듯한 테이블 위의 치어떼 무늬를 멍하니 내려다보고 있었다.

그 말에 귀를 기울였네

택시가 갑자기 방향을 섞는 바람에 목이 심하게 흔들렸다. 속노의 불규칙한 완급에 나는 급히 손잡이를 움켜쥐었다.

"어이구, 죄송합니다. 뭐가 휙 지나가는 것 같아서."

기사가 말했다. 대체 무엇이 휙 지나갔을까, 생각하는데 내 입에서 뜬금없는 말이 튀어나왔다.

"그 방을 지나갑니까?"

"네? 어디요, 손님?"

"아! 난곡을 지나가냐고요?"

"난곡이요? 뭐 그렇게 가도 되죠."

택시기사의 얼굴은 여전히 보이지 않았다.

"거기 요즘 땅값 엄청 올랐죠. 그리로 가나 이리로 가나 거리는 비슷해요. 난곡 쪽으로 갈까요?"

"아뇨, 됐습니다, 그냥 가세요."

나는 현수처럼 말하고 있었다. 다행히 기사의 뒤통수에는 별로 괘씸해하는 기색이 없었다.

대학을 졸업하고 오랜 시간이 지난 뒤 나는 P형이 살았던 그 방에 찾아가본 적이 있다. 그때 그 동네는 재개발지구로 지정되어 한창 철거가 진행되고 있었다. 깨진 중국집 간판과 폐차된 차들, 산더미 같은 쓰레기들과 건물들의 검은 구멍은 그곳을 폐허처럼 보이게 했다.

그 방은 무너지지 않고 그대로 있었다. 그러나 이미 사람이 살지 않는지 초록색 철문은 반쯤 떨어져나갔고 주인집 현관문은 활짝 열려 있었다. 나는 철문 안쪽으로 발을 들여놓으려다 그만두었다. 다시는 혼자서 이 철문을 밀고 들어서지 않겠다고 이를 악물었던 기억이 떠올랐다. 곧 허물어질 듯한 시멘트 담장 너머로 그 방의 닫힌 쪽문이 보였다. 쪽문에 달린 두 장의 유리 중 하나는 깨져 있었다. 깨진 유리 안은 컴컴해서 아무것도 보이지 않았다. 유리 안쪽을 오래도록 들여다보고 있자니 방에서 어떤 소리가 들려오는 것 같았다. 소리에도 기울기가 있다면 한쪽이 비스듬히 기운 쇠잔한 소리였다. 곧 사라져갈 연약한 존재의 기침 같은, 멀리서 들려오는 종소리의 흔적 같은. 어쩌면 그것은 뒤집힌 화분 속에서 오래전에 죽은 식물의 뿌리가 말라 쪼그라들어가는 버석거림 같은 것이었는지 모른다.

찻잔이나 술잔, 밥공기 같은 것이 결코 화분이 될 수 없던 시절에도, 한쪽 모서리가 기운 사다리꼴의 그 방은 내게 충분히 훌륭한 화분이었다. 한때 나는 시루 속 콩나물처럼 동료들과 함께 그 방에서 쑥쑥 자라났다. 나와 동료들 사이에 건널 수 없는 간격이 존재함을 느낄 때마다 나는 미칠 듯이 괴로웠다. 그 당시의 나는 젊기 때문에 차이를 못 견딘다는 걸 알지 못했다. 젊기 때문에 차이를 과장하고 젊기 때문에 차이에 민감하다는 것을 몰랐다. 조사 하나, 어휘 하나에도 이고 살아야 할 하늘을 가르던 시절이었다.

술만 취하면 무턱대고 상대방에게 사랑을 고백하는 버릇이 있다고 나를 나무란 P형의 말은, 지금 생각해보면 P형이 내게 건넨 최초의 농담이었는지 모른다. 직접 본 적은 없지만 자신도 나의 대책 없이 충동적인 술버릇을 알고 있다는 암시적인 표현이었는지 모른다. 그 말을 할 때 P형의 입가에 잡힌 주름은 비웃음이 아니라 장난기였는지 모른다. 내가 골목 모퉁이에 숨어서 지켜보았을 때 P형은 소주 한 병이 아니라 꽤 큰 봉지를 들고 숨차게 언덕을 뛰어오르고 있었다. 그 봉지 속엔 무엇이 들어 있었을까. 당시에 내가 좋아하던 짭짤한 포와 달콤한 과자들이 가득 들어 있었을까. P형과 나 사이에 가로놓인 장벽은 무엇이었을까. 어째서 나는 나보다 고작 한 살 많을 뿐인, 따지고 보면 현수와 동갑인 스물한 살의 청년에게 무조건적인 신뢰와 절대적인 관용을 기대했던가. 그때는 상상조차 못 했지만 어쩌면 P형은 내가 자고 가기를 바랐는지도 모른다. 그러나 이 모든 상상이 사실이었다고 해서 달라지는 건 없다. 어딘가 삐딱하다는 현수의 말은 정확했다. 바람 부는 날의 빗줄기처럼, 틀린 글자를 지우는 교정선처럼, 어떤 비스듬한 바이어스가 P형의 삶을 긋고 지나갔고 나는 그 빗금의 끄트머리에 걸려 있다 제풀에 떨어져나온 것뿐이었다. 차라리 술 취해서 아무에게나 사랑을 고백하는 버릇을 가졌던 게 나았다. 현수의 말대로 차라리 음흉한 쪽인 게 나았다. 기억에 아무 흔적도 남기지 않은 그 많은 시간 속에서, 아둔하고 자존감만 높았던 나는, 나만 모르는 장소에서 나만 모르는 얼마나 많은 수치스런 행위와 제멋대로의 오해를 반복했던 것일까.

내릴 곳이 가까웠다. 나는 머리를 매만지고 자일리톨을 씹고 콤팩트를 꺼냈다. 거울 속에 비친 내 얼굴은 현수 못지않게 나이가 들어 있었다. 나름대로 주의했음에도 내 입술에 역시 희미한 자줏빛 와인 선이 배어 있었다. 그토록 다른 성격에 그토록 다른 경로를 밟아 살아왔건만 우리는 같은 불량 기계에서 나온 중국 인형처럼 닮아 있었다. 콤팩트 뚜껑을 닫을 때 거울 표면 위로, 현수와 내가 함께 손잡고 그곳까지 가게 될, 노파의 초상 같은 것이 휙 지나갔다. 순간 나는 종이봉투 속에 든 연금보험 증서를 떠올렸다. 전구를 감싸쥐었을 때처럼 손바닥이 따스해졌다. 보험증서는 마치 그곳까지 같이 가자는 현수 식의 초청장 같았다.

무엇인가가 완성되는 순간은 그것을 완전히 잃고, 잃었다는 것마저 완전히 잊고, 오랜 세월이 흐른 뒤 우연히 그 언저리를 헛짚는 순간이다. 택시기사가 보았다시피 한겨울 새벽 거리를 무서운 속도로 내달리는 심야 택시의 묵시록적인 관통 속에서 휙 지나가

듯 내 첫사랑은 완성되었다. 그리고 완성된 순간 비스듬히 금이 가버렸다. 하지만 혹시 말이다. 사태는 너무 늦었고 나는 너무 늙었지만 말이다, 만약 산타가 아니라 P형이 그날 밤, 그 비스듬한 화분 방에서 몸을 살짝 기울여 내 귀를 버찌 열매처럼 빨갛게 물들이며 이렇게 속삭여주었다면 어땠을까.

너 요즘 고민이 뭐니? 나는 네가 너무 나를 닮아서 정말 걱정이다.

어쨌든 P형은 첫눈에 나를 알아보았고 마찌꼬바를 마찌꼬바라고 분명히 말할 줄 알았던 내 첫 선배였으니 말이다.

당신은 손에 잡힐 듯

오래전부터 ㄱ에게 맏이란 맑은

빈칸 같은 단어였고

생각을 중단시키는 블랙홀이었다는 것을

그는 그때에야 비로소 깨달았다.

마치 죽음을 모르듯 그는 맛을 몰랐다.

날이 너워지고 해가 길어지면서 그는 저녁 산책을 그만두었다. 대신 느지막이 저녁을 먹고 전철을 타고 남서쪽 종착역까지 갔다. 한 시간 정도 걸리는 거리였다. 그곳에 특별한 볼일이 있는 건 아니었다. 북동쪽보다 남서쪽 종점이 십 분가량 더 걸리기 때문에 가는 것이었다.

역 구내에 있는 자동판매기의 커피는 미지근하고 달았다. 역내에서는 담배를 피울 수 없었다. 출구로 올라가는 계단이 비스듬한 처마를 이루는 곳에 앉아 그는 대략 한 시간에 한 잔씩, 세 잔의 커피를 마셨다. 전철이 달려오고 멈추고 떠나는 쇳소리가 신경을 자극할 때면 그는 바짓주머니에서 고무로 된 주홍빛 귀마개를 꺼냈다. 귀마개 끝은 조그만 페니스의 귀두처럼 부드러운 유선형이었다. 그는 양손을 들어, 반짝이는 자작나무숲 사이의 오목한 빈터 같은, 잿빛 머리에 살짝 가린 양쪽 귀를 더듬어 조심스레 귀마개를 하나씩 밀어넣었다.

그는 남서쪽 종착역이 있는 동네에 대해 아무것도 알지 못했다. 거의 한 달째 밤마다 그곳에서 시간을 보내고 있었지만 한 번도 역 바깥으로 나간 적은 없었다. 어디를 가보았다고 말할 때 그것은 얼마나 적은 경험과 이미지만을 의미하는가, 하고 그는 생각했다. 남서쪽 종착역은 그에게 달고 미적지근한 커피의 맛으로 각인되었다. 세 잔의 커피를 다 마시고 나면 통학버스를 기다리는 학생처럼 막차가 오기를 기다렸다. 마지막 전철은 시원하고 한산했다. 전철에 앉아 흔들리다보면 그는 종이처럼 얇게 밀려오는 졸음의 겹을 느꼈다. 하지만 그가 졸다가 집 근처 역을 놓쳐 내리지 못한 적은 없었다. 모든 것이 잠들어도 그의 머릿속 가느다란 신경의 선 하나가 언제나 예민하게 살아 있는 느낌이었다.

전철역을 나오면서 그는 담배에 불을 붙였다. 그는 하루에 세 개비 정도의 담배를 피웠다. 아파트까지 걸어오는 동안 마지막 담배를 피우고 놀이터 옆 작은 쓰레기통에 꽁초를 버렸다. 밤이면 가로등 불빛에 물들어 주홍빛으로 보였지만 원래 쓰레기통은 모형 우체통처럼 생긴 빨간색이었다. 자신의 꽁초가 우편물처럼 어딘가로 배달될 것이라고 생각하면 그는 왠지 모르게 기분이 좋았다. 그래서 우표의 뒷면에 바를 정도의 침만 묻도록, 마지막 담배는 되도록 깨끗하게 피웠다.

집에 돌아오면 이를 닦고 귀마개를 빼고 잠자리에 들었다. 때로는 이를 닦지 않고 귀마개를 한 채 소파에서 잠이 들기도 했다. 바야흐로 깊은 잠이 들 만하면 알람벨 소리가 울렸다. 어김없이 아침 일곱시였다. 귀마개를 하고 잔 날도 일곱시의 알람벨 소리는 역시 느닷없고 날카로웠다. 머릿속 가느다란 신경 한 가닥은 말랑한 주홍빛 귀마개의 보호조차 거부하는 것 같았다. 선병질적인 소녀처럼 그 신경선은 자기만큼 얇고 날카롭고 거슬리는 것들과만 연대하려는 듯했다.

예전에 그는 출근 준비를 마치고 아파트 현관을 나서면서 휴대전화로 죽집에 전화를 걸었다. 그렇게 하면 죽집에 도착하는 즉시 포장된 죽을 받을 수 있었다. 처음에는 여러 종류의 죽을 사서 맛보았지만 얼마 후부터는 버섯야채죽만 샀다. 철이 바뀌거나 재료값이 널을 뛰어도 맛에 가장 변화가 적은 죽이었다. 해물죽은 날이 더워지면 비린내가 났고 고기죽은 때로 노린내나 핏내가 났다. 출근길 전철에서 그는 항상 죽 봉투를 안전하게 짐칸에 얹어두었다. 언젠가 한번 혼잡한 틈바구니에서 죽이 포장된 플라스틱 용기가 눌려 터진 적이 있었다. 그가 전철의 짐칸에 얹어놓은 죽 봉투를 놓고 내린 적은 없었다. 그는 출근하자마자 죽을 먹고 조례에 들어갔다.

이제 그는 출근을 하지 않지만 아침에 아파트 현관을 나서면서 휴대전화로 죽집에 전화를 거는 습관은 여전했다. 그렇게 하면 죽집에 도착하는 즉시 죽을 먹을 수 있었다. 그는 첫번째 경비초소 앞에서 담배에 불을 붙였고 죽집까지 가면서 하루의 첫 담배를 피웠다. 꽁초는 삼거리 편의점 앞에 놓인 쓰레기봉투에 버렸다. 죽집 문을 열고 들어서면 문에 매달린 종이 상큼하게 울렸다.

"어서 오세요."

카운터의 여자가 말했다. 그 말은 마치 출석을 부르는 소리처럼 들렸고 그는 모범생처럼 착실하게 네, 라고 대답했다. 구석 쪽 탁자에는 이미 죽과 반찬이 담긴 식쟁반이 놓여 있었다. 역시 버섯야채죽이었다. 그는 자리에 앉아 숟가락으로 죽을 천천히 저었다.

퇴직한 지도 어느덧 일 년이 지나고 있었다. 그의 명예퇴직은 강요가 아닌, 순수히 자발적인 선택이었다. 별로 계산할 것이 없는 그의 인생에서 그가 유일하게 꼼꼼히 계산을 해본 후 내린 결정이었다. 쉰 살이 넘으면서부터 그는 가장 많은 퇴직금과 연금을 확보할 수 있는 나이를 늘 염두에 두고 살았다. 대대적으로 연금이 하향 조정되는 추세 때문에 그 시기가 예정보다 삼사 년 앞당겨진 것뿐이었다. 퇴직 후에야 비로소 그는 자신이 의외로 경제적 여유가 있다는 사실을 알았다. 그렇다고 해서 그가 이제껏 살림에 쪼들리며 살아온 것은 아니었다. 식사는 늘 사먹었고 계절마다 새 양복과 구두를 샀고 컴퓨터와 노트북과 휴대전화도 몇 년에 한 번씩 최신형으로 바꾸었다. 그는 저축을 늘리려고 노력하지 않았고 그럴 필요를 느끼지도 않았다. 소비가 한정되면 월급이 아무리 적게 오르더라도 저축 역시 그만큼 늘어나는 게 순리였다.

그는 불규칙한 증감곡선을 싫어했다. 식료품이나 의류는 그렇지 않았지만 유가는 때로 주가처럼 변덕스런 등락을 거듭했다. 그는 면허증도 없었고 차도 없었다. 그에게 중요한 것은 소득을 늘리는 것보다 소비를 일정한 규모로 한정하고 가외 지출을 줄이는 것이었다. 그러자면 불가해한 등락을 반복하는 소비재를 쓰지 않는 습관이 필요했다. 퇴직 후에 찬찬히 계산해보니 투자해놓은 신탁금이 꽤 많이 불어나 있었고, 이십 년 전에 융자를 끼고 사서 지금까지 살고 있는 서민용 저층 아파트의 가격이 재개발 붐을 타고 부쩍 올라 있었다. 그는 조만간 재개발이 시작되면 현재의 아파트를 팔고 땅값이 싼 변두리 지역으로 이사할 생각이었다. 그러면 집값의 절반 이상을 신탁에 예치할 수 있었다. 보유한 현금의 이자만으로도 그는 연금이 나올 때까지 충분히 생활할 수 있었다. 연금이 나온다면 저축까지 할 수 있을 것이다. 결국 그가 옳았다. 중요한 건 어디까지나 소비를 한정하는 것이었다.

그는 죽을 한 숟갈 뜨려다 문득 자신이 죽 그릇 속에 담긴 죽 같은 시간을 살아왔으며 앞으로도 그러리라는 것을 확신했다. 그의 삶이 죽 그릇 같은 원형 테두리에 한정되어 있는 한 그의 소비 또한 그 틀 속에 한정되지 않을 까닭이 없었다. 그런 확신은 그에게 안도감을 주었다. 출근을 하거나 하지 않거나 적어도 오전 여덟시까지의 그의 생활은 퇴직 전과 비슷했다. 이를테면 죽을 먹는 장소가 바뀌었고 죽의 온도가 조금 높아 죽을 휘젓는 시간이 조금 더 걸리는 정도였다. 그는 밑반찬을 추가하거나 남기지 않았다. 약의 정량을 복용하듯 주어진 음식을 깨끗이 비우고 일어섰다.

"맛있게 드셨어요?"

계산을 할 때면 언제나 카운터의 여자가 이렇게 물었다. 그는 맛있게 먹는다는 게 무슨 뜻인지 몰랐지만 여자의 이마를 향해 네, 라고 대답했다. 그것은 마치 자신이 어떤 인생을 흠모해왔는지 모르지만 누군가 사후에, 잘 사셨어요, 라고 물어오면 그 이마를 향해 어김없이 네, 라고 대답할 이치와 같았다. 네, 라는 말은 그에게 긍정이 아니라 상대가 말을 건네면 수동적으로 작동되는 온순한 응답이었다. 어깨를 부딪치면 얕은 신음을 내뱉고, 누가 손을 내밀면 마주 손을 내밀어 악수하듯, 그는 자극이 오면 합당한 반응을 했다. 한 번도 그 반응을 회의하거나 제어한 적은 없었다. 그에게 삶의 시간과 갈피는 그토록 규칙적이고 의례적인 무내용의 교환으로 가득했다. 내용이 없으니 변화도 없었다.

그도 한때는 퇴직 후의 삶에 조그만 변화를 도입하고자 시도한 적이 있었다. 직장에 다닐 때는 시간이 없어서 매식을 했지만 퇴직 후에는 직접 요리를 해볼까 생각했다. 그때까지 그는 요리다운 요리를 만들어본 적이 없었다. 즉석식품을 레인지에 데운다든가 밥솥에 밥을 할 줄 아는 정도였다.
그는 아주 쉬운 음식부터 만들어보기로 했다. 마침 날이 더워지기 시작했으므로 그는 냉국을 만들기로 했다. 끓이는 국보다는 한결 간단할 것으로 생각되었다. 인터넷에서 요리법을 찾아보는 것으로 준비는 시작되었다. 초반부터 그는 약간의 난관에 봉착했다. 의외로 냉국의 종류가 매우 많았다. 우무냉국이니 톳냉국이니 하는 생전 들어보지 못한 냉국도 있었다. 그는 요리 블로거들이 가장 간단하다고 추천한 오이미역냉국을 선택했다. 오이와 미역만 있으면 만사 오케이라고 했다. 재료에 냉국만 부으면 된다고 했다. 그럴 법했다. 오이, 미역, 냉국. 이름 속에 모든 재료와 과정이 축약되어 있으니 암기도 쉽고 공정에 대한 감도 빨리 왔다.

  그런데 오이부터가 문제였다. 생으로 먹는 것이니 가급적 유기농이어야 하며 오이지를 담글 때 쓰는 통통하고 연녹색이 나는 다다기오이를 써야 한다는데 그는 다다기오이가 무엇인지 몰랐다. 오이의 종류를 찾아보니 네 종류인가 다섯 종류가 되었다. 다다기 또는 나내기오이는 일명 백오이라고노 한다고 했다. 누군가는 백오이가 조선오이라고 했고 누군가는 조선오이에 다다기오이와 취청오이가 있다고도 했다. 그는 메모지에 유기농 다다기오이라고 쓴 뒤 괄호를 열고 백오이라고 쓰고 괄호를 닫았다. 다음은 미역이었는데 이것 역시 수월치 않았다. 미역에는 마른미역과 생미역이 있었고, 포장 미역과 재래 미역도 있었고, 일반 미역과 산모용 미역도 있었다. 기왕이면 자연산 미역이 좋다는 둥 그냥 마트에서 파는 포장 미역이 간편하다는 둥 각기 다른 내용의 정보를 훑어본 후 그는 잠시 생각에 잠겼다. 결국 그는 메모지에 좋은 미역이라고 썼다. 마지막 관문은 냉국이었다. 그는 냉국 국물 레시피를 찾아 읽다 여러 번 한숨을 쉬었고 메모지에 뭔가를 열심히 썼다. 얼마 후에 그는 자신이 덮어놓고 필기해놓은 내용을 확인하고 기겁했다. 유기농 현미식초, 사과식초, 유기농 설탕, 올리고당, 국간장,

맛간장, 액상스프, 유기농 참기름, 구죽염, 멸치액, 참치액, 육쪽 통마늘, 유기농 청양고추, 유기농 고춧가루…… 냉국 만들기는 결코 쉽지도 간단하지도 않았다. 구입해야 할 재료를 정리하는 데만도 몇 시간이나 걸렸다. 마침내 그는 메모지에 적힌 '유기농'이란 말을 모두 지우고 '다다기'니 '좋은'이니 '액젓'이니 하는 말도 차례차례 지웠다. 그로써 메모지에는 '오이' '미역' '식초' '간장' '설탕'이라는 단출한 내용만 남았다.

동네 마트에서 장을 봐온 그는 얼추 레시피에 따라 국물부터 만들었다. 만든 국물은 미리 냉동실에 한 시간쯤 넣어두어야 한다고 했다. 그동안 오이를 씻고 미역을 불려 적당한 크기로 잘랐다. 한 시간 뒤에 냉동실에서 국물을 꺼냈다. 국물은 얼음 응어리가 져 있었다. 그는 건더기에 국물을 부어 섞은 다음 냉국 한 그릇과 수저 한 벌을 식탁에 놓고 앉았다. 검푸른 미역과 연둣빛 오이채가 뭉글뭉글 응어리진 얼음 사이를 맴돌며 북구의 저녁 바다를 떠올리게 했다. 이 한 그릇의 냉국을 만들기 위해 자신이 얼마만큼의 시간과 비용을 들였던가를 생각하자 뿌듯한 보람이 밀려왔다. 오이는 한 개씩 팔지 않아 한 무더기를 샀고 미역도 한 봉지나 샀다. 유기농 간장과 식초는 예상 외로 비쌌다. 설탕은 가장 작은 봉지를 샀지만 전체 양의 백분의 일도 사용하지 못했다. 그가 만든 냉국 한 그릇의 가격은 얼추 한우 등심 일 인분의 가격에 육박했다.

그는 국물과 건더기를 한 숟갈 떠서 입에 넣었다. 냉국을 맛본 순간 그는 최근 들어 경험하지 못한 기묘한 감정을 맛보았다. 처음에는 그 감정의 정체가 무엇인지 알지 못했다. 해일처럼 격하다고까지는 말할 수 없었지만 그의 영혼을 잠시 휘청거리게 만들 만큼은 당혹스런 감정의 습격이었다. 다감한 악수를 기대하고 내민 손목을 찰싹 한 대 얻어맞은 느낌이랄까. 그것의 정체는 완전한 실망, 바로 그것이었다. 처음엔 상한 듯 시큼한 맛이 났고 그다음엔 설탕의 단맛이 겉돌았고 마지막엔 비릿한 찝찔함이 남았다.

그는 끈기 있는 실험실의 과학자처럼 남은 재료로 오 리터에 달하는 냉국을 만들어보았지만 결코 기대한 맛을 얻지는 못했다. 그는 의기소침해졌다. 과연 자신이 어떤 맛을 기대하고 냉국을 만들었는지조차 알 수 없었다. 어쩌면 오랫동안 그의 혀가 삼겹살집 같은 곳에서 내주는 기름이 둥둥 뜬 밍밍한 냉국의 맛에 길든 탓일 수도 있었다. 그는 자신이 맛치일지 모른다는 생각마저 들었다. 그에겐 맛이라는 것도 결국 규칙적이고 의례적인 무내용의 교환에 불과했다. 그가 만든 냉국은 결코 삼겹살집 냉국을 대신할 수 없었다. 그는 주어진 음식을 얌전히 수용하는 항수일 뿐 직접 칼을 휘두르거나 혀를 놀리는 변수가 아니었다. 오래전부터 그에게 맛이란 말은 빈칸 같은 단어였고 생각을 중단시키는 블랙홀이었다는 것을 그는 그때에야 비로소 깨달았다. 마치 죽음을 모르듯 그는 맛을 몰랐다.

그는 죽집을 나와 마을버스 정류장으로 향했다. 학교와 도서관. 퇴직 전과 퇴직 후의 차이는 이것이었다. 학교행 전철이 아니라

도서관행 마을버스를 기다리면서 그는 어젯밤까지 생각해두었던 내용의 끝부분을 더듬었다.

 퇴직한 지 얼마 지나지 않아 그의 머릿속에는 자신이 교통사고를 당할지도 모른다는 엉뚱한 생각이 떠올랐다. 그는 그 생각을 쉽게 떨쳐버릴 수 없었다. 교통사고가 아니더라도 뜻밖의 사고를 당해 죽을 가능성은 누구에게나 항존했다. 그럴 경우에 대비해야 했다. 그후부터 그는 일일연속극을 써나가는 작가처럼 매일매일 불의의 사고에 대비한 세세한 생각들을 이어나가기 시작했다. 어제까지 즉사에 대비한 생각들은 어느 정도 정리가 끝나 있었다.

 그는 지난 일주일에 걸쳐 유언장에 들어갈 내용들을 다듬었다. 며칠을 고민한 끝에 시신은 기증하기로 결정했다. 유산의 문제는 오래 숙고할 여지가 있었다. 그에게 가장 가까운 친척이라고는 사촌형의 자식들뿐이었다. 그는 일찍 아버지를 여의고 홀어머니 손에 자란 외아들이었다. 그의 어머니는 이십사 년 전에 죽었다. 정확히는 몰라도 아마 지금 죽집 카운터를 보는 여자의 나이쯤 되었을 무렵이었다. 어머니는 고질적인 소화불량 증세로 오랫동안 식사량을 줄여나가다 급기야는 아예 음식을 삼키지 못하게 되어 기진해 죽었다. 섭취량 x가 무한히 제로에 수렴할 때 필연적으로 일어나는 현상이었다. 따라서 급기야라는 호들갑스런 표현은 당시 군에서 막 제대한 그를 비롯해 뒤늦게 그 사실을 알게 된 이웃들에게만 해당되는 느낌이었다. 당사자인 어머니는 아주 천천히 죽어갔으리라. 천천히 삶을 지워갔다고도 할 수 있었다. 어머니가 죽은 후 그는 거의 어머니 생각을 하지 않고 지냈다. 그러다 얼마 전 유언장을 작성하기 위해 고심하던 저녁, 그는 문득 어렸을 때 짙게 화장을 한 어머니 손에 이끌려 오랜 시간 버스를 타고 낯선 동네에 갔던 일을 기억해냈다. 그때 만난 사람이 큰아버지였다. 큰아버지의 외아들인 사촌형은 이미 고환암으로 세상을 떴지만, 자손이 귀한 집안에서 예외적으로 딸 하나와 아들 둘을 남겨두는 업적을 이루었다.

고민 끝에 어젯밤 그는 재산의 반을 삼등분해 세 조카에게 분배하기로 결정했다. 각자가 보유한 재산 정도에 따라 차등을 둘까도 생각했지만 그렇게 하면 그들의 관계가 날라질지노 몰랐다. 기존의 재산에 똑같이 알파를 더한다면 셋의 관계는 달라질 게 없을 것이다. 그들이 달라져선 안 될 정도로 가치 있는 우애관계를 유지하고 있는지 어떤지는 문제가 아니었다. 중요한 것은 그가 물려준 유산으로 인해 그들 관계에 어떤 변화도 생기지 않는 것이었다. 나머지 반은 어떻게 할지 아직도 고민중이었다. 오래 교직에 몸담아왔던 만큼 뭔가 교육 발전에 보탬이 될 만한 일에 기부하고 싶었지만 뜻있는 일을 한다고 주장하는 각종 단체에 대한 신뢰나 정보가 부족했다.

초록빛 마을버스가 왔다. 그는 마을버스를 타고 가면서 이번에는 제2의 가능성, 즉 즉사하지 않을 경우에 대해 찬찬히 생각하기 시작했다. 하루 이틀 안에 죽는다면 모르지만 그렇지 않다면 누군가 그를 간호하여야 할 것이다. 장애나 후유증이 심하다면 그를 오랜 기간 지속적으로 돌볼 사람이 필요했다. 이 대목에서 그는 세 조카에게 공평하게 재산을 분배하려던 결정을 회의했다. 셋 중 누군가에게 유산을 더 얹어주는 조건으로 그 조카에게 자신의 간호를 위임하는 게 좋지 않을까 하는 생각이 들었다. 동등한 유산을 받는다면 동등한 책임을 지는 게 순리겠지만 인간이란 원래 그렇게 책임감이 드높은 존재가 아니었다. 가능한 한 책임을 회피하여 동등한 무책임으로 흐를 가능성이 훨씬 높았다. 그는 세 조카의 면면을 따져보려 했지만 나이 들고 시들어가는 그들의 얼굴만이 흐릿하게 떠오를 뿐이었다. 더 마음이 가는 조카도 없었고 덜 마음이 가는 조카도 없었다. 사실 그는 조카들을 자주 만나지도 못했고 짤막하고 형식적인 인사 외에는 대화다운 대화를 나눠본 적도 없었다. 설사 그들에 대해 좀더 안다 한들 일 년에 한 번 볼까 말까 한 조카들 중 하나를 믿고 중환자나 불구자가 될 수는 없었다. 그는 이 문제를 일단 보류해두기로 했다. 그가 즉사한다면 그의 유언장에 따라 세 조카가 재산의 반을 동등하게 나눠가질 것이다. 그리고 그가 즉사하지 않는다면 병세의 위중함과 조카들의 반응을 따져 그때 유언장을 고쳐 써도 늦지 않을 터였다. 아니면 믿을 만한 간병인을 구하거나 좋은 시설이 있는 유료 양로원을 미리 알아보는 방법도 있었다.

밖은 후덥지근했지만 마을버스 안은 냉방이 되어 시원했다. 그의 옆자리에 늙은 남자가 와 앉았다. 그보다 대여섯 살은 더 들어 보였는데 자리에 앉는 모습에서 노인의 풍모가 완연했다. 버스는 주택가를 지나고 있었다. 그도 대여섯 살 더 먹으면 완연한 노인의 풍모를 띨 것이며 언젠가는 사고로 죽거나 자연사할 것이다. 그의 재산은 조카들과 그밖의 다른 곳으로 분배될 것이다. 삶은 의외로 간명했다. 그가 죽음을 향해 한발 한발 다가서면서 느낄 다종다기한 고통이나 정체불명의 공포만 제외한다면.

그는 하루하루 늙어가는 것은 아무렇지도 않았지만 한발 한발 죽음이 다가오는 것은 두려웠다. 그는 두려움 속에서도 죽음의 고통은 어떤 것일까 생각해보곤 했다. 어머니는 죽을 때 어떤 고통을 겪었을까. 어쩌면 고통의 강도는 그리 가공할 만한 것이 아닐 수도 있다. 삶에서 겪는 고통, 이를테면 폭행이나 고문, 수술에 의한 고통이 더 끔찍할 수도 있다. 그러나 그런 고통들은 아무리 심각하다 할지라도, 모름지기 견뎌내기만 하면 삶으로 되돌아올 수 있는 막간의 고통인 것이다. 하지만 죽음에 이르는 고통, 소멸을 향해가는 고통, 그 끝에 오로지 공허만이 입 벌리고 있는 고통은 그 강도나 크기와 무관하게 매우 특별한 종류의 고통임에 틀림없으리라고 그는 생각했다. 그것은 사위어가는 재의 고통일까, 번쩍하는 폭죽의 고통일까. 어머니의 죽음은 아마도 전자였으리라. 그렇다면 죽음은 다만 사라짐인가, 다른 차원으로의 건너감인가.

그는 나이가 들수록 세상에 대한 애정이 줄어들었고 그만큼 관대해졌다. 너그러워진다는 것은 품위와는 관계없는, 둔감한 무관심에 가까웠다. 결혼을 한 적이 없는 그는 젊은 시절부터 지금까지 사소한 일로 누군가와 다투고 안달하고 토라지고 속을 썩는 식의 경쾌한 열정을 가져본 적이 없었다. 어쨌든 죽음으로써 그의 눈앞에서 이 조잡한 세상은 사라지겠지만, 중요한 건 그가 사라지는지 아닌지 하는 것이었다. 차가 흔들릴 때마다 옆자리의 늙은 남자에게서 은은한 머릿기름 냄새가 났다. 그는 고개를 돌려 늙은 남자의 하얗게 센 머리칼과 듬성한 머릿속을 잠시 쳐다보았다.

오래전 그날 어머니는 금방이라도 자결할 듯 결연한 표정으로 화장을 한 후 어린 그의 손을 이끌고 버스 종점으로 갔다. 버스에서는 머리를 어지럽히는 석유 냄새와 양철 냄새가 났다. 닭이 병아리를 품듯 어머니는 그를 배 앞쪽에 품어 세우고 뒤에서 약간 구부정한 자세로 양쪽 좌석 손잡이를 붙잡고 섰다. 그의 앞에는 노인이 앉아 있었고 그 옆 창가에는 중년 여인이 앉아 있었다. 버스는 갈수록 붐볐고 어머니의 아랫배는 그를 점점 노인 가까이로 몰아갔다. 노인의 머리가 그의 코앞으로 바짝 다가섰다. 노인의 하얗게 센 머리칼과 머릿속이 환하게 들여다보였다. 그는 몸을 비틀면서 어머니를 돌아보았다. 왜 그러니, 아가? 어머니가 물었다. 그는 조그맣고 두려운 목소리로 중얼거렸다. 할아버지요. 어머니가 고개를 조금 숙이고 루주 발린 입술을 달싹였다. 어디 아프니, 아가? 그는 고개를 흔들었다. 어머니가 귀를 그의 입 가까이에 댔다. 치켜올라간 어머니의 속눈썹이 버스의 진동에 따라 위태롭게 흔들렸다. 그는 석유 냄새 때문에 코가 아팠고 오랜만의 외출로 흥분해 있었다. 할아버지가요! 그는 얼른 어머니에게 사태를 알리고 싶은 조급함에 집게손가락을 치켜들어 노인을 가리키고 이를 닦을 때처럼 입을 길게 벌려 외쳤다. 이ㅡ가 있어요! 그때 커지던 어머니의 눈과 덩달아 커지던 창가 쪽 여인의 눈, 그리고 그의 코 앞에서 한없는 경악과 당혹으로 굳어가던 노인의 탁한 눈. 그는 어머니가 죽은 지 사반 세기쯤 지나 자신의 유언장을 작성하던 저녁에야 그 세 쌍의 눈들을 기억해냈다.

그때 그 노인은 어쩌면 지금 옆자리에 앉은 늙은 남자보다 젊었을지 모른다. 지금 그의 나이쯤밖에 안 되었을지도 몰랐다. 그 시대 사람들은 의외로 많지 않은 나이에 죽음에 익숙한 외양을 가졌으니까. 노인은 그와 그의 어머니를 향해 필사적으로 손을 저었다. 내레 무슨 이가 이서? 늙어서리 살비듬이 난 기야. 노인의 말은 어눌했고 목소리는 갈라졌다. 애기레 잘 보라. 애기 엄마레 날래 보라. 나 이 업서. 그때 노인의 머리에 이가 있었는지 어떤지는 알 수 없었다. 다만 그의 또렷한 손가락질과 쨍쨍한 누설의 말 한마디로 창가 쪽에 앉아 있던 중년 여인이 자리를 비집고 나왔고 어머니는 그를 노인에게서 멀어지도록 버스 뒤쪽으로 밀었다. 모든 승객들이 슬금슬금 움직였다. 이라면 치가 떨린다는 속삭임도 들려왔다. 보이지 않는 둥근 원 속에 유폐된 채 노인은 쓰라린 체험을 많이 했을 것이 분명한 입술을 실룩거리며 몇 정거장을 더 간 후 버스에서 내렸다.

옆자리의 늙은 남자는 그와 함께 도서관 앞 정류장에서 내렸다. 맑았던 하늘이 흐려지고 있었다. 늙은 남자는 제법 빠르고 활기찬 걸음으로 도서관 입구를 향해 올라갔다. 어쩐 일인지 요즘 도서관에는 학생보다 노인이 더 많았다. 도서관에서 하루를 보내고 나면 그는 두번째 담배를 피우고 근처 식당에서 늦은 저녁을 먹을 것이다. 남서쪽 종착역으로 가서 세 잔의 커피를 마시고 막차를 타고 집으로 돌아올 것이다. 그리고 세월이 아주 조금만 더 흐르면 그도 수학이나 철학책을 접고, 낚시잡지나 역사소설을 뒤적이는 노인들의 무리에 자연스레 속할 것이다. 도서관과 노인, 그 조합은 좀 기이하고 음울하지만 무척 어울리는 데가 있다고 그는 생각했다.

그는 요즘 그때 그 길을 자주 꿈꾸었다. 널찍하게 쭉 뻗은 양복점 길이었다. 진열장마다 잘 다림질된 양복 상의를 입은 상체 마네킹들이 서 있었다. 어머니는 한 손으로는 그의 손을 잡고 한 손으로는 약도가 적힌 쪽지를 들고 조그맣게 중얼거렸다. 허드슨 테일러, 허드슨 테일러. 그때의 어머니의 초조한 목소리를 생생하게 떠올리던 저녁, 그는 돈을 꾸러 가는 여자와 사랑을 속삭이러 가는 여자는 많은 공통점을 지녔으리라고 생각했다. 상대를 시급히 만나길 원하면서도 치달려가는 발길을 늦추고 싶은 불안, 용건을 제대로 말할 수 있을까 하는 근심, 단호한 거절에 대한 두려움, 그러나 어쩌면 종국에는 자신의 손에 행복의 보물이 쥐어질지도 모른다는 실낱같은 기대. 다만 차이점이 있다면, 돈을 꾸러 갈 때는 자못 긴요해도 사랑을 고백하러 갈 때는 절대로 동반해선 안 될 어린 아들인 그의 존재였다. 어느 가게나 할 것 없이 진열장 유리는 광이 나도록 닦여 있었고 머리도 없는 외다리 마네킹들이 두툼한 고기를 꿴 꼬챙이처럼 즐비하게 늘어서 있었다. 꿈속에서 그들 모자는 허드슨 테일러를 찾지 못해 헤매다녔다. 큰아버지를 만나는 시간을 무한히 늦추고 싶었던 어머니의 오래전 마음이 그의 꿈길에 길게 그늘을 드리운 탓인지도 몰랐다.

사방은 어둡고 안개로 가득했다. 그날 밤 꿈에서도 그들 모자는 역시 길을 잃었다. 캄캄한 어둠 속을 끝없이 헤매던 그의 귓가에 갑자기 큰 짐승이 급소를 찔려 울부짖는 듯한 비명소리가 들려왔다. 그것은 마치 목이 잘린 남자 마네킹이 내지르는 비명처럼 처참했다. 섬뜩한 그 소리는 그의 머릿속 가느다란 신경줄을 타고 정수리 끝까지 올라왔다. 머리끝이 쭈뼛 곤두선 그가 어머니! 하고 소리쳐 부르려 할 때 그의 손에서 모래처럼 어머니의 손이 스르르 빠져나갔다. 그리고 곧이어 두꺼운 진열장 유리가 산산조각 나는 무시무시한 파열음이 들려왔다.

그가 최종적으로 잠에서 깬 것은 새벽 두시경이었다. 귓가에 낮은 웅성거림이 들려왔다. 그는 귀마개부터 확인했다. 귀마개는 귓속에 들어 있지 않았다. 집에 돌아와 언제 뺐는지 기억나지 않았다. 웅성거림이 그치고 사방이 조용해졌다. 잠시 후 굵고 낮은 남자의 목소리가 들려왔다.

"건드리지 말라고."

문이 활짝 열린 베란다 쪽이었다. 어둠 때문에 그 목소리는 매우 가깝게 들렸다. 그는 잠에서 덜 깬 걸음으로 비틀비틀 베란다 쪽으로 나갔다. 경찰들이 둥그렇게 모여 선 곳은 그가 살고 있는 동과 앞동의 중간 지점에 있는 놀이터였다. 철봉대 앞에 어떤 물체가 웅크린 채 누워 있었다. 엄밀히 따지자면 앞동 쪽에 조금 더 가까운 위치였다. 그가 살고 있는 단지의 아파트는 전부 오층이었고 지어진 지 오래되어 동 사이 간격이 멀었다. 오층에서 범상하게 뛰어내린다면 결코 도달할 수 없는 자리에 시체는 놓여 있었다. 옥상 한편 끝에서 다른 편 끝까지 도움닫기로 질주해 날듯이 도약하였다면 혹시 가능할지도 모를 위치였다. 경찰들 또한 그 긴 거리에 대한 의심에 사로잡혀 있는 듯했다. 몇 개의 플래시가 오르락내리락하며 앞동 외벽을 집요하게 비추고 있었다.

"어디 부딪쳐 튕겼을까?"

이렇게 묻는 남자의 목소리가 들렸다. 그 물음에 대한 대답은 들려오지 않았다. 앞동 외벽에는 낙하하는 물체를 멀리로 튕겨낼 만한 돌출부가 존재하지 않았다. 대답은 유보되고 있었지만 그는 플래시를 든 경찰들이 무슨 생각을 하는지 알 것 같았다. 튕기지 않았다면 뻔한 것이다. 누군가 집어던진 것이거나, 지금 쓰러진 그 위치에서 당한 것이다.

그가 꿈결에 들은 소리에 따르면 남자의 비명이 먼저였다. 뭔가 파열되는 소리는 비명이 들려오고 이, 삼 초 뒤였다. 그렇다면 남자가 비명을 지른 후 도움닫기로 뛰어내렸거나, 힘센 누군가에게 집어던져지며 비명을 질렀거나, 그도 아니면 쓰러진 그 자리에서 비명을 지르고 심하게 가격당했을 가능성이 있었다.

무엇인가 운반되어왔고 경찰들의 움직임이 분주해졌다. 어느 순간 조도가 높은 조명기구에 불이 번쩍 들어왔다. 놀이터 주변은 흰 박하 입자를 뿌린 듯 눈부시게 빛났다. 시체의 윤곽이 분명해졌다. 그는 바짝 긴장했다. 그는 눈을 가늘게 떴다가 다시 크게 떴다. 환한 빛과 짙은 그림자는 쓰러진 사람이 여자라는 것을 알려주었다. 커 보이던 자태는 전신에서 흘러나온 피 때문이었다. 짙은 핏빛 배경 위로 도드라진 여자의 몸집은 작은 편이었다. 옆으로 웅크려 팔을 뻗은 자세는 원소와 집합의 관계를 나타내는 기호($\in$)처럼 보였는데 몇 번을 보아도 여자의 신체임이 분명했다. 그의 예상은 완전히 빗나갔다. 어떤 가능성도 그가 꿈결에 들은 소리나 순서와 맞지 않았다. 단 한 가지가 있다면 누군가 힘센 남자가 그녀를 집어던지며 비명을 질렀을 가능성 정도였다. 그런데 던져지는 여자는 전혀 소리를 지르지 않고 던지는 남자가 소리를 지른다는 게 가능할 것 같지는 않았다. 마지막 추측, 가장 강력한 가설은 그가 잘못 들었다는 것이었다. 그가 들은 것은 사실 남자의 비명이라고 확언하기 어려운 소리였다. 아니, 인간의 성대가 공명하여 내는 소리라고 믿기 어려운 소리였다. 그런 끔찍한 소리를 낸 존재가 철봉대 아래 웅크리고 누운 작은 몸집의 여자라는 게 그는 도저히 믿어지지 않았다. 그러나 그가 믿건 말건 분명한 것은, 그 순간만큼은, 비명을 지르던 순간만큼은 여자가 지구상의 어떤 생명체보다 열렬하게 살아 있었을 것이라는 점이었다. 그는 베란다 방충망 가까이 다가섰다. 자신의 암컷의 죽음을 지켜본 우리 속 수컷처럼 그는 온몸을 부르르 떨었다.

새벽녘 폭우가 쏟아진 뒤의 놀이터는 축축한 모래로 덮여 있었다. 누군가 관심 있게 살핀다면 철봉대 아래에 긴 타원형의 짙은 얼룩이 있다는 것을 알 수 있겠지만 놀이터는 텅 비어 있었다. 그는 놀이터 옆 빨강 쓰레기통 앞에 서서 첫 담배를 피웠다. 꽁초를 쓰레기통에 넣으면서 그는 첫 담배의 꽁초인데도 왠지 마지막 편지를 띄우는 듯한 서글픈 느낌이 들었다.

경비초소는 서너 동 마다 하나씩 세워져 있었는데 경비가 자리를 지키고 있는 일은 드물었다. 요행히 첫번째 경비초소에 경비 하나가 앉아 있었다. 그는 아직도 빗방울이 맺혀 있는 경비실 창문을 톡톡 쳤다. 경비가 작은 유리창을 열었다. 경비는 무척 늙어 보였다.

"오늘 새벽에 무슨 사고가 났습니까?"

경비는 무슨 말인지 알아듣지 못하겠다는 멍한 표정을 지었다.

"새벽에 사고가 나지 않았냐고요?"

"아니오, 선생님."

주름진 살갗들이 만들어내는 경비의 표정에는 무언가를 애써 감추려는 기색이 역력했다. 마치 누군가 문을 두드리자 당황하여 아무도 없는 척하려고 불을 탁 꺼버린, 불현듯 캄캄해진 창문의 표정이 그럴 것이었다.

"누군가 옥상에서 투신하지 않았습니까?"

그의 노골적인 질문에 경비는 조심스럽게 고개를 저었다.

"경찰차도 오고 그런 것 같던데?"

"아, 그거요?"

경비는 고개를 옆으로 돌리고 미간을 찌푸렸다. 오래전 큰아버지도 그들 모자를 보자 이렇게 난감한 표정을 지었던 기억이 났다. 철없는 동생이 일찍 죽은 탓에 가난한 피붙이가 줄기는커녕 둘로 불어난 것이다. 예상은 했지만 막상 코앞에 닥친 사태에 제대로 대처할 준비가 안 된 자의 어려움이 묻어나는 침묵이 흘렀다. 어떻게든 여기서 끝막음을 해야 한다는, 말을 길게 섞을수록 손해라는 위기감을 느낀 경비가 어색하게 점잔을 빼며 말했다.

"부부싸움을 심하게 했대나봐요."

그래서 남자가 여자를 던졌습니까, 라는 말이 그의 목에서 튀어나올 뻔했다. 아니면 여자가 그냥 뛰어내렸습니까. 차마 그렇게 물을 수는 없었다. 어머니 또한 차마 액수를 말할 수는 없었을 것이다. 멀미로 얼굴이 노랗게 질린 조카와 수줍음이 많아 말을 더듬는 제수를 보면서 큰아버지는 얼마나 주어 보내야 할지 본능적으로 계산을 끝냈다. 왕복차비보다 조금 낫지만 자꾸 와봐야 별 소득이 없다는 것을 뼈저리게 깨닫게 하는 정도. 십 년 뒤에 자신의 외아들이 양복점을 팔아먹고 빚더미에 올라앉아 마침내는 고환암으로 죽을 것도 모른 채 큰아버지는 갖가지 가위와 재봉도구들로 가득한 재단대 끄트머리에 말없이 봉투를 올려놓았다. 그 부피만큼 가볍게, 깃털을 털듯 손끝을 뿌리며 경비가 말했다.

"별일 아니에요. 부부싸움 좀 했대요."

늙은 경비는 이것으로 모든 대화가 끝났다는 듯 상체를 어정쩡하게 들어올려 유리창을 닫으려는 자세를 취했다. 어쩌면 경비의 말이 맞을지도 모른다고 그는 생각했다. 모든 게 그가 꾼 꿈일 수도 있다. 그는 아프게 주먹을 쥐었다 폈다. 늘 그래왔듯이 네, 하고 대답한 후 젖은 유리창 앞을 떠나야 한다고 생각했다. 경비가 그를 쳐다보았다.

"왜 그러세요, 선생님?"

새벽녘에 추락사한 여자의 시신을 본 주민이 그만은 아니었을 것이다. 어차피 부수고 새로 지을 재건축 아파트였다. 놀이터 따위는 흔적 없이 사라질 터였다. 도대체 인간들은 십 년 뒤, 이십 년 뒤를 생각하고도 지금과 똑같이 말하고 행동할 수 있을까, 하고 그는 생각했다. 그의 머릿속 신경 한 가닥이 파들거리며 부풀어올랐다. 그는 다시 주먹을 쥐었다 폈다. 주먹을 쥐었다 펼 때마다 강물 속에 가라앉는 묵직한 칼처럼, 날이 선 침착함이 가슴에 내려앉는 게 느껴졌다. 경비가 두렵고 걱정스러운 얼굴로 물었다.

"어디 아프세요, 선생님?"

죽집에는 그의 죽이 준비되어 있지 않았다.

"오늘은 전화를 안 하셔서요. 지금 바로 준비해드릴게요."

카운터의 여자가 말했다. 그는 냅킨과 수저통만 놓인 빈 탁자에 앉았다. 늙은 경비는 별일 아니라고 했다. 사실 여자가 죽었든 아니든 별일은 아니었다. 경비의 말과 새벽의 정황을 종합해보면 여자는 남편과 다툰 후 홧김에 옥상에서 뛰어내렸을 가능성이 높았다. 내놓고 떠들 일은 아니라고 판단한 부녀회나 자치회에서 경비들에게 함구령을 내렸을 것이다.

죽 쟁반이 왔다. 죽에서 얕은 김이 올랐다. 숟가락을 들자 바야흐로 모든 것이 어제와 똑같아지기 시작했다는 안도감이 찾아왔다. 그는 숟가락으로 죽을 천천히 저었다. 죽을 젓다 말고 그는 양손을 바짓주머니에 넣어 말랑한 귀마개를 꺼내 양쪽 귀를 막았다. 귀가 먹먹해졌다. 소음이 사라지자 눈앞에 여자의 시체의 윤곽이 떠올랐다. 눈부신 조명은 여자 몸에 선명한 명암을 그려놓았다. 그때까지만 해도 여자의 육체는 굳지 않아 말랑했을 것이다. 그는 다시 죽을 젓기 시작했다. 김과 깨가 퍼져나가면서 죽 표면에 잿빛 동심원이 생겼다. 몸집도 작은 여자가 어떻게 그토록 섬뜩한 비명을 지를 수 있었을까, 하는 생각이 들었다. 고작 오층에서 모래 위로 떨어졌을 뿐인데 여자의 뇌가 어떻게 그렇게 지독한 파열음을 낼 수 있었을까, 하는 생각도 들었다. 그녀의 자궁도 함께 깨졌을까, 하는 생각도 들었다. 그는 고개를 저었다. 연민이라든가 안타까움 같은 것은 아니었다. 굳이 지칭하자면 지금 그를 사로잡고 있는 감정은 오래전 불타서 텅 빈 원형의 폐허를 바라보는 감정이라 할 수 있었다.

그는 갑자기 죽을 젓는 일을 멈추었다. 둥근 죽 그릇과 죽이 저어지면서 생기는 원의 형태가 그에게 불가사의한 공포감을 불러일으켰다. 잘린 목의 단면이라든가 요강처럼 박살나기 쉬운 반구형 뇌의 이미지가 떠올랐다. 속이 울렁거렸다. 머리 둘레에 전기 충격장치를 장착한 듯 양 관자놀이가 급격히 조여들었고 팽팽해진 머릿속 신경줄에 누군가 활을 대고 격하게 켜대는 느낌이었다. 그는 숟가락을 놓고 자리에서 벌떡 일어났다. 카운터의 여자가 재빠르게 그의 식쟁반을 살피는 기색이었다. 여자는 그가 꺼내놓은 지폐를 집으며 언제나처럼 이렇게 물었다.

"맛있게 드셨어요?"

귀마개 때문에 여자의 목소리는 멀게 들렸다. 그는 양손을 들어 귀마개를 빼냈다. 여자의 이마 언저리는 땀이 살짝 배어 반들거렸다. 여자는 그가 죽을 한 숟갈도 먹지 않았다는 걸 알고 있었다. 하지만 그런 사실과 관계없이 그는 여자의 이마를 향해 네, 라고 대답해야 한다고 생각했다. 그리고 상큼한 종소리를 여운처럼 남긴 채 문을 열고 죽집을 나가야 한다고 생각했다.

"맛있게 드셨냐구요?"

그가 못 들은 줄 알고 여자가 다시 물었다. 고개를 옆으로 돌리고 있었으므로 여자의 말은 그의 왼쪽 귀 가까이에서 울렸다. 왼쪽 귓불에 여자의 목구멍과 혀와 입술을 통과해 올라온 비음 섞인 목소리와 습기 찬 훈김이 닿았다. 이 여자는 살아 있구나, 라고 그는 생각했다.

"맛 없으셨나보다."

여자가 투정을 부리듯 말하고 지폐를 계산대 안으로 밀어넣었다. 그는 고개를 돌렸다. 여자와 눈이 마주쳤다. 오랫동안 이 집을 드나들면서도 여자와 이렇게 정면으로 눈을 마주친 적은 없었다. 여자가 속눈썹을 파르르 떨었다. 그는 여자가 이토록 펄펄 살아 있다는 게 못 견디게 분하고 서운했다.

"왜 그러세요, 손님?"

여자가 어색하게 웃었다. 화장기가 짙은 여자의 콧날과 콧구멍이 움찔거렸다. 그는 늘어뜨린 주먹을 천천히 쥐었다 펴면서 이 느낌은 무엇일까, 하고 생각했다. 여자의 위선적인 친절에 대한 염증일까. 그럴 수도 있다. 집요하게 대답을 재촉하는 데 대한 짜증일 수도 있다. 나이에 어울리지 않는 어리광 섞인 말투에 대한 경멸일 수도 있다. 그러나 지금 그가 느끼는 감정은 이 모든 것을 합한 것보다 훨씬 강렬했다. 여자가 발산하는 생명력이 못 견디게 분하고 서운한 이 마음의 정체는, 바로 증오였다. 그는 아무 이유 없이 여자가 죽기를, 여자의 목숨이 끊어지기를 바라고 있었다. 갑자기 양 주먹에 힘이 불끈 들어갔다. 그는 자신의 감정 상태가 정상적이지 않다는 것을 알았다. 한시바삐 이 자리를 벗어나야 한다는 것도 알고 있었다. 그러나 그는 다만 꽉 쥔 두 주먹에서 급류처럼 솟구쳐올라오는 충동적인 괴력을 자제하느라 내림굿을 받는 사람처럼 어깨를 덜덜 떨고 서 있을 뿐이었다. 여자의 눈이 점점 커져 화등잔만해졌다. 까맣게 칠해진 속눈썹에서 짙은 석유 냄새가 풍겼다. 오, 어머니! 그날 양복점 거리에 아들을 버리고 떠나려 했던 어머니! 그후 십팔 년 동안 눈에 보이지 않게 천천히 아들 곁을 떠나가버린 어머니! 사는 것도 먹는 것도 치욕이라 했던 어머

니! 아들에게서 삶도 맛도 빼앗아가버린 어머니! 여자의 붉은 입
술이 노파처럼 흉하게 찌그러지며 토막토막 말을 뱉어냈다.

"어디…… 아프니…… 아가?"

K가의 사람들

K의 아내는 누군가를 업신여기는 감정이

그 누군가와 더불어

자기 자신 또한 얼마나 황폐하게 만드는지를

내게 또렷이 보여주었다.

K

내가 조금만 흥미를 보였더라면 K는 내게 자신의 이력에 대해 낱낱이 얘기해주었을 것이다. 그러나 당시의 나는 내 삶을 지탱하기만도 벅차 그런 얘기들에 별로 흥미를 느끼지 못했다. 그래서 지금 K의 유년기나 소년기에 대해 생각하면 머릿속에 별로 떠오르는 것이 없다. 그러니까 나는 나를 만나기 전의 K가 어떠했는지에 대해 거의 모르고 있는 셈이다. K가 떠난 후 한참 지나서, 그래도 뭔가가 있을 텐데, 인상적인 것이 전혀 없을 수는 없을 텐데, 하고 곰곰이 생각하다가 간신히 K에 대한 이미지 하나를 붙잡을 수 있었다. 그것은 바로 하와이언 셔츠, 야자수가 그려진 원색의 하와이언 셔츠였다.

백화점에 걸려 있던 하와이언 셔츠는 스물일곱의 백수인 내가 선뜻 구매하기에 가격이 센 편이었다. 하지만 그 셔츠는 경쾌하면서도 고급스러워 보였고 내가 남자라면 여름에 한번쯤 입어보고 싶었을 셔츠였다. 그때 갑자기 예전에 K에게서 들었던 하와이언 셔츠 얘기가 떠올랐다. 한번쯤은 K에게 이런 선물을 해도 괜찮지 않을까, K가 내게 해준 일에 비한다면 이 정도의 셔츠를 받을 자격은 K에게 충분히 있는 게 아닐까 하는 생각이 들었다. 나는 과감하게 셔츠를 사서 K에게 선물했다. 그것이 나의 마지막 선물이었다. K는 그 셔츠를 애지중지하다 결국 한 번도 입지 못하고 말았다. 물론 또다른 하와이언 셔츠가 있다. 그리고 그게 '진짜 하와이언 셔츠'다.

하와이에서 산 '진짜 하와이언 셔츠'를 입고 부산에 입항했을 때 K의 나이는 스물둘이었다. 스물둘이라면 스스로는 완벽히 어른이라 생각하지만 긴 인생에서 보면 막 손톱만한 꽃망울이 맺힌 데 불과한 위태로운 나이이다. 그런데 스물둘의 K는, 부모도 없이 고아로 떠돌며 자랐다는 K는 서글서글한 눈과 우뚝한 코를 외제 선글라스로 가리고 햇볕과 바닷바람에 그을린 팔뚝을 하와이언 셔츠 소매 밖으로 내놓은 채 의기양양 부산항에 나타났던 것이다. 그때 K는 이 땅에서 무슨 일이 벌어지고 있는지, 얼마나 많은 사람들이 죽고 다쳤는지 전혀 몰랐다. 해외에도 신문은 있었지만 그 신문은 K의 손에 배달될 수 없었다. 항해는 길었고 망망대해에서

152

K는 공간뿐 아니라 시간으로부터도 격리되어 있었다. K는 그때 오로지 오래전에 떠난 조국에 다시 돌아왔다는 벅찬 감동과 자신의 젊음에 대한 빛나는 긍지만을 느끼고 있었을 따름이다.

K에게는 미안한 말이지만 그 얘기를 들었을 때 나는 K를 조금은 어이없게 여겼던 것도 같다. 그러나 또한 그 얘기를 할 때 K의 얼굴에 어린 황금빛 행복감에 나도 덩달아 행복해졌던 것도 사실이다. K를 만난 이후로 그때처럼 K가 행복해하는 모습은 보지 못했다. 그런 생각을 하면 마음이 아프다. K의 삶은 나로 인해 조금도 행복해지지 않았으니 말이다.

한국전쟁의 와중에도, 전후의 피폐 속에서도 하와이언 셔츠로 상징되는 내 아버지 K의 이십대는 화려했다. 항해와 달러와 술과 마작.

약간의 과장이 섞였겠지만 긴 항해에서 벌어들인 달러를 부산항에 들어와 원화로 바꾸면 그 양이 지전으로 '구루마 한가득'이었다고 한다. 짧은 휴가기간 동안에 구루마의 지전을 모조리 탕진해야 하는 K로서는 '낱장'으로 세서 뿌릴 여유가 없어 '다발'로 세서 던지고 다녔다고 한다. K의 입에서 흘러나온 이 놀라운 얘기를 듣고 나중에 K의 아내가 보여준 선망과 개탄과 낙심의 눈빛이라니. 그러나 K는 너무도 행복한 술회에 몰두해 있었기 때문에 이 얘기가 아내의 평정심을 망가뜨리고 자신의 경제관념에 대한 불신을 가중시킬 수도 있다는 사실을 몰랐다.

그렇다. K에게도 아내가 생겼다. 그러니 나도 생긴 것이다. 물론 이건 한참 후의 일이다. 나는 K에게 아내도 없고 나도 없던 시절에 대해 좀더 이야기하고 싶다.

K의 아내와 달리 나는 K의 젊은 날을 방탕이라고 부를 수는 없으리라고 생각한다. 금지가 없다면 의지도 필요 없다. K에게 돈이란 유흥과의 교환 가능성, 그 이상도 이하도 아니었다. K는 그때 무엇을 하지 말았어야 했을까. 그 누가 과연 봉양할 부모도, 먹여 살릴 처자식도 없는 혈혈단신의 청년에게 돈을 낭비하지 말고 한 구루마씩 차근차근 모아야 한다고 충고할 수 있었을까. K에게도 남부럽지 않은 수의 형제들이 있었으나 그들은 K가 돈을 모으기보다 자기들과 나누기를 원했다. 가족의 애틋함을 경험하지 못한 K는 언젠가 자신도 가족을 구성할 수 있으리라는 생각을 미처 하지 못했다.
바다와 청춘과 자유, 그 꿈의 삼각형 한가운데 찬란한 깃발처럼 하와이언 셔츠가 나부끼고 있었다. 그리고 그 깃발의 환각이 정확히 사십일 년의 세월을 횡단하여 백화점 매장을 거닐던 나를, 노년의 K에게 무심하고 인색했던 스물일곱의 나를 불현듯 사로잡았던 것이리라. 그러니까 한 구루마는커녕 반 봉투의 지폐도 없던 내가 K에게 그 셔츠를 선물하기로 결정한 것은 어쩌면 그것이 K에게 단지 셔츠일 뿐이지 않다는 걸 교활하게 감지했기 때문인지 모른다. 그리고 K도 그 사실을 잘 알아 일부러 그 셔츠를 입지 않음으

154

로써 그 셔츠를 더 즐겨주었는지도 모른다. 겨울 새벽녘, K의 아내가 K의 소지품과 함께 가격표도 떼지 않은 그 셔츠를 태우던 모습이 떠오른다. 누군가에게 넋을 붙잡혀 뒤흔들린 듯한 두려운 표정과 성급한 손짓으로.

K에게 하와이언 셔츠의 시절이 끝난 것은 징집영장이 나오고부터였다. 십대 후반에는 만주벌판을, 이십대 초중반에는 오대양을 바람처럼 떠돌며 살았던 한 청년의 호연지기가 끝날 날이 온 것이다. K의 국적은 대한민국이었고, 부모는 없어도 나라는 있으니 국민으로서의 의무를 다해야 했다. 조국에서 산 시간보다 외국에서 보낸 시간이 더 길었지만 K에게 부과된 의무는 공평무사하고 시종여일했다. 조국에 6·25전쟁이 난 줄도 몰랐던 그로서는 그때가 죗값을 치를 절호의 찬스였다.

그러나 안타깝게도 K의 자유로운 영혼은 군대와 감옥의 차이를 알지 못했다. 그는 면제받을 길을 찾고자 징집체계의 허술한 틈을 노려 구루마의 돈을 아낌없이 쏟아부었다. 그 돈은 여러 곳으로 흘러갔다. 때로는 허투루, 가끔은 목적에 맞게. 그 결과 K에게 면제는 불가하나 카투사에 입대하는 것을 허하노라는 특전이 떨어졌다.

그러나 한국 감옥보다 미국 감옥이 더 낫지는 않았다. K는 끝내 카투사 생활에 적응하지 못했다. 태양처럼 둥글게 빛나던 K의 자유의지는 편마모된 타이어처럼 쭈그러지고 바람이 빠졌다. 힘든 노동으로 육체는 강인하게 단련되었으나 복종이나 모욕에는 전혀 단련되지 못한 K의 허약한 정신은 욱하는 순간이 찾아왔을 때 탈영 이외의 방법을 알지 못했다. 어쩌면 K는 동료들에게 탈영하고 말겠다고 큰소리를 쳤다가 조롱당했는지도 모른다. 그 모욕을 통쾌하게 갚는 길은 실제로 탈영하는 길 외엔 없었을 것이다.

그후 이른바 국가라는 기구는 군대와 감옥의 차이를 알지 못했던 어린 백성 K에게 가장 효과적이고 준엄한 교육 기회를 제공했다. '자유로운 너, 어리광은 여기까지!'라고 국가는 그야말로 음산하고 무시무시한 목소리로 K의 귓가에 속삭였던 것이다. K의 이십대는 전반기의 화려함을 뒤로하고 순식간에 매끈한 손등을 뒤집어 주름살 가득한 손바닥을 보여주게 되는데, 탈영과 도주와 체포와 영창과 연장복무의 굴곡진 주름은 십 년 가까이 이어졌다. 그것으로 K의 청춘은 끝이 났다.

K의 아내

K의 아내가 남편의 과거사에서 가장 불가사의하게 느낀 점은, 저렇게 겁이 많고 우유부단한 사람이 어떻게 탈영을 했을까 하는 것이었다. 그건 K의 젊은 날의 호방함을 모르고 하는 소리였다. K가 겁이 많은 사람인 건 분명했지만 처음부터 그랬던 건 아니었다. 국민 교육의 효과였다. K가 권력을 뱀처럼 두려워하게 된 것도, 생뚱맞게 결혼이란 걸 진지하게 숙고하게 된 것도, 결혼을 위

해 자유를 반납하고 체질과 상극하는 전매청 공무원이 되기로 한 것도 그 길고 가혹했던 교육의 부수적인 열매라 할 수 있었다.

K의 겁에 관해서는 이런 일화가 있다. K 부부가 결혼한 지 얼마 되지 않았을 때의 일이다. 그들은 전매청 관사에 신혼살림을 차렸다. 한밤중에 K의 아내는 관사의 툇마루 쪽에서 들려오는 달그락거리는 소리에 잠을 깼다. 귀를 기울일수록 그것은 외부에서 툇마루 미닫이문의 잠금쇠를 따려는 시도로밖에 해석되지 않았다. 아내는 K를 조용히 깨웠다. 저 소리 좀 들어봐요. K는 일어나 앉아 방문 바깥쪽을 향해 귀를 기울였다. 딸각 무엇인가 풀리는 소리, 미닫이문이 조심스럽게 열리는 소리, 육중한 것이 올라섰는지 툇마루가 삐걱대는 소리가 들려왔다. 순간 K는 벌떡 일어나 다듬잇방망이 두 개를 집어 하나는 자신이 갖고 하나는 아내에게 주었다. 그리고 신속하게 방문을 향해 돌진하는 대신 아내의 뒤로 냉큼 숨었다. K보다 십일 센티미터나 작고 열한 살이나 어린 K의 아내는 잠시 어안이 벙벙했다. K는 아내 뒤에서 다듬잇방망이로 방바닥을 힘껏 내리치며 고함을 질렀다.

"누구얏?"

이불 속 활갯짓이라더니, 하고 K의 아내는 속으로 혀를 찼다. 무엇인가 화닥닥 뛰어나가다 미닫이문에 부딪치는 소리가 났다. 그리고 탁탁탁탁 멀어지는 발소리가 들렸다. 한참 후에 K는 갔네, 갔어, 라고 중얼거리고는 이부자리에 주저앉았다. 나가봐야 되는 것 아녜요, 라는 아내의 말에 K는 갔는데 뭐, 라고 짧게 대꾸했다. 아무래도 치마 두른 내가 나가보는 수밖에 없겠다고 생각한 K의 아내는 다듬잇방망이를 단단히 쥔 채 방문을 열었다. 밖은 깜깜했다. 불 좀 켜봐요. K가 불을 켰다. 미닫이문은 열려 있었고 툇마루 위에는 큼직한 흙발자국이 찍혀 있었다. 갔지? K가 물었다. 갔어요. 갔다는데도, 아내가 노끈으로 미닫이문을 칭칭 동이고 툇마루의 흙발자국을 닦아내는 동안 K는 방에서 나오지 않았다.

K의 아내는 위로 오빠 하나를 둔 칠남매의 맏딸로 태어났다. 나는 K의 이력에 대해서는 아는 바가 적지만 K의 아내인 내 어머니의 이력에 대해서는 아는 바가 제법 많다. 때로 그 많은 정보들은 충돌을 일으키거나 모순을 빚기도 한다. 그건 어쩌면 정보의 모순이라기보다 그녀 속에 여러 가지 모순적인 특성들이 공존하고 있었기 때문인지도 모른다.

부유한 대지주 집안의 맏손녀로 태어났음에도 불구하고 그녀는 풍족을 몰랐고 이재에 밝았다. 남녀차별이 심한 완고한 대가족 층층시하에서 자란 탓에 일찍부터 지배와 복종의 관계를 간파하는 데 민첩했고 사람을 제대로 부리는 법을 알았다. 총명한 대신 호기심이 없었고 시키는 일은 똑 부러지게 잘했지만 상상력이나 모험정신은 부족했다. 예의에 엄격하면서도 임기응변적인 거짓말을 잘 지어냈으며 상대방을 속였다는 사실에 대해 죄책감을 갖지 않았다. 그 상황에서는 거짓말이 절대적으로 필요했고 진실 같은 건 자신에게도 상대에게도 도움이 되지 않았다고 생각하면 그뿐인, 실용적인 양심의 소유자였다.

K의 아내가 지나치게 견고하고 위선적인 가족의 울타리 안에서 극단적인 차별을 받으며 자랐다면 K는 아무리 느슨할지언정 가족이라는 테두리 안에 몸담아본 적 없는 극단적으로 분방한 영혼이었다. K 부부는 많은 면에서 상반되었다. 심지어 한쪽은 노래를 너무 잘 부르고 한쪽은 못 부른다거나 한쪽은 술을 엄청나게 마시는데 한쪽은 한 방울도 입에 대지 못하는 것도 그랬다. 특히 경제적인 면에서의 대립은 결혼 조부터 두드러졌다.

어떤 청을 수락하고 어떤 청을 거절해야 하는지 결정하는 게 귀찮았던 K는, 아무 기준도 갖지 못한 탓에 아쉬운 소리를 하며 조르는 사람이 있으면 그 조름의 강도나 자신의 기분에 따라 청을 들어주거나 말거나 했다. 그렇게 무원칙한 K와 달리 그의 아내는 한번 원칙을 정하면 하늘이 무너져도 지키고 마는 주의였다. 검약이 몸에 밴 K의 아내는 돈에 관한 한, 누구도 믿지 않는 단단한 슬기와 누구에게도 빼앗기지 않는 맹랑한 전투력을 겸비하고 있었다. 마침내 어느 날 K 부부의 경제관은 대격돌을 일으키는데, 늘 그렇듯이 승리는 승리를 간절히 원한 쪽의 것으로 돌아갔다.

K에게 맏형은 보호자라기보다 피보호자나 다름없었다. 맏형은 늘 말하기를, 자기는 원래 맏이가 아니었는데 진짜 맏형이 큰집에

양자로 가는 바람에 엉겁결에 맏이가 되고 말았다는 것이었다. 그 말 속에는 모진 저주라도 받게 된 듯한 억울함이 서려 있었다. 동생들이 어렸을 때에는 '원래 맏이가 아니었다'는 식의 방임으로 일관했던 K의 맏형은 동생들이 자라 돈벌이를 하게 되자 '그래도 맏이는 맏이다'라는 식의 간섭으로 돌아섰다. 특히 짧은 휴가기간 동안에 지전 다발을 마구 던져대는 셋째동생 K는 그에게 놓칠 수 없는 먹잇감이었다. K는 맏형에게 어느 정도 세뇌가 되어 형이나 형수가 아니었으면 자기는 벌써 이 세상 사람이 아니었으리라고 믿고 있는 지경이었다.

K가 항해를 그만두고 전매청에서 쥐꼬리만큼의 월급밖에 못 받는데도, 심지어는 결혼하여 처자식을 먹여살려야 할 판인데도 맏형의 요구는 계속되었다. K의 아내는 이런 악랄한 착취에 일절 응하지 않기로 결정했다. 자고로 형만한 아우가 없고 윗물이 맑아야 아랫물이 맑고 물은 위에서 아래로 흐르는 법이었다. 거절의 재능이 결여된 K가 형에게 금전적 원조를 약속하고 돌아오면 거절의 재능으로 똘똘 뭉친 K의 아내가 그것을 파기하는 일이 반복되었다. 참다못한 맏형은 K 부부의 관사를 습격해 제일 값나가는 혼수인 재봉틀부터 들어내려 했다. K는 맏형에게 재봉틀이라도 주어 보내자 했지만 그의 아내는 무거운 재봉틀 위에 자기 무게와 뱃속 아이의 무게까지 얹어가며 버텼다. 결국 아주버니의 습격은 격퇴되었고 제수씨의 재봉틀은 사수되었다. 중간에 끼인 K는 고뇌를 이기지 못해 곤드레만드레 취해버렸다.

K의 큰딸

 K의 맏형은 마치 맏이의 유전자는 따로 있는 듯, 자기는 결코 그 유전자를 타고나지 않았는데 그런 몹쓸 형벌을 받게 된 듯 우는소리를 했지만, 사실 맏이는 태어나는 게 아니라 양육되는 것이다. 재봉틀을 지키는 데 한몫을 보탠 K의 큰딸 또한 그렇게 양육될 운명이었다.

 첫아이가 너무 커서 K의 아내는 길고 지독한 산통을 겪었다. 산파는 태아의 머리만 보고 성별도 확인하지 않은 채 경솔하게 장군감이네, 뭐네, 아는 체를 하더니 결국 겸자를 쓰기로 했다. 그리하여 K의 큰딸은 매우 우량한 상태로 겸자에 머리가 끼워져, 스스로는 맏이인 줄도 모른 채, 자기가 딸인 줄 모르는 세상 사람들 눈앞으로 끄집어내졌다.

 산파의 말대로 장군감이었는지 K의 큰딸은 밝고 건강하고 제멋대로였다. 말도 빠르고 행동도 민첩했다. 여자아이답게 조신하기는커녕 어디서든 재미난 장난질을 찾아내 곧잘 말썽을 피웠다. 야단을 맞아도 누구를 닮아 그런지 황소고집이라 절대 자기의 잘못을 시인하려 하지 않았다. K는 어린애가 뭘 알겠냐며 오냐오냐 받들었지만 K의 아내는 맹수가 때를 기다리듯 침착하게 노리고 있었다. 맏이가 이래서야 어찌 장차 태어날 동생들에게 본이 되며 부모의 영을 받들어 세우겠는가.

 어느 날 K의 아내는 드디어 큰딸에게 '잘못했어요'라는 말을 가르치기로 결심했다. 아이는 이미 그 말뜻을 말갛게 꿰고 있었다. 아이는 모진 매질에도 그 말을 하지 않고 버텼다. 수돗가에 발가벗겨 세워 찬물을 끼얹었어도 버텼다. 아이는 울지도 않고 입도 떼지 않았다. K의 아내는 마지막 처방으로 벌거벗은 아이를 들쳐 안고 변소로 갔다.

"너를 변소에 빠뜨리겠다!"

아이가 몸부림을 쳤다. K의 아내는 모질게 변소문을 미어다 붙이듯 열고 아이를 거꾸로 들어 재래식 변소 구멍 아래로 집어넣으려 했다. 몸부림을 치면 불리하다는 것을 본능적으로 직감한 아이가 버둥거림을 멈추었다. 그런데도 아이의 몸은 추위와 공포로 가늘게 떨리고 있었다. 머리가 변소 구멍 속으로 거의 다 들어가서야 아이는 경기를 일으키며 악을 썼다.

"짜, 짜, 짜모했어요!"

K의 아내는 안도했다. 이제 되었다 싶었다. 맏딸은 이렇게 크는 것이다. 그녀 또한 이렇게 컸다. 그래서 이토록 바르고 반듯한 것이다. 한밤중에 앓는 소리를 내는 어린 큰딸의 이마를 짚으며 K의 아내는, 대대로 내려오는 보석반지를 물려주듯, 어머니가 자신에게 했던 행위를 딸에게 그대로 실행할 수 있었던 것에 대해 긍지를 느꼈다. 다만 이마를 쓰다듬을수록 겸자 자국이 큰딸의 이마를 좀 구릉지게 하고 있는 것이 마음에 걸렸다. 그러나 큰딸의 정신이 구릉진 것은 알지 못했다.

K의 아내와 큰딸이 자라난 방식을 생각하면 나는 세상의 모든 맏딸들이 가엾다. 1단계 시련을 통과한 큰딸에게 K의 아내는 2단계 시련을 부과했다. 그것은 큰딸의 의식 속에 맏딸로서의 강인한 책임감을 불어넣는 것으로서, '내가 죽으면'으로 시작되는 끔찍한 상황설정과 그 상황에 직면하여 맏딸로서 수행해야 할 수많은 책무를 일러주는 것이 그 훈련의 요체였다. 큰딸은 눈물을 쏟으면서 맏딸로서의 책임을 통감해야 했다.

마지막 3단계 시련은 큰딸의 무의식 속에 안개처럼 자욱한 죄의식을 불러일으키는 방식이었다. '나는 믿는다'로 시작되는 기대 수준의 고도설정과 그 기대에 못 미칠 때의 침묵과 한숨, 눈물이 그 훈련의 요체였다. 큰딸은 악몽에 시달리면서 까닭 모를 죄의식에 휩싸여야 했다.

스스로 눈물을 쏟든지 어머니의 눈에서 쏟아지는 눈물을 보든지, 어떤 훈련도 눈물 없이 진행되지는 않았다. 겉으로 볼 때 K의 큰딸은 K의 아내와 닮은꼴로 주조되었다. 진실과 거짓의 문제보다 지배와 복종의 문제를 중시했고 자기 고유의 양심보다 자기를 대리하는 자의 요구를 중시했다. 책임이 자유에 앞섰고 모방력이 독창성을 압도했다. 다만 결정적으로 다른 점은 K의 피를 받아 경제관념이 흐릿한 점과 폭탄이 작렬하듯 어느 순간 극심한 자해를 서슴지 않는 점이었다. 맨주먹으로 유리창을 깨고 피를 철철 흘리는 큰딸의 종아리를 때리며 K의 아내는 도대체 어디서 이런 몹쓸 피가 섞여들었는지, 시댁과 친정의 인물들 면면을 하나씩 점검해

보며 의아해하는 것이었다.

K의 둘째딸

큰딸을 낳느라 고생을 한 데 비해 둘째의 경우는 너무도 간단했다. K의 아내가 산통을 느끼고 살짝 힘만 주었을 뿐인데 아래 속곳 위에는 벌써 조그만 갓난쟁이 하나가 톡 튀어나와 있었다. 그것은 '낳았다'기보다 '누었다'는 쪽에 가까운 해산이었다.

K의 둘째딸은 태어날 때부터 약골이었지만 자라면서도 좀처럼 튼튼해질 기미를 보이지 않았다. 그리하여 마침내 K의 아내는 아이가 죽기 전에 할 짓을 다 해보자는 차원에서 무당을 불러 굿판을 벌이기로 했다. 제대로 된 무당도 아니고 제대로 된 굿판도 아니었지만 동네 여인들은 떼로 몰려와 좁은 마당에 빼곡하게 둘러서서 굿을 구경했다. 무당은 죽은 듯이 파리한 K의 둘째딸을 눕혀놓고 온갖 굿을 놀았다. 굿이 막바지에 이르렀을 때다. 무당이 씽씽 휘두르던 칼을 마당으로 휙 내던졌다. 굿판의 절정이었다. 드디어 액을 낚아채 던진 것이다. 그 순간 K의 아내는 놀라 쓰러질 뻔했다. K의 막내딸인 내가 고꾸라질 듯 자빠질 듯 쏜살같이 내달려 칼을 주웠던 것이다. 날이 무뎌 도마질에는 쓰지 않고 큰 조개를 깬다거나 개수구를 쑤신다거나 할 때 쓰는, 호미나 삽의 용도를 가진 헌 칼이었다.

그걸 알지 못한 나는 무당 아주머니를 노엽게 노려보며 소년병이 장검을 끌듯 뒤뚱거리며 무딘 부엌칼을 질질 끌고 K의 아내 앞으로 갔다. K의 아내는 내 손에서 칼을 받지도 뺏지도 못한 채 어쩔 줄 몰라 사방을 둘러보았다. 아연실색한 동네 여인들이 저마다 뭐라 뭐라 치통 앓는 소리를 냈다. 그러나 누구보다 가장 경악한 사람은 칼을 던진 장본인이었다. 그때 무당의 황당한 표정이라니. 심사숙고 끝에 친 회심의 어프로치샷을 무지몽매한 갤러리가 달려와 날름 집어가는 꼴을 본 프로 골퍼의 표정이 그럴까. 가까스로 정신을 수습한 무당은 버선발로 달려내려와 내 손에서 칼을 채갔다. 그리고 흥이 사그라든 태도로 신명 없이 몇 번 칼을 휘두르다 힘없이 마당에 툭 내던졌다. 그것은 처음의 절묘한 샷에 댈 것이 아니었다. 이러구러 굿판은 끝났지만 판은 이미 깨져 있었다. 동네 여인들은 굿의 효험을 의심하는 뉘앙스의 말들을 주고받으며 돌아갔다.

그후에도 나는 여러 번 K의 아내의 얼굴에서 내가 칼을 주워들었을 때 무당이 지었던 표정과 비슷한 표정이 떠오르는 것을 본 적이 있다. 아마도 막내인 나를 낳고 성별을 확인했을 때에도 그런 표정을 지었을 것이다. 네가 내게 이럴 수가 있니, 너로 인해 모든 것이 한순간에 물거품이 되어버렸구나, 하면서도 오로지 막내라는 이유로 나를 무자비하게 내려치지 못하는 표정 말이다.

나 때문에 부정을 타서인지 K의 둘째딸은 건강을 회복하지 못하고 허약한 심장 때문에 늘 K 부부를 노심초사하게 만들었다. 그러나 K의 아내에게 더 중요한 것은 따로 있었는데, 묏자리를 잘못 써 그런지 피가 탁해 그런지 큰딸에 이어 둘째딸도 잘못했다는 소리를 안 하고 막무가내로 버티는 것이었다. K의 아내는 큰딸의 경우에는 교육에 사정을 두지 않았지만 몸이 약한 둘째딸에게는 약간의 예외를 인정하지 않을 수 없었다. 가혹한 훈육도 그것을 견딜 만한 맷집이 될 때 내리는 법이고, 또 둘째딸은 일단 맏이가 아니었고, 좀 우스운 유추이긴 하지만, 큰딸은 소띠여서 황소고집이었지만 둘째딸은 토끼띠이니 고작해야 토끼고집 정도가 아닐까 싶었다. 그리하여 둘째딸은 말을 채 배우기도 전에 잘못했다는 소리를 혀 짧게 발음하지 않아도 되었다.

그러나 이렇게 차이를 두는 태도가 둘째딸에게 긍정적으로만 작용한 것은 아니었다. 몸이 약해 툭하면 방문을 잠그고 들어앉아 발딱거리는 심장을 가만히 누르고 사색에 잠기기를 좋아하는 K의 둘째딸은 곰곰이 생각한 후 이런 결론에 이르렀다. 어머니는 언니와 나를 차별하는데, 그 이유는 내가 분명 자기의 친딸이 아니기 때문이다. 스스로에게는 자명하지만 남이 보면 황당하기 짝이 없는 업둥이적 망상에 사로잡힌 둘째딸은 자신의 생각을 곱씹고 세공하고 확신하게 된 나머지, 다치기 쉬운 자존심을 누군가 톡 건드리기만 하면 낭랑한 목소리와 잘 분절된 발음으로 자신의 불행과 고난을 원망하고 저주하는 소리를 앙증맞게 토로하는 것이었다.

K의 아내가 부재할 때면 큰딸은 어머니의 위세를 그대로 흉내 내려 했다. 그리고 큰딸이 그럴라 치면 둘째딸은 곧바로 반항적인 태도를 취했다. 안 그래도 업둥이 콤플렉스에 시달리던 둘째딸은 평소 언니에 대해 불만스럽게 생각했던 점과 도저히 언니를 존경할 수 없는 이유를 조목조목 털어놓았다.

"지난주에 언니는 우리 셋이 같이 동전 모으는 우체통 저금통을 실핀으로 따고 로라장 갈 돈을 꺼내갔잖아? 또……"

"또? 또 뭐? 다 얘기해."

"또 어머니께서 공평하게 나누어준 간식을 나는 안 먹고 서랍 속에 넣어두있는데 언니는 언니 것 다 먹고 내 것 몰래 훔쳐가서 먹어버렸잖아?"

"뭐 훔쳐?"

큰딸은 번쩍 들리려는 손을 간신히 억눌렀다.

"또……"

"또 있어?"

"또 있어. 언니가 접때 과자 사준다고 나한테 오원짜리 과자 사쥐놓고, 나중에 꿔간 돈 십원 갚으라고 했더니 치사하게 그때 과자 사준 걸로 쌤쌤이 치자고 했잖아?"

한도 끝도 없이 시냇물처럼 졸졸 흘러나오는 비판에 성질 급한 큰딸은 말문이 막혀 버벅거리다 고작 '너 기억력 좋다!'는 외마디 소리를 내지르며 손을 번쩍 들어올렸다. 짝 소리가 날 때 나는 눈을 감았다. 둘째딸은 잠시 동안 뺨을 싸쥐고 눈물을 글썽거리다가 재빨리 부엌으로 달려가 부엌칼을 가져왔다. 물론 무당이 내던진 그 칼은 아니었고 실제 부엌일에 쓰이는 날카로운 칼이었다.

"너, 너, 그 칼로, 나 찌, 찌를 거야?"

"아냐! 내가 칵 죽어버리려고 그래."

"거짓말 마. 너, 나 찌를 거지? 이 나쁜 살인년아!"

큰딸은 자기가 내뱉은 욕설에 놀라 입술을 깨물었지만 둘째딸은 침착을 잃지 않았다.

"아냐! 내가 죽을 거야. 내가 죽어버리고 말 거야. 언니는 나빠! 언니는 정말 천하의 악녀야! 도깨비가 가져온 불운이요, 티푸스보다 더한 재앙 덩어리요, 하늘에서도 땅에서도 쉴 곳을 찾지 못할 요망한 영혼이야!"

둘째딸은 언젠가 책에서 보고 외운 온갖 나쁜 말들을 청산유수로 주워섬기고는 안방으로 들어가 문을 잠가버렸다. 워낙에 낭랑하고 리드미컬하게 읊어대는 통에 처음에는 욕 같지도 않고 무슨 시 낭송쯤으로 들렸던 말이, 돌이켜 생각하니 그 끔찍스런 의미가 '살인년'을 능가함을 알고 큰딸은 약이 바짝 올랐다. 큰딸은 문을 열라고 안방 문고리를 뒤흔들고 문짝을 발로 차다가 불현듯 내 쪽으로 시선을 돌렸다. 나는 등골이 오싹했다. 설마 나를? K의 영원한 귀염둥이이자 막내공주님인 나를? 그렇다. 나였다.

"너 이리 와봐."

목재문 위쪽에는 조그만 미닫이 유리문이 달려 있었고 거기로 넘어가야 하는 건 나였다. 얼른 넘어가서 문 열어. 나는 절도에 동원된 올리버 트위스트처럼 그 좁은 공간을 통과할 수 있는 작은 몸집이었다. 간신히 그 유리문 틀에 올라타서 아래를 내려다보면 지옥이 따로 없었다. 문 바깥쪽에는 어서 들어가서 문을 따지 않으면 죽여버리고 말겠다고 외치는 큰언니가 있었고 문 안쪽에는 내려오기만 하면 이 칼로 자기 목을 따서 죽어버리고 말겠다고 외치는 둘째언니가 있었다. 나는 오도 가도 못 하고 원숭이처럼 유리문 틀에 납작 엎드린 채 눈물과 콧물이 범벅이 되도록 울었다. 울면서 나는 어서 자라서 이 유리문으로 들어갈 수 없을 정도로 몸집이 커지는 때가 오기만을 빌었다. 그러나 아무래도 그 시간보다는 빨리 올 것이 분명한, 정의와 징벌의 여신인 어머니가 외출에서 돌아와 나를 구원해주기만을 기다렸다.

K의 큰딸이 어머니가 돌아오기 전에 해놓아야 할 빨래나 설거지를 하기 위해 자리를 뜨는 것으로 전쟁은 끝났다. 나는 문 안쪽으로 고개를 들이밀고 큰언니가 떠났다는 사실을 알리는 동시에 내가 내려가도 좋은지를 물었다. K의 둘째딸은 그제야 위험한 부엌칼을 내려놓고 두 손으로 가슴을 꼭 누른 채 무릎에 얼굴을 묻었다. 나는 방 안쪽 문고리를 밟고 조심조심 내려갔다.

K의 아내가 돌아왔을 때 몸이 약한 둘째딸은 방구석에서 책을 읽고 있었고, 집안일을 말끔히 다 해놓은 큰딸은 방 한가운데 누워 눈을 감고 있었다. 막내딸인 나는 그 곁에 달라붙어 족집게나 귀이개로 큰딸의 얼굴에 난 뾰루지를 짜거나 귀지를 파주고 있었다. 그 광경이 너무도 평화로워 K의 아내의 입가에는 은은한 기쁨

과 함께, 어딘가에 있을지도 모를 적들로부터 이 평화를 지켜내고
야 말겠다는 단호한 결의의 빛이 서렸다.

K의 막내딸

어려서부터 나는 누군가의 귀를 파준다거나 얼굴에 돋은 뾰루
지나 잡티를 제거해주는 일을 즐겼다. 나는 가족 중에 누구보다 손
가락이 가늘었고 손놀림도 정교한 편이었다. 나는 점점 난이도가
높은 작업에 도전했다. 작은 고둥 모양으로 말린 황금색 귀지를 조
금도 부서뜨리지 않고 귀 바깥으로 아슬아슬하게 건져올릴 때의
손맛이라든가, 점이 될 뻔한 까만 피지를 통째로 짜내 뻥 뚫린 피
부의 분화구를 목도할 때의 상쾌함을 무어라 표현하면 좋을까.

뭐니뭐니 해도 내가 가장 좋아했던 작업은 족집게로 털을 뽑는
것이었다. 풀도 아니고 털이었다. 이를테면 볼 중간에 난 털이라
든가 등허리에 난 털처럼, 제자리를 이탈해 돋은 털을 보면 나는
손이 근질거렸다. 끝이 피부 속으로 말려들어가 동그랗게 된 털이
나 한 모공에 둘 혹은 셋씩 돋은 털도 나를 자극했다. 가장 보람찬
경우는 모공을 터뜨릴 듯 알찬 뿌리를 매달고 뽑혀나오는 털을 뽑
을 때였는데, 그 부위가 곪았을 경우엔 모근이 뽑히면서 고름까지
툭 터져나오곤 해서 나를 망아의 전율감에 빠뜨리곤 했다. 돌출한
큰 점 위에 돋은 털도 나를 흥분시켰는데, 그 털들은 때로는 쑥 빠

져서 싱거웠지만 때로는 모근에 점 속 피지를 잔뜩 묻혀가지고 나오는 경우도 있었다. 그럴 때면 모공이 닫히기 전에 재빨리 꾹 눌러줘야 했다. 그러면 모공을 통해 점 속의 피지들이 연고처럼 가느다란 실선을 그리며 비어져나오곤 했다. 가장 아쉬운 경우는 두말할 것도 없이 털이 중간에 끊길 때였다. 너무 짧게 끊겨 족집게로 집을 수 없을 정도가 되면 나는 바늘을 가져와 주변 살을 섬세하게 헤집어 족집게가 잡아낼 수 있을 만큼의 털 길이를 확보하고자 했지만, 바늘을 대기도 전에 당사자가 극도의 거부감을 표시하면, 특히 K의 큰딸이 그러했는데, 하는 수 없이 포기하고 털이 조금 더 자라기를 기다릴 수밖에 없었다.

내가 그런 부질없고 지저분한 작업에서 에로틱한 성취감을 느끼지 않았다고는 말 못 하겠지만, 그런 식의 기묘한 집착에는 뭔가 더 근원적인 이유가 숨겨져 있는 법이다. 왜 나는 화장품을 갖고 논다거나 색색의 핀이나 고무줄을 만지작거리고 인형의 옷을 입혔다 벗겼다 하는 대신, 나보다 나이 많은 남녀들을 방바닥에 드러눕히고 족집게, 귀이개, 바늘, 손톱 등 동원할 수 있는 모든 가느다랗고 뾰족한 것들을 동원하여 그들의 쉰내 나는 머리칼이나 기름기 번들거리는 코, 먼지 냄새 나는 귓속, 시큼한 겨드랑이나 가슴패기 같은 곳에서 이물질로 간주되는 것들을 뽑고 짜고 파내는 일에 매료되었을까. 혹시 외과의나 피부과의적인 재능이 내 속 깊은 곳에 잠복하고 있었던가.

아니다. 이 모든 섬세한 수작업은 나의 영웅 K를 위한 것이었다. K의 큰딸이 어머니로부터 지배의 권능을 배우고자 했다면, K의 둘째딸은 언젠가 되찾게 될 친어머니의 환상을 통해 현재의 노예 상태를 인내하고자 했다. 그리고 나, K의 막내딸은 어머니로부터 서비스권을, 즉 K를 시중들 독점적 자격을 조금이나마 나눠받고자 했다. 간단히 말해 K의 큰딸이 K의 아내가 되고자 했다면, K의 둘째딸은 K 아닌 다른 남자의 아내가 되려 했고, 나는 K의 첩이 되고자 했다.

결혼을 위해 전매청에 위장취업했던 K는 소기의 목적을 달성하자 곧 전매청을 그만두고 다시 배를 타기 시작했다. K가 휴가를 얻어 돌아오면 그의 아내는 짐짓 놀란 투로 이렇게 외쳤다.
"당신 너무 늙어 보여요."
K의 아내는 남편이 시아버지로 오해받는 일이 없도록 그을리고 주름진 남편의 얼굴에 오이를 붙여주거나 코와 턱의 피지를 제거해주었다. 내가 훨씬 솜씨가 있는데도 K의 아내는 내게 K의 얼굴을 맡기지 않았다. K의 얼굴이야말로 짜고 뽑고 파내는 작업에 있어서는 그야말로 무한매장량을 가진 보고였다. 나는 K의 아내가 남편의 얼굴에서 놀라운 수확을 거두는 것을 슬픔에 젖어 바라볼 수밖에 없었다. 작업이 끝나면 나는 휴지 위에 놓인 수확물들을 살그머니 집어 손가락으로 눌러보거나 냄새를 맡아보곤 했다. 그것들은 K의 아내가 다 차지하고 남은, K의 강아지인 내가 차지할

수 있는 K의 극히 작은 일부분이었다.

나는 가끔 정신의 털에 대해 생각한다. 정신에도 털이 있다면
나는 K의 아내의 정신에서 가장 깊은 환부의 정중앙에 돋아 있는
까칫거리는 털 하나를 담싹 뽑아주고 싶다. 아니, 어쩌면 그녀 자
신이야말로 보이지 않게 곪아가는 K가의 염증 한가운데 돋은 털
이었는지 모른다.

K의 아내는 권력에 대해 극히 예민한 촉수를 지니고 있었다. 그
녀는 집안을 움직이는 중심이며 모든 구성원을 매개하는 고리였
고 자신이 원하는 연기를 요구하는 엄격한 연출자였다. K의 세 딸
은 물론이거니와 일 년에 한두 달 정도밖에는 집에 머무르지 못하
는 K도 아내를 중심으로 도는 행성에 불과했다. K의 아내 없이는
가족 내에서 어떤 소통도 이루어질 수 없었다.

K의 부재 시, K의 아내는 세 딸들이 K의 휴가를 손꼽아 기다리
도록 만들었다. K의 귀환 시, K의 아내는 세 딸들이 K를 열렬히
환호하도록 만들었다. 그러나 그 환호는 직설화법이 아니라 간접
화법으로 전달되었다. K의 아내가 세 딸들이 그동안 K를 얼마나
그리워했는지를 설명하면 세 딸들이 맹렬히 고개를 끄덕이는 식
으로. 그리고 K의 휴가가 장기화될 조짐을 보일 시, K의 아내는
세 딸들이 K를 슬슬 피하면서 안타까운 무언의 요구를 담은 눈빛
을 보내도록 만들었다. 마지막으로 K의 출발 시, K의 아내는 세
딸들이 슬픔의 눈물을 쏟도록 만들었다.

K의 아내는 나이 차이가 많이 나는 늙은 남편을 둔데다 노후의 봉양을 책임질 아들마저 낳지 못해 점점 미래에 대한 불안에 휩싸이게 되었다. 아무리 많은 달러도 그녀를 불안에서 구출하지 못했다. K의 아내에게 미래란 어떤 위협이나 공포도 없는 완전무결한 장밋빛 시공이 아니면 안 되었다. 그 순수한 빛깔을 위해 K의 아내가 빈틈없이 구축한 계획에 따르면, K는 환갑까지 바닷바람을 맞으며 달러를 벌어들여야 했고 세 딸들은 일곱 살에 학교에 들어가 유급이나 재수 없이 속전속결로 일류대를 졸업하여 취직해야 했다. 미래는 현재를 유보하게 만들었다. 미래에 충분히 행복할 테니 현재에까지 굳이 행복할 필요는 없었다. 하지만 반드시 행복한 체할 필요는 있었다.

에필로그

식탁을 둘러싸고 K의 가족이 둘러앉아 있는 풍경이 보인다. 정확히 말하면 풍경 전체가 보인다고는 할 수 없다. 내 눈에는 오로지 K만이 보인다. K는 색이 바랜 파자마를 입고 다리를 꼰 채 식탁 의자에 앉아 있다. 시야는 점점 더 좁아져 내 눈에는 식탁 위로 오고가는 K의 젓가락만이 보인다.

K의 젓가락이 콩나물을 한 젓가락 집는다. 콩나물을 밥 위에 얹은 K가 그 위에 김치를 얹어 둥글게 말아 입으로 가져간다. 요란

한 소리를 내며 씹는 소리가 들린다. K의 젓가락이 이번에는 감자볶음 접시로 향한다. 듬뿍 감자채를 집는다. K의 밥공기에 도달하기 전에 감자채 두어 개가 젓가락에서 떨어진다. 가느다란 한숨이 터져나온다. 그 한숨이 끝나기도 전에 크리넥스를 뽑아쥔 손이 튀어나와 재빠르게 식탁 위에 떨어진 감자채를 휙 닦아낸다. 식탁은 깨끗해진다. 잡채로 향하던 K의 젓가락이 조금 망설이는 기색을 보인다. 마침내 결심한 듯 K의 젓가락이 당면을 집어올린다. 조심스럽다. 밥그릇까지 무사히 나르기 어려울 듯하다. 예상대로 당면 가락이 흔들거린다. 결국 야채와 당면과 깨가 식탁 위에 떨어지는 순간 짙은 한숨이 네 여자의 입에서 동시에 터져나온다.

"접시 하나 가져와라!"

K의 아내가 명령한다. 어떤 손이 식탁 위에 흘린 음식물을 휙 닦는 동안 어떤 손이 접시를 가져오고 어떤 손이 접시를 받아 잡채와 감자볶음, 콩나물과 김치를 담는다. 접시가 K의 밥공기 앞에 바짝 놓인다. K가 움직이지 않는다. 아무도 움직이지 않는다. 잠시 후 K가 국그릇에 밥을 만다. 손길이 거칠다. 이번에는 접시를 들어 반찬을 국그릇에 몽땅 쏟아붓는다. 개밥 같다. K는 더이상 젓가락을 사용하지 않고 숟가락만으로 개밥을 퍼먹는다. 퍼먹는 소리가 요란하다. K의 아내가 숟가락을 놓고 일어선다. 그녀의 시선이 세 딸의 머리 위에 골고루 뿌려지지만 아무도 고개를 들지 않는다. 자그마치 딸이 셋이나 되는데도 아무도 왜 더 드시지 않느냐고 묻지 않는다. 그러나 K의 아내는 당당히 대답한다.

"내 원, 비위가 뒤집혀서 같이 앉아 먹을 수가 없네!"

K의 실직은 K의 아내의 예상보다 조금 일렀다. 이제 케이크가 거의 다 완성되어가는데, 그 위에 크림을 바르고 화려한 장식을 올려놓는 중요한 과정이 남았는데 K가 모든 일을 엉망으로 만들어버린 것이다. 신경질적이고 완벽주의적인 파티시에처럼 K의 아내는 남은 케이크에 만족하는 대신 케이크를 모조리 뭉개버리는 쪽을 택했다. 그녀는 가족 전체를 너무 흠결 없이 지키려다 도리어 가족 개개인을 남김없이 파괴하게 되는 길을 갔다.

K의 아내는 천상 꼭대기에 올려놓고 추앙하던 K를 지하 깊은 곳으로 끌어내리기 시작했다. 그녀는 K가 해양대학을 나오기는커녕 중학교도 마치지 못했다는 것과 항해 시절 직급이 선장도 항해사도 아닌 갑판장에 불과했다는 것 등을 폭로했다. K는 한 번도 자기 입으로 해양대니 선장이니 하는 말을 한 적이 없었지만 K의 아내가 딸들의 '가정환경조사서'에 허위 기재한 거짓말은 웬일인지 고스란히 그의 과오로 돌아갔다. 결국 K의 아내는 세 딸들이 늙고 무능한 K를 혐오하도록 만드는 데 성공했다. 그러나 그녀가 권력학개론에서 깜빡 잊은 게 하나 있었다. 격하되는 대상이 가진 전염력이었다. K가 격하되면 그의 아내 또한 격하될 수밖에 없었다. 목욕물을 버리다보면 왕왕 아기도 함께 버리게 되듯, K의 세 딸들은 K와 더불어 K의 아내도 버렸다. 그녀 또한 초급대학을 졸업하지 않았고 처녀 시절 개미허리도 아니었고 기타 등등 기타 등

등이 아닌가.

　그러나 K의 아내는 버림받은 자들의 유일한 활로인 연대를 거부했다. 버려진 자들에게 위계는 더 무섭게 작동한다. 탈영도 한 사람이 가출은 왜 못 하는지, 왜 어딘가로 사라지지 않고 집구석에 저러고 버티고 앉아 있는지, K의 아내는 K의 존재 자체를 부정하고 업신여기기 시작했다. 그렇다. 그건 업신여김이었다. 언어의 표면에도 털이 있다면, 내게 '업신'이라는 말은 제자리에 돋지 않아 매우 거슬리는, 그러나 내가 어떤 족집게로도 뽑아낼 수 없는 참혹한 기형의 털이다. 업신, 업신, 하고 중얼거릴 때마다 나는 말년의 K 부부를 떠올리게 되고, K에 대한 연민보다 그 아내에 대한 연민이 점점 더 커지는 걸 느낀다. K의 아내는 누군가를 업신여기는 감정이 그 누군가와 더불어 자기 자신 또한 얼마나 황폐하게 만드는지를 내게 또렷이 보여주었다.

　그날 나는 하루 종일 대학원 시험을 보았다. 오전에는 전공시험을 보고 오후에는 외국어시험과 면접을 보았다. K의 아내는 애먼 상갓집에 문상을 가서 경을 외우고 있었고, K의 큰딸은 어린 아들을 데리고 외출한 상태였다. K의 선원수첩에 적힌 전화번호 중에 유일하게 연락이 된 곳은 K의 둘째딸이 근무하는 중학교였다. K의 둘째딸은 곧바로 조퇴를 하고 병원으로 달려갔다. 그리고 이후 오래도록 자신을 밤마다 가위눌리게 할, 교통사고를 당해 만신창이가 된 K의 시신을 확인했다. K의 둘째딸은 다른 가족들이 올 때까지 발딱거리는 심장을 가만히 누른 채 반나절 이상을 영안실에 혼자 앉아 있어야 했다. 그때에야 비로소 둘째딸은 자신이 K 부부의 친딸이라는 사실을 받아들였다.

K를 화장하고 돌아오던 밤 K의 아내는 그들 부부가 단둘이 살던 아파트로 세 딸들이 함께 들어가줄 것이라고 믿었다. 죽은 K를 추모하고 미망인이 된 그녀를 위로하며 밤을 새워줄 것이라고 믿었다. 그러나 그 밤 세 딸들의 발걸음을 돌려세운 것은 K의 아내가 그토록 자주 교육적인 목적으로 이용했던 죄의식이었다. K에 대한 죄의식이 딸들로 하여금 그 아내를 외면하도록 만들었다. 불효막심에도 어느 정도의 공평이 필요했다. 자식들이 그렇게 편리한 공평심을 발휘한 탓에 K의 아내는 자신이 업신여기던 자의 죽음과 온밤 내 독대해야 했다. 야만적인 적군에 둘러싸인 가련한 포로처럼, 업신업신 미래로부터 다가오는 공포뿐만 아니라, 업신업신 과거로부터 불어오는 공포와도 직면한 채.

다시 하와이언 셔츠로 돌아가야겠다. 다음날 새벽 K의 아내가 겁에 질려 K의 소지품과 함께 태운, 가격표도 떼지 않은 하와이언 셔츠 말이다. 그해 초여름 내가 K에게 마지막으로 선물한 하와이언 셔츠 말이다.

솔직히 말하면 그 셔츠는 내가 선물한 것이라고 할 수 없다. K의 생일 즈음에 K의 둘째딸이 나하고 상의해 구매한 것인데 의당 그 비용은 버젓한 직장을 다니는 둘째딸이 댔다. 그리고 K를 화장하고 돌아온 밤 K 부부의 아파트 앞에서 차갑게 발길을 돌린 나는 다음날 새벽 K의 아내가 하와이언 셔츠를 태우는 모습을 보지 못했다.

그럼에도 불구하고 분명한 것은 K에게 하와이언 셔츠를 선물한 사람은 바로 나, K의 막내딸이며, 내 눈으로 똑똑히 내 어머니인 K의 아내가 그 셔츠를 태우는 모습을 보았다는 사실이다. 나는 사진처럼 기억한다. 밤새 한숨도 자지 못한 K의 아내가 누군가에게 넋을 붙잡혀 뒤흔들린 듯한 두려운 표정과 성급한 손길로 불을 피우던 모습을. 바다와 청춘과 자유의 빛깔인 원색의 하와이언 셔츠가 잿빛으로 타들어가던 모습을. 셔츠 위에 놓인 영성 속에서 K가 짓고 있던 어둡고 서글픈 미소를. 그 미소를 태우던 검붉은 불길과 아득한 죄의식의 연기를. K를 태우던 화장의 순간보다도 더 생생히, 더 아프게, 더 영원히.

웬 아이가 보았네

그때 나는 캄캄한 어둠과 혼란스런 상념 속에서
어떤 아름답고 매혹적인 운명의 모서리가
뾰족하게 솟구치는 것을 보았는데,
그것이 가시면류관처럼 쓰라린
내 미래이기도 하리라는 것은 미처 알지 못했다.

1

  그곳은 예술인 마을이었지만 경찰도 살고 교사도 살고 실업자도 살았다. 물론 시인도 살고 영화감독도 살고, 오래전에 딱 한 편의 소설을 쓰고 절필한 교수도 살았다. 통계로 잡히지는 않았지만 아마 도둑과 아편중독자와 부패 관료도 살았을 것이다.

  예술인 마을이 막 형성되던 초창기에 집장사를 시작했던 이상건씨는 세번째 집을 지어 팔고 난 후 집장사를 그만두게 되었다. 그해 유류파동이 나서 자재값이 폭등한 탓도 있었지만, 아내의 몸이 쇠약해져 꽤나 가정적이었던 이상건씨로서는 더이상 바깥일에만 몰두할 수 없었기 때문이다. 그가 지어 판 첫번째 집과 두번째 집에는 예술과 전혀 상관없는 사람들이 살고 있었지만(그중 한 집에 우리가 살고 있었다), 세번째 집은 참으로 예술가다운 풍모를 지닌 사람에게 팔렸다.

갈색 베레모를 쓴 키가 작고 여윈 그 남자는 결혼한 지 얼마 안
되는 새신랑이라 했다. 이상건씨의 은근한 심문이 밝혀낸 바에 따
르면 유감스럽게도 그의 직업은 화가나 시인이 아니라 요리사라
는 것이었다. 그러나 조금 더 밝혀내고 보니 다행스럽게도 그의
아내가 시를 쓴다고 했다. 냉정하게 보면 그녀는 진짜 시인이라기
보다 허다한 시인 지망생에 불과했지만 이상건씨는 둘을 구분할
필요를 못 느꼈다. 등단을 했든 못 했든 시를 쓰면 의당 시인이었
고 여자면 마땅히 여류시인이었다.

여류시인이라니! 하고 이상건씨는 생각했다. 태어나서 그때까
지 이상건씨는 여류시인을 직접 본 적이 없었다.

이상건씨가 그들 부부에게 판 세번째 집은 뾰족한 예각을 이루
는 초록빛 지붕 아래 네 개의 둥근 아치 기둥이 서 있는 집이었다.
어찌 보면 조화롭지 않아 보이면서 뜻밖에 아슬아슬한 조화를 이
루고 있는, 귀엽고 우아한 집이었다. 유럽식 별장을 닮았다고 하
기엔 다소 무리가 있고, 유럽식 별장을 모방해 만든 새장 같다는
느낌을 주는 집이었다. 마을 사람들은 그 집을 간단히 '뾰족집'이
라고 불렀다. 단연 지붕에 무게를 실어준 셈이었다.

뾰족집은 사실 이상건씨가 팔기 위해 지은 집이 아니었다. 자신
들 부부가 들어가 살려고 꽤 멋을 부려 지은 집이었는데, 자재값
독촉이 심해져 당시 살고 있던 집을 급매물로 내놓을 수밖에 없는
형편이었다. 그런데 병약한 아내는 당장 살던 집을 팔고 새집으로

이사해야 한다는 사실에 기함을 하여 더욱 골골 앓는 소리를 내는 지라 이상건씨로서도 엄두를 못 내고 망설이고만 있었다. 그러던 차에 새로 지은 뾰족집을 급매물로 잘못 알고 매수자를 물어온 중개업자가, 흡사 내림굿을 받은 초짜 무당처럼 양팔을 좌우로 날쌔게 휘젓고 뚱뚱한 몸집을 앞뒤로 뒤흔들며, 한 치 앞도 못 내다볼 작금의 부동산 경기에서는 헌 집이든 새집이든 사겠다는 사람이 나섰을 때 냉큼 파는 게 상수라고 이상건씨를 정신없이 몰아붙였던 것이다.

뾰족집을 판 후에 자재값도 폭등했지만 덩달아 집값도 폭등하는 바람에 결과적으로 이상건씨는 조금 손해를 본 셈이있지만, 자기가 지은 집에 여류시인이 산다는 사실에 기꺼이 만족하기로 했다. 더구나 이사온 첫해에 요리사는 넓은 마당 가장자리 담장을 뱅뱅 돌아가며 들장미를 심었는데, 이것도 이상건씨의 만족감을 상승시켰다. 뾰족집은 이상건씨 집 마당에서 대각선 방향으로 내려다보였다. 뾰족집을 바라보는 이상건씨의 얼굴에는, 다른 집으로 양자 보낸 자신의 아이가 양부모의 정성 어린 양육으로 날로 예뻐지고 건강해지는 모습을 지켜보는 듯한 기쁨이 어려 있었다. 그러나 무엇보다 이상건씨를 만족시킨 것은 바로 뾰족집 새댁의 미모였다.

게다가 여류시인이라니! 하고 이상건씨는 감탄했다. 태어나서 그때까지 이상건씨는 여류시인처럼 아름다운 여자를 직접 본 적이 없었다.

2

    소위 여류시인의 미모가 예술인 마을의 비예술적 서민사회에 불러일으킨 반향은 실로 놀라웠다. 그녀의 외모는 무어라 설명하기 복잡한, 꽤나 독특한 종류의 아리따움을 지니고 있었다. 그것은 결코 우아하거나 자연스럽다고는 말할 수 없는 아름다움이었다. 조금만 과도했더라면 천박해 보였을 예쁘장한 얼굴과 조금만 지나쳤더라도 기이해 보였을 작고 육감적인 몸매는, 그녀가 살고 있는 뾰족집 같기도 했고 뾰족집을 둘러친 들장미 같기도 했다. 즉 그녀의 아름다움은, 모던하고 이국적인 별장이 아니라 그것을 본떠 만든 새장처럼 인위적이고 조악했으며, 스스로 고고한 백합이라기보다 때로 피어 눈길을 끄는 들장미 넝쿨처럼 끈질기고 난폭했다. 그 속에는 스스로의 아름다움을 속속들이 알고 있는 속물적인 뻔뻔미와, 시시각각 그 효과를 상대방에게서 확인받고 싶어 안달하는 선병질적인 초조미가 섞여 있었다. 이렇게 말할 수도 있겠다. 그녀의 아름다움은, 듣다보면 어디서 많이 들어본 듯한 느낌을 주는 그녀의 자작시처럼 지극히 통속적이었으며, 그 시를 읊는 그녀의 카랑카랑한 목소리처럼 숨 막히게 조마조마했다고.

3

　뾰족집이 예술인 마을에서 가장 아름다운 집은 아니었지만, 들장미가 필 무렵이면 마을에서 가장 눈에 띄는 게 사실이었다. 초록빛 삼각 지붕 아래 소담스런 붉은 장미 넝쿨이 풍성하게 늘어졌다. 그러자니 이상건씨가 멋을 부려 세워놓은 아치 기둥은 거의 돋보이지 않았다.

　매년 늦봄에서 초여름까지 들장미가 봉오리를 맺기 시작해서 만개할 시기 동안 뾰족집 부부는 너른 마당에서 종종 야회를 열었다. 요리사가 직접 만든 요리를 내놓고 어류시인이 자작시를 직접 낭송하는, 그야말로 마을 이름에 걸맞은 예술적 야회였지만, 아쉽게도 진짜배기 예술가들은 코빼기도 보이지 않았고 이상건씨 부부와 몇몇 서민적인 이웃들만이 참석했다.

　나의 어머니도 이상건씨 부부를 따라 가끔 야회에 참석했는데, 뾰족집 부부와 친해서라기보다 이상건씨 부부와 친해서라는 투였다. 어머니는 가장 좋은 원피스를 입힌 나를 앞세우고 굳은 식빵 같은 표정으로 주춤주춤 뾰족집 마당에 들어서곤 했다. 하는 행동이 남 보기에 이상하리만치 어색해 보이는 사람이 있는데 슬프게도 내 어머니가 바로 그런 사람이었다. 어머니는 뾰족집 부부와 별로 친하지 않았고 친해질 생각도 없다고 말했지만 그들 부부의 일거수일투족에 적지 않은 관심을 갖고 있었다.

　처음 그 야회에 참석하던 날 어머니는 내게 앙증맞은 넥타이가 달린 바둑판무늬 원피스를 입혔다. 나를 본 여류시인은 내 원피스의 넥타이를 살짝 들었다 놓으며 짧게 말했다.

"참 예쁘구나."

어머니는 그 말이 내 원피스에 대한 평인지 나에 대한 평인지 못 견디게 궁금한 나머지 이렇게 선수를 쳤다.

"예쁘긴요. 비싸게 주고 산 것도 아닌데."

여류시인은 어머니 말에는 아랑곳하지 않고 나를 몇 초 동안 유심히 살펴보더니 이윽고 만족한 듯이 웃으며 말했다.

"넌 꼭 나를 줄여놓은 것 같아."

뱀의 매끄러움이 그러하듯 그녀의 웃음은 소름끼치게 아름다웠다. 마치 미소의 가장 아름다운 라인을 찾기 위해 수많은 실험을 거듭한 끝에 드디어 그 절개선을 찾아낸 성형의가 보이지 않는 회심의 메스로 그녀의 입가를 민감하게 도려내고 있는 듯한 미소였다. 어머니는 최대한의 자제심을 발휘해 몸을 바르르 떨었는데, 비록 그 떨림은 약했지만 안간힘을 다해 뭔가를 참고 있는 표정이 노골적이어서 자제하고 있다는 느낌을 주지는 못했다. 어머니는 기가 막히다는 듯 겨우 이렇게 말했다.

"앤 즈이 아버지를 닮았어요."

"그래요? 아, 바깥분을 꼭 한번 뵙고 싶어라. 다음엔 꼭 같이 오세요."

남편을 여류시인에게 자랑하고 싶은 마음과 남편이 여류시인에게 홀리지 않을까 두려운 마음 사이에서 어머니는 고통을 겪었지만, 결국 자랑하고 싶은 과시욕이 이겼다. 다음 야회에 부부동반으로 참석한 어머니의 판단은 크게 나쁜 결과를 가져오지는 않았다.

윤곽이 부드럽고 잘생겨 누구에게나 호감을 주는 외모를 가진 내 아버지는, 남의 관심을 받는 데만 익숙했지 자신의 관심을 표현하는 데는 서툴기 짝이 없었다. 서툰 정도가 아니었다. 아버지는 감정의 영역에 있어서는 천생 수동적인 사람이었다. 뾰족집 야회에서 처음 여류시인을 본 순간 아버지는 일찍이 경험한 적 없는 혼란에 빠진 듯 보였다. 그것은 마치 상대의 공격을 받아내는 데만 도가 튼 수비수가 갑작스레 공격수로 잘못 발탁되었을 때 겪을 법한 당혹이나 공포감과 비슷했다. 결국 아버지는 삼십 분을 못 버티고, 은퇴를 결심한 수비수처럼 서둘러 뾰족집 마당을 가로질러 사라져버렸다. 이후로 아버지는 뾰족집 야회에 참석하지 않았으며 시간이 지나서 가까스로 거울처럼 매끈한 평정을 되찾고서야 크게 만족했다.

그렇다. 내 어머니는 못생겼고 여류시인은 예뻤다. 그러나 극단적인 용모 차이에도 불구하고 그들은 하나의 특징을 공유하고 있었는데, 그것은 지나치게 자기 외모를 의식하는 태도였다. 다소 잔혹한 표현이긴 하지만, 내 어머니가 길고 못생긴 말상의 하녀가 갖는 투박하고 저돌적인 어색함을 지녔다면, 여류시인은 똑 따먹게 예쁜 화류계 여인이 갖는 작위적이고 교태 어린 어색함을 지녔다. 어머니를 점점 예쁘게 만들고 여류시인을 점점 추하게 만든다면, 딱 중간지점에서 외모뿐만 아니라 성격까지도 쪽 빼닮은 쌍둥이 자매가 기적처럼 탄생할 법도 하였다.

따라서 등을 맞댄 샴쌍둥이처럼 다른 방향을 바라보도록 운명 지워진 두 여자는, 만나자마자 신비로운 육감으로 서로를 알아보았음에 틀림없다. 여류시인의 소름끼치는 미소와 그것을 본 어머니의 전율이 바로 그 증거였다. 여류시인의 눈빛은 차가운 경멸로 반짝였고 내 어머니의 눈빛은 열렬한 혐오로 빛났다.

4

어머니가 이상건씨 부부, 아니 정확히 말해 이상건씨 아내와 부쩍 가까워진 시기 또한 뾰족집 부부가 이사온 지 얼마 지나지 않아서였다. 이전까지만 해도 어머니는 이웃 여인들 중 젠체하는 이상건씨 아내를 가장 꺼려하던 터였다. 두 여자가 뾰족집 여류시인에 대해 처음으로 이야기를 나누던 순간을 나는 똑똑히 기억하고 있다.

"그 가엾은 애심이 엄마가 하도 걱정을 하면서 점이라도 치러 갈까 어쩔까 망설이니까 글쎄 뾰족집 새댁이 그럼 자기가 따라가줄 테니 한번 가보자면서……"

여기서 어머니는 목소리를 낮춰 이상건씨 아내에게 속삭였다.

"쇠뿔도 당기며 빼랬다고 하더군요."

"아, 네. 저는 독실한 신자라 점 같은 게 무슨 도움이 될까 의심하지만……"

힘없이 고개를 늘어뜨린 채 옹알거리던 이상건씨 아내가 별안간 산삼을 달여 먹은 환자처럼 고개를 번쩍 들고 눈을 크게 떴다.

"뭐라고요? 당기며라고요?"

어머니는 그럴 줄 알았다는 듯 자신만만하면서도 약간 비굴한 미소를 지었다. 그것은 내가 자주 접하는 미소였는데, 자신의 소중한 외동딸인 내가 실수를 저질렀을 때, 그걸 뻔히 알고 있으면서도 요리조리 나를 떠보다가 마침내 막다른 골목에 몰린 내 입에서 엉겁결에 이전의 진술과 모순된 진술이 튀어나왔을 때 짓는 미소와 비슷했다. 자신의 지혜로움이 상대의 어리석음을 백일하에 드러내고 말았다는 기쁜 승리감과, 상대를 그런 극한적 상황까지 몰아붙인 데 대한 비굴한 참회 같은 것이 뒤섞인, 대단히 어색한 미소였다. 어머니는 주먹 쥔 손을 몸 쪽으로 힘차게 당기며 단언했다.

"그래요. 쇠뿔도 당기며라고요!"

"어머나, 그건……"

이상건씨 아내가 가느다란 손가락이 돋보이는 우아한 손짓으로 입을 가렸다.

"내가 이 귀로 분명히 들었어요."

어머니가 마디 굵은 손가락으로 자기 귀를 가리키며 이렇게 말하는 순간 이상건씨 아내의 눈이 묘하게 빛났다. 두 여자는 잠시 눈싸움을 하듯 마주 보다가 이내 웃음을 터뜨렸다. 한 여자는 가

늘고 높은 새소리로, 한 여자는 크고 씩씩한 염소 소리로. 그때 나는 이미 내 손금을 보듯 분명히 알았던 것 같다. 나와 꼭 닮은 큰언니 같은 뾰족집 여류시인이 예술인 마을에서 그다지 오래 살지는 못하리라는 것을.

5

요리사는 시내 유명 호텔 주방에서 일한다고 했다. 일주일은 늦게 출근해 늦게 퇴근하고 일주일은 일찍 출근해 일찍 퇴근하는, 시간제 교대근무였다. 뾰족집 여류시인은 남편이 이른 퇴근을 하는 주에는 거의 매일 저녁 버스정류장에 나가 남편을 기다리곤 했다. 마을 여자들은 오후 다섯시 무렵 양산을 쓰고 드레스 풍의 홈웨어를 입은 여류시인이 버스정류장을 향해 한들한들 걸어가는 모습을 발견하면 요리사가 일찍 퇴근하는 주라는 걸 알았다. 마을 남자들 또한 버스정류장에 내렸을 때 인형처럼 화사하게 미소짓고 있는 여류시인을 보면 요리사가 일찍 퇴근하는 주라는 걸 알았다. 그녀의 존재는 남편의 이른 퇴근을 알리는 광고판과 같았다. 그 광고를 본 사람들은 이번 주가 왠지 좀 특별한 주라는 인상을 받았고, 내놓고 말하지는 않았지만 혹시 저녁 무렵 뾰족집에서 새로 구운 빵이나 쿠키를 먹으러 오라는 초대가 오지 않을까 은근한 기대를 품었다.

물론 내 어머니는 버스정류장에 나가 남편을 마중하는 행위에
대해 가차없는 비난을 퍼부었다.

"남편한테 잘 보이고 싶으면 얌전히 집에서 기다리면 되는 거
예요. 온 동네 남자들에게 다 잘 보이고 싶으니까 그렇게 기어이
떨쳐입고 나가 보란 듯이 기다리는 거죠. 낯간지럽게시리."

대부분의 동네 여자들은 어머니의 말에 고개를 끄덕였지만 개
중에는 다른 의견을 가진 여자들도 있었다. 특히 내 어머니가 '그
가엾은'이라는 형용을 빼고는 부르지 않는 애심이 엄마가 그랬다.

6

그 가엾은 애심이 엄마는 평생 남편을 마중하러 나간다는 생각
을 머릿속에 떠올려본 적이 없었다. 그 놀라운 생각만으로도 머릿
속에 작은 폭발이 일어난 듯했다. 그래서 조만간 자기도 뾰족집
새댁을 따라 정류장에 나가볼까 궁리하던 차였으므로 내 어머니
의 똑 부러진 비난에 선뜻 동의할 수 없었다. 비록 금슬이 좋은 편
은 아니었지만(실은 매우 나쁜 편이었다), 애심이 엄마는 남편을
마중한다고 하는 천지개벽할 아이디어의 실현을 놓고 한동안 마
음이 달떠 있었다.

하지만 결국 애심이 엄마는 고심 끝에 포기했다. 그건 물론 내
어머니를 비롯한 몇몇 여인들의 비난이 무서워서가 아니라 여러

가지 현실적인 곤란함 때문이었다. 우선 귀가가 규칙적인 뾰족집 신랑과 달리 애심이 아버지는 툭하면 늦거나 외박을 일삼으니 언제 정류장에 나가 있어야 할지 몰랐다. 설령 애심이 아버지가 제시간에 귀가하는 날이 있다손 치더라도, 뾰족집은 남편인 요리사가 퇴근해 직접 요리를 하니 그 새댁은 멋부리고 나가 마네킹처럼 서 있는 것 말고 달리 신경쓸 일이 없었지만, 애심이 엄마는 남편과 애심이의 저녁을 준비해야 했다. 애심이 아버지 입장에서도 마누라가 정류장에 턱 처들고 나와 있느니보다 집에서 찌개나 보글보글 끓이고 있는 편을 선호할 것이 뻔했다. 그러나 누가 뭐라고 입방아를 찧든 죄다 물리칠 각오다. 남편의 귀가시간을 어떻게든 알아내서 미리 저녁 준비를 해놓고 정류장에 나가볼 각오까지 다졌던 애심이 엄마는, 도저히 극복할 수 없는 하나의 꺼림칙한 이미지 때문에 결정적으로 '남편 마중'이라는 달콤한 유혹을 포기하고 말았다. 아무래도 그녀는 버스정류장에 뾰족집 새댁과 나란히 서 있을 자신의 모양새에 도무지 자신이 서질 않았던 것이다. 외모의 격차도 중요했지만, 무엇보다 그녀 자신이 정류장에 나가 있으면 뾰족집 새댁처럼 남편을 마중나온 걸로 보이기는커녕 남편의 바람기를 참다못해 딸년이고 살림이고 다 내팽개치고 집을 뛰쳐나가려는 아낙네 꼴로 보일 것이 분명했다.

194

내 어머니는 뾰족집 새댁이 이사온 후 언제부턴가 그 가엾은 애심이 엄마가 자신의 말에 찬성하지 않은 적이 많다는 것을 알고 있었다. 애심이 엄마뿐이 아니었다. 어머니의 말은 당장에는 이웃들에게 큰 이의 없이 받아들여지는 듯했지만, 시간이 흐를수록 점점 그 효과가 떨어졌고, 나중에는 어머니가 그런 말을 했다는 사실조차 철저히 망각되곤 했다. 나는 이웃 여인들이 종종 어머니 앞에서 당신이 언제 그런 말을 했었냐는 식의 의혹에 찬 표정을 감추지 못하던 것을 기억한다.

어머니는 이웃들의 이런 반응이 자신의 밉상에서 기인하는 것이라 여길 정도로, 자신의 모든 불운을 철두철미 외모 탓으로 돌렸다. 어쩌면 그것은 부분적으로 진실이었을지 모른다. 그러나 대부분은 진실이 아니었는데, 어머니의 문제는 외모에 있다기보다 외모를 탓하는 비뚤어진 마음과 모난 자존심에 있었기 때문이다. 예를 들어 어느 날 어머니가 얼굴이 그다지 길어 보이지 않는 헤어스타일을 애써 창안해냈을 때, 이웃들의 반응이 어머니가 기대한 만큼 열렬하지 않으면 어머니는 곧 절망의 구렁텅이에 빠져 다음날엔 그 공들인 헤어스타일을 헌신짝처럼 버리고 앞머리를 치켜올리고 뒷머리를 틀어올려 가장 얼굴이 길고 못나 보이는 모양으로 이웃들을 대하곤 했다. 이웃 여인들이 질겁을 하여 어제 머리모양이 제법 예뻤는데 왜 바꾸었냐고 물으면 어머니는 어색하게 이죽거리는 웃음을 웃었다. 그 웃음에는 상황을 개선시킬 여지가 남아 있으리라는 실낱같은 희망으로부터 해방된, 최악의 상태에 떨어진 자가 맛보는 자멸적인 쾌감이 배어 있었다.

8

퍽이나 가정적이었던 이상건씨가 요리사 부부가 이사온 이 년 이래 얼마나 변했는가 하면, 아내가 몸이 좋지 않아 뾰족집 야회에 참석하지 못하겠다고 했을 때 매우 걱정스러운 얼굴로 그럼 당신은 집에서 쉬는 게 좋겠다며 혼자 외출 준비를 하는 지경까지였다. 이런 일은 이 년 전이라면 생각조차 할 수 없었다.

"몸이 좋지 않아요, 여보. 오늘 뾰족집에는 못 가겠어요."

이상건씨 아내가 이렇게 말했을 때 두번째 문장의 주어가 '우리'라는 것, 즉 '우리가 오늘 뾰족집에 못 간다'라는 의미라는 것은 이 년 전까지만 해도 그들 부부에게 자명했던 사실이다. 물론 이 년이 지난 후에도 이상건씨 아내는 남편이 그런 뜻으로 받아들일 줄 알고 한 말이었건만, 이 년 동안 스스로 의식하지 못한 채 서서히 변해버린 이상건씨는 아내의 말을 '그녀 혼자만' 못 가겠다는 식으로 축자적인 해석을 해버렸다. 몸이 좋지 않은 사람은 아내뿐이고(사실 이상건씨는 허약한 아내의 수준에 맞추느라 산책이든 운동이든 놀이든 교제든 지나치게 자제해온 탓에 에너지

가 남아돌 정도로 축적된 상태이긴 했다), 뾰족집에 못 가는 사람
도 아내뿐인 것이다. 역사적 맥락을 상실하고 현재적 정당성만 확
보한 사람들이 흔히 그렇듯, 이상건씨는 자신만만하게 이런 말까
지 덧붙였다.

"당신, 너무 걱정하지 말아요. 아프면 쉬어야지. 내가 뾰족집
안주인에게 잘 얘기하면 이해해줄 거요."

또한 관계의 가변성을 이해 못 하고 자기중심적으로만 살아온
사람들이 흔히 그렇듯, 이상건씨 아내는 망연자실하여 아침부터
시작된 두통이 급속도로 악화되는 것을 느꼈다. 더구나 남편의 말
투와 태도 속에는 아내가 범힌 대단한 결례를 어떻게든 자신이 용
서받아보겠다는 식의 굴욕적인 결연함까지 내포되어 있어 한층
더 분하고 억울했다. 그들이 마치 황후의 초청을 받은 한미한 가
문의 부부이기라도 한 양 말이다.

이상건씨가 뾰족집 야회에 늦을세라 서둘러 나가버린 후에야
그의 아내는 남편에게 극심한 육체적 고통을 호소한다든가 아니
면 남편을 은근하게 돌려치는 말로 나무란다든가 하는 모종의 조
치를 취했어야 하지 않나 하는 회한을 느꼈다. 그녀는 있는 힘껏,
그래봤자 그녀에겐 다른 여자들의 평소 음성에 불과하게 느껴졌
지만, 이렇게 외쳤다.

"그 여자는 쇠뿔도 당기며 빼렸다는 여잔데. 쳇! 흥!"

9

이상건씨는 휘파람을 불며 집을 나섰다. 예닐곱 걸음 남짓 걸어 모퉁이만 돌면 뾰족집 대문이었다. 야회에 참석하러 가는 날은 유난히 그 모퉁이를 도는 느낌이 새로웠다. 그 모퉁이는 환상적 동화의 세계로 들어가는 입구 같았다. 여류시인과 한동네 주민으로 산 지 어느덧 이 년째라니, 이상건씨는 새로운 감회에 사로잡혔다.

시간이 흐를수록 이상건씨는 뾰족집 여류시인이 젊은 나이나 어여쁜 생김새와 다르게 참으로 관대하고 어른스러운 성품을 지니고 있다는 데 높은 점수를 줄 수밖에 없었다. 남편을 꼬박꼬박 마중 나가는 것이라든가, 야회가 있을 적마다 잊지 않고 끝집 노부부를 초청하는 것만 봐도 알 수 있었다. 오늘도 끝집 노부부가 참석할까, 하고 이상건씨는 설레는 마음으로 모퉁이를 돌며 생각했다.

끝집 노부부가 사는 집은 산자락으로 통하는 언덕의 계단 맨 끝에 있었다. 한참 외진데다 노부부 자체도 워낙에 뚱하고 괴팍해, 예나 지금이나 그들과 마을 사람들 사이에는 거의 왕래가 없다시피 했다. 여류시인이 그런 외진 곳까지 찾아가 굳이 초대를 넣은 것도 기특한 일이지만, 끝집 노부부가 초대에 응해 노구를 이끌고 야밤에 뾰족집 마당에 와 앉아 있다는 것은 어지간한 정성과 살가움이 없고서는 가능하지 않은 일이었기 때문이다. 아니나 다를까 뾰족집 마당에 들어서자마자 이상건씨는 끝집 노부부가 우울한 자태로 나란히 앉아 있는 모습을 발견했다.

10

그러니까 뾰족집에서 마지막 야회가 열리던 그날, 끝집 노부부는 일찍부터 뾰족집 마당 정중앙에 떡하니 자리를 잡고 앉아 있었다. 끝집 노파는 경미한 치매기를 보이고 있었는데, 평소에는 그럭저럭 정상으로 보였지만 어느 순간 정신의 혼란이 시작되면 격렬한 감정에 사로잡혀 쉴새없이 중얼거리며 속마음을 노출하곤 했다. 특히 그즈음에는 자기가 주변 사람들보다 일찍 죽게 될 것 같다는 억울한 감정에 사로잡혀 있어, 남편보다 먼저 죽는 것은 물론이거니와 자식들이나 손주들보다 먼저 죽는 것에 대해서까지 한도 끝도 없이 노여워하는 말을 내뱉고 있었다. 영감님은 무뚝뚝한 염증을 나타내는 표정으로 노파 곁에 앉아 있었는데, v자를 엎어놓은 듯 양쪽으로 늘어진 삐쭉한 입매가 늙은 아내의 되풀이되는 넋두리와 하소연과 눈물바람 때문인지, 야회에 모인 사람들 때문인지, 아니면 노화로 얼굴이 주저앉았기 때문인지 아무도 알 수가 없었다. 그런 영감님의 표정은, 아무리 귀 기울여 들어봤자 자신에게 이익이 되기는커녕 점점 손해만 막심해지는, 채권자의 부채목록을 하염없이 듣고 있어야 하는 채무자의 무능하고 우울한 표정을 닮아 있었다.

이후에 많은 마을 사람들로 하여금 혹시 당시에 놓쳐버린 이상한 낌새가 없었는지 수십 번이나 기억을 더듬도록 만들었던 그날의 야회는, 그러나 내 눈에도 특별히 이상한 점은 없었다. 모든 것이 예전의 야회와 똑같았다. 초대된 여인들이 갑자기 무슨 요조숙녀라도 된 양 상냥하고 느릿느릿한 말투로 얘기한 것도 그랬고, 초대된 남자들이 형식적인 인사와 쓸데없는 배려를 남발하다가 별로 우습지도 않은 얘기에 일제히 웃음을 터뜨린 것도 그랬다.

그날의 유일한 사건이라고는 여류시인이 내 어머니에게 먼저 말을 붙여온 정도였다. 여류시인은 어머니에게 바깥분이 국어 선생님이시니 집에 책이 많지 않느냐고 물었다. 사실 여류시인이 예술인 마을에 이사온 후로 많은 이웃들에게 가장 많이 묻고 다닌 것이 댁에 책이 많은지 하는 것과 책을 빌리러 가도 좋은지 하는 것이었는데, 어머니에게는 이 년 만에야 겨우 물을 기회를 잡은 데 불과했다. 어머니는 책을 빌려주기 싫은 기색을 감추기 위해 집구석에 변변히 읽을 만한 책이 없다고 대꾸했는데, 그 변변하지 못한 말투가 빌려주기 싫은 기색을 한층 노골적으로 드러냈다. 여류시인은 약간 놀라고 실망한 듯했지만 뭐라고 더 말을 하지는 않고 보일 듯 말 듯한 미소만 지었다. 그것은 아주 적절히 사용된 소량의 인공조미료 같은 맛이 나는 미소였다. 그 미소를 보고 있노라면, 미인을 매혹적으로 완성시키는 것은 혹시 약간의 천박함이 아닐까 싶은 생각마저 들었다.

그날 요리사는 굵은 밀가루타래를 땋아놓은 듯한 독일식 버터빵과 폭신한 카스텔라를 내놓았고 여류시인은 '해가 지고 꽃잎 지니 이 내 맘도 지고 마네'로 끝나는 새로운 자작시를 읊었다. 이상건씨 또한 평소와 똑같이 요리사 뒤꽁무니만 졸졸 따라다녔다.

이상건씨가 뾰족집 야회에 참석하는 주된 이유는 오로지 요리사와 대화를 나누기 위해서인 듯 보였다. 그건 누가 봐도 사실이었다. 이상건씨는 여류시인과는 한두 마디 인사를 나누는 시늉만 하고 야회가 끝날 때까지 줄곧 요리사와 함께 있었다. 그는 보조 요리사처럼 요리사에게 시시콜콜 질문을 해댔고, 요리사가 그 질문에 대답을 하면 그 내용이 아무리 하잘것없는 것이라 하더라도 집중적으로 기억해두느라 정신이 없었다. 특히 요리사가 "이건 우리 집사람이 싫어하는 양념이 들어갔습니다만"이라든가 "이건 우리 집사람이 제일 좋아하는 음식입니다"라고 말할 때면 열 배쯤 더 열렬히 경청하는 이상건씨였다.

그러나 이상건씨의 이런 행태가 그 아내의 우려를 잠재우기는커녕 더 북돋울 만한 심각한 상황이라는 것 또한 누가 봐도 분명했다. 남편이 이러다 뾰족집 백치 미인에게 미혹되는 건 아닐까 전전긍긍하는 이상건씨 아내의 우려는 그야말로 순진하고 시의 적절하지 못한 고민이었다. 이상건씨로서 정말 궁금한 것은, 여류시인에게 어떤 치명적인 매력이 있느냐 하는 것이 아니었다. 그것은 이미 이견의 여지가 없이 밝혀진 진실이나 다름없었다. 이상건씨는 그 바싹 여윈 다리로 그런 따위의 일차원적인 문제를 단번에 성큼 뛰어넘어, 저 귀엽고 예쁜 여류시인을 사로잡아 수중에 넣은 뾰족집 요리사에게 대관절 어떤 치명적인 매력이 있느냐 하는 데 이르러 있었다. 그는 요리사의 흉내를 내어 '우리 집사람'이란 호칭을 남몰래 발음해보기도 했다. 아내도 와이프도 아니고 젊은 사람이 '우리 집사람'이라는 호칭을 쓰는 것이 특이하게 생각되었다. 그러나 좀더 깊이 생각해보니 '우리 집사람'이라는 호칭 속에는 대단히 정겨운 소유의 개념이 깃들어 있는 듯 여겨졌다. '우리 집사람'이라고 말하면서 이상건씨는 마땅히 떠올려야 할 자기 아내를 떠올리지 않고 여류시인을 떠올렸는데, 그게 매우 야릇하고 외설적인 상상이라는 것을 자신은 깨닫지 못했다. 이상건씨 스스로는 자기가 그렇게 치명적인 상태에 빠져 있다고 생각하지 않았을 것이다. 그러나, 아니 그래서 그의 상태는 더 나빴고 벗어날 길이 없어 보였다. 끈끈한 거미줄에 걸린 줄 미처 알지 못하는 곤충이 바로 앞줄에 걸린 날파리 한 마리를 잡으려고 철없이 몸을 뒤채다 다리와 몸통이 서서히 결박되고 마는 그런 모양으로, 야회 내내 요리사 주변만 맴도는 이상건씨는 아주 작은 쾌락을 추구하고 있다고 생각하면서 아주 큰 자유를 잃어가고 있었다.

야회가 끝날 무렵엔 어김없이 내가 불려나가 새로 배운 동요 하나와 흘러간 가요 하나를 불렀다. 노래가 끝나고 박수가 터져나왔을 때 나는 예쁘게 인사를 한 후 매일 거울을 보며 연습한 대로 여류시인과 똑같은 미소를 지으려 애썼다. 결국 시작부터 끝까지 그날 야회에 이상한 점은 하나도 없었다.

11

　다음날 뾰족집 여류시인이 사라졌을 때 소문은 그야말로 분분했다. 불치병을 앓고 있다는 낭만적인 소문부터 바람이 나서 도망갔다는 모함적인 소문까지. 남자들에게는 폐병이니 백혈병이니 하는 쪽이 낭만적으로 들렸을지 모르지만 여자들에게는 바람이 나서 도망간 쪽이 훨씬 낭만적으로 들렸다. 물론 그쪽은 소박한 낭만을 넘어 뭔가 퇴폐적이고 비극적인 냄새까지 풍기긴 했지만, 그래서 한결 더 낭만적이었다.

　바람이 나서 도망갔다는 주장을 하는 쪽의 가장 주된 관심은 바람난 상대가 누구인가 하는 것이었다. 우선 그 상대로 추측되는 남자들은 그녀의 종적이 묘연해지던 즈음 마을에서 사라진 남자들이었다. 그런 남자는 많지 않았다. 노구를 이끌고 충청도 부근으로 낙향한 홀아비 교수는 아니겠고(아니, 혹시 그럴지도 몰라, 재산이 솔찮을 텐데, 라고 쑥덕대는 축도 극소수 있었다), 여자들이 제일 먼저 점찍은 상대는 칼갈이 사내였다. 한 달에 한두 번쯤 마을에 들르곤 하던 사내가 여류시인이 사라진 후 한 달 반째 마을에 들르지 않고 있었기 때문이다. 칼갈이 사내는 비록 다리를 절긴 했지만 인물이 자로 잰 듯 반듯했다. 마을 여자들 눈에 수돗가에 앉아 햇살을 받으며 약간 고개를 갸웃한 채 칼을 가는 그 사내의 콧날은 가히 고혹적이라 할 만했다. 칼 가는 일에 어울리지 않는 지적인 용모와 과묵함이, 한 달에 한두 번은 중년의 여자들

웬 아이가 보았네　203

을 소위 '간지럼 타는 소녀'로 되돌려놓곤 했다. 그러나 칼갈이 사내가 다시 나타난 순간 소문은 수그러들었다.

그다음으로 의심쩍은 인물은 아라비아 어디인가로 발령이 나 떠난 애심이 아버지였는데, 그 양반이 가엾은 애심이 엄마에게는 사우디인지 어디인지 간다고 해놓고 여류시인과 줄행랑을 친 게 분명하다는 의혹이 마을 여자들 사이엔 파다했다. 워낙에 애심이 아버지가 바람둥이 난봉꾼이었던 탓도 있지만, 언제부턴가 바람 기가 시들시들 눅기 시작한 후에도 뾰족집 일이라면 물불 안 가리고 덤벼들어 마당 삽질이며 연탄보일러 관리며 물 새는 지붕 막는 일까지 집장사로 잔뼈가 굵은 이상건씨를 젖혀두고 날름 도맡은 데다, 뾰족집 야회에 초대받아 오면 어지간한 남자는 혼자 들기 어려운 마당 정원석을 툭하면 번쩍 들었다 내렸다 하며 여류시인에게 여기 놓는 게 낫지 않을까요 어쩌구 수작을 걸며 힘자랑을 해 보이는 등, 유난스레 그 집 일에 각별했던 것도 한몫했다. 그 가엾은 애심이 엄마가 남편이 사우디에서 보낸 첫 편지라며 국제 우편임에 분명한 봉투를 동네방네 돌리고 난 후에도 소문은 좀처럼 가라앉지 않다가 그 국제우편이 규칙적인 간격으로 오는데다 마침내 그 우편물 속에 사우디인지 어디인지는 모르겠으나 낯선 이국땅에서 찍은 게 분명한 사진, 게다가 시커멓게 그을린 한국 남자들만 우글우글한 가운데 역시 시커멓게 탄 얼굴의 애심이 아버지가 한 귀퉁이에 있는 사진이 함께 동봉되어온 이후에야 소문은 꼬리를 감추었다.

다음 인물은 아무래도 오리무중인 것이, 도대체 예술인 마을의 테두리라는 것이 워낙에 조그마한데다, 거기 사는 남자라고는 대부분 가정을 갖고 규칙적으로 직장을 오가는 수준이었고, 타지 사람도 크게 마을에 들락거리지 않는 탓이었다. 트럭에 달걀을 싣고 오는 달걀 장수가 일주일만 보이지 않아도 여자들의 입에 올랐다. 뾰족집 여류시인이 사라지기 전 치과치료를 받았다는 사실이 알려진 후 한동안 시장 입구 치과 건물을 살피는 마을 여자들의 눈빛이 심상치 않았다. 여류시인이 자주 가던 야채와 생선가게, 닭집 남자는 물론이거니와, 여류시인이 단골로 드나들던 양품점 여인의 남편과 시동생도 한두 번은 의혹의 대상이 되었다. 소문은 끝집 노부부의 군대 간 손자를 의심하는 데서 절정에 달했다. 손자의 제대 날짜가 얼추 여류시인이 사라진 시기와 일치한다는 얘기부터 야회에 노부부를 초대하러 끝집을 들락거릴 때부터 알아봤다는 얘기까지 구구한 소문이 떠돌았지만 아무도 사실 여부를 확인하지 못했다. 마을 여인들 중 몇이 진실을 알고 싶어 끝집을 찾아갔지만 진실의 꼬투리를 잡기는커녕 반나절 내내 치매 증세가 악화된 노파의 분노에 찬 횡설수설을 듣고 있어야 했다. 이후로는 치러야 하는 대가의 끔찍함 때문에 아무도 끝집 손자 이야기를 입에 올리지 않았다.

도대체 누구일까, 누구일까 하는 의문과 누구라며, 누구라며 하는 소문이 끊이지 않는 동안, 뾰족집 요리사는 마을 사람 누구와도 말을 섞지 않은 채 조용히 살고 있었다. 이상건씨만이 유일한 예외였다. 요리사는 여전히 시내 호텔에 출근하고 있었지만, 여류 시인이 광고를 해주지 않았으므로 마을 사람들은 요리사가 언제 일찍 퇴근하고 언제 늦게 퇴근하는지 알 수 없었다. 그래도 그렇지 오다가다 우연히라도 만나지련만 이상하게도 뾰족집 요리사와 길에서 마주치는 일은 마을 사람들에게 점점 드문 일이 되고 말았다.

12

여류시인의 감쪽같은 증발로 인해 가장 큰 아쉬움과 안타까움을 느낀 사람은 이상건씨 아내였다. 자신이 참석하지 못한 마지막 야회에 대해 이웃들에게 아무리 꼬치꼬치 캐물어도, 한결같이 이상한 점은 조금도 없었다는 대답만 돌아왔다. 이웃 여인들이 그렇게 무디고 둔한 데 대해 이상건씨 아내는 경악했다. 그녀는 자기 같이 예민한 신경의 소유자가 마지막 야회에 참석했더라면 분명 여류시인에게서 어떤 기미를 알아냈으리라고 확신하고 있었다. 내 어머니조차도 이상건씨 아내의 이런 독불장군식 믿음 앞에 두 손을 들고 말았다. 어머니는 깍두기를 버무리다가도 고개를 갸웃거리며 혼자 중얼거리곤 했다.

"아니, 그게 말이지, 그날 밤에 그렇게 떠날 여자가 분명히 우리 집에 책을 빌리러 와도 되냐고 물었거든. 그때까지는 그럼 떠날 생각이 없었단 얘긴가? 그건 그렇고, 흥! 나도 모르겠는 걸 자기

가 어떻게 알아낼 수 있었겠다고! 뾰족집 남자 일이나 제대로 알
아낼 것이지."

여류시인에 대한 소문만큼 치열하고 집요한 것은 그녀의 남편
인 요리사의 근황에 대한 관심이었다. 뾰족집에 살고 있는 것은
분명한데, 중요한 건 대관절 어떻게 살고 있느냐 하는 것이었다.

"그래, 뾰족집 남자는 어쩌고 있대요? 그냥 저러고 있으면 어쩐
대요?"

모든 마을 여자들과 마찬가지로 내 어머니도 이상건씨 아내를
만나면 이렇게 묻곤 했지만, 그럴 때마다 이상건씨 아내는 가녀린
목을 신경질적으로 흔들며 한숨을 쉬었다.

"아이, 몰라요, 나도."

이상건씨 아내라고 해서 뾰족집 요리사 사정이 궁금하지 않은
건 아니었다. 그러나 유일하게 그 집을 드나드는 남편이 입을 꾹
다물고 있으니 어쩔 도리가 없었다. 조금이라도 궁금한 기색을 내
비치면 이상건씨는 미간을 찌푸리며 이렇게 말했다.

"도대체 무슨 얘기를 듣고 싶어서 그래요? 사람들이 말야, 왜들
그렇게 야박해요? 그 속이 어떨지 내가 다 아는데 뭘 묻고 자시고
하겠소? 그 양반, 잘 있어요, 잘 있어. 걱정 말라고들 해요."

이상건씨 아내는 왠지 남편에게 타박을 당한, 아니 소박을 당
한 느낌이 들어 서운하기 그지없었지만 뭐라고 대꾸할 말을 찾지
못했다. 그래서 마침내는 새댁에 대한 진실을 폭로할 결심이 들
었다.

"여보, 그 새댁은 글쎄 쇠뿔도 단 김에 빼랬다는 말을 쇠뿔도 당기며 빼랬다고 했다잖아요?"

이상건씨는 처음엔 그게 무슨 뜻인지 몰라 어리둥절해했다. 이상건씨의 아내는 너무 고소하게 이웃의 험담을 한다는 느낌을 주지 않으려고 낮고 담담한 목소리로 '단 김에'와 '당기며'의 차이를 또박또박 발음해주었다. 그제야 알아들은 기색을 보인 이상건씨는, 그러나 새댁의 착오에 대해서 아내가 은근히 기대했던 바와는 전혀 상반된 평가를 내렸다.

"옳거니! 여보, 그런 게 바로 시라는 거요. 허허. 그럼 쇠뿔을 당기며 빼지 밀며 빼겠소?"

13

뾰족집 여류시인은 있을 때도 그랬지만, 사라진 뒤에도 마르지 않는 샘 같은 존재였다. 마르지 않는 샘은, 그 샘물을 달게 마시는 사람들(이를테면 이상건씨 같은 경우)에게는 기적과 은혜의 대상이지만, 그 샘의 물을 다 퍼내고 그 바닥을 드러내라는 명령을 받은 사람들(이를테면 내 어머니 같은 경우)에게는 고역과 원망의 대상이었다. 뾰족집 여인을 대하는 마을 사람들의 태도도 그렇게 둘로 나뉘었다.

남자들이 다 그 샘물을 달게 마신 건 아니듯(이를테면 내 아버지처럼 샘의 그림자만 보고도 줄행랑을 친 축도 있었으니까), 여자들이라고 해서 모두 그 샘의 물을 퍼내겠다고 달려들지도 않았다(애심이 엄마처럼 샘 주변을 하염없이 맴도는 축도 있었으니까). 아마도 여자들 중에서 뾰족집 여류시인을 가장 선망했던 그 가엾은 애심이 엄마는 여류시인에 대해 지나친 억측이 난무할 때면 용기를 내어 이렇게 말하곤 했다.

"까만 옷에 희끗희끗 달라붙은 먼지를 떼내봐요. 그게 어디 희던가요. 워낙 시꺼먼 데 붙어 있다보니 희게 보이는 거죠."

모두들 그래서? 하는 투로 쳐다보면 그녀는 얕은 한숨을 내쉬며 이렇게 말했다.

"튀는 사람이 자기가 튀려고 해서 튀는 게 아니에요. 바탕이 튀게 하는 탓이 큰 거죠."

말이 끝나고 몇 초 후에 한바탕 소동이 벌어졌다.

"아니, 바탕이 뭐 어쨌다는 거예요?"

"우리 바탕이 시커멓다는 얘긴가봐요."

"그러니까 그 새댁이 자기가 튀려고 해서 집을 튀어나간 게 아니라 우리 때문에 집을 튀어나갔다는 건가?"

"살다 살다 별소릴 다 듣겠군요."

뾰족집 여류시인에 대한 반감과 적의로 똘똘 뭉친 마을 여인들이 벌떼처럼 들고 일어나 잉잉대고 공격하면 그 가엾은 애심이 엄마는 결국 굴복하여 그런 뜻이 아니었다고 훌쩍거리며 참회하곤 했다. 돌이켜보면 그런 애심이 엄마의 모습이야말로 마을 여인들 중 누구보다 아름답고 진실해 보였던 것 같다. 외모가 아름답지 못한 사람이라고 해서 그 자체로 추하지는 않았다. 못난 걸로 치자면 애심이 엄마도 내 어머니에 버금가는 수준이었다. 그러나 누가 저 샘의 물을 다 퍼내라고 시켰는지 몰라도 내 어머니를 비롯한 마을 여인들 대부분이 기필코 저 존재의 바닥을 보고 말겠다고 소문의 삽과 곡괭이를 휘두르며 추함의 극치를 드러냈던 데 비해, 애심이 엄마는 낯설고 신비로운 존재의 출현에 잠시나마 설렜던 마음을 쉽게 부정하지 않으려는 은장도처럼 작은 용기를 품고 있었다.

14

저녁 무렵 나는 강아지를 데리고 뾰족집 앞을 지나가다 이상건 씨가 헐레벌떡 뾰족집을 향해 뛰어오는 것을 보았다. 늦더위가 기승을 부리고 있긴 했지만 이상건씨는 내 강아지보다 더 헐떡이고 있었다. 이상건씨는 벨을 누르지 않고 다급히 대문 옆에 달린 작은 쪽문을 두드렸다.

"나요, 나! 이상건이요! 거기 없소?"

그는 문을 두드리던 주먹을 그대로 쥔 채 가만히 서 있다가 다시 문을 두드렸다.

"나요, 나! 이상건이요!"

안에서 아무 반응이 없었지만 이상건씨는 복서처럼 양 주먹을 쥐고 다시 문을 두드렸다. 나는 그렇게 이상건씨가 몇 번이고 문을 두드렸다 멈췄다 하는 것을 지켜보느라 앞으로 튀어나가려는 강아지 목줄을 살짝 당겼다.

"아직도 안 왔나? 올 때가 됐는데."

이상건씨가 내 쪽으로 몸을 돌렸을 때 나는 그를 보지 못한 척 허리를 꼿꼿이 세우고 천천히 걸음을 옮겼다. 목줄이 헐거워진 강아지가 사뿐사뿐 뛰었다. 이상건씨는 나를 보았음이 분명했지만 평소처럼 다정하게 내 이름을 부르거나 말을 걸어오지 않았다. 그것이 내 호기심을 부채질했다. 이상건씨기 뾰족집 쪽문을 마구 두드리는 것, 그리고 나를 보았으면서도 아는 척하지 않은 것, 이것은 그가 뾰족집 요리사와 단둘이 긴요한 얘기를 나누고 싶어한다는 것을 의미했다.

내가 모퉁이를 돌았을 때 길 끝에서 누군가 걸어오고 있는 것이 눈에 띄었다. 처음에 나는 그를 알아보지 못했다. 예전에 늘 쓰고 다니던 갈색 베레모를 쓰고 있지 않아 나이에 비해 빈약한 머리숱이 그대로 드러난 요리사는 삽시간에 늙어버린 것처럼 초라해 보였다. 그를 알아본 순간 나는 얼른 목줄을 당겨 강아지를 세운 후 품에 안았다. 요즘 들어 부쩍 피로에 찌든 듯 보이는 어머니를 기쁘게 해주기 위해서라도 요리사와 이상건씨가 어떤 얘기를 나누는지 알아야 했다. 그리고 내가 매일 거울을 보며 연습하는 미소의 효과도 확인하고 싶었다. 내가 가볍게 뛰어가 인사를 하자 요리사는 주춤했고 좀 놀란 눈치였다. 나는 무언가를 기다리는 눈빛으로 요리사를 올려다보며 살짝 웃었다.

"개를 좋아하니?"

요리사가 물었다.

"네."

"그래, 귀엽구나."

나는 그 말이 강아지에 대한 평인지 나에 대한 평인지 궁금했지만 가만히 미소만 지었다.

"그래, 그래. 그럼."

나는 요리사가 다시 걸음을 떼어놓는 순간을 놓치지 않고 자연스럽게 몸을 돌려 그와 나란히 걷는 자세를 취했다. 그가 뭔가 거부의 몸짓을 취하기도 전에 나는 가느다란 팔을 뻗어 앞을 가리키며 종달새처럼 환희에 찬 목소리로 외쳤다.

"뾰족집 아저씨! 어서 가요. 저기서 사장님 아저씨가 아까부터 기다리고 계세요."

15

마지막 야회 이후 처음 들어가본 뾰족집 마당은 나를 놀라게 했다. 담장 너머에서도 어렴풋이 느낄 수 있었지만, 그 퇴락함은 상상을 넘어섰다. 어쩌면 야회 때의 조명이나 북적거림이 없어서 더

212

황폐해 보였는지도 모른다. 잔디밭은 길게 자란 잡초 더미에 뒤덮였고 들장미 넝쿨은 시든 채 뭉쳐져 담장 아래 시커먼 바위들과 함께 뒤엉켜 있었다.

요리사와 이상건씨는 현관 앞 두번째와 세번째 아치 기둥 사이에 탁자를 놓고 커피를 마셨다. 윗동네 사람들이나 지나가는 사람들의 눈을 피하기 위해 늘 그 자리에 앉아 대화를 나누는 것 같았다. 나는 내 몫의 쿠키 접시를 들고 잔디밭 앞턱에 쪼그리고 앉아 강아지와 놀았다.

"어젯밤에……"

안절부절못하던 이상건씨가 드디어 말을 꺼냈다.

"왜 그냥 그렇게……"

이상건씨가 우물쭈물 더 말할까 말까 망설이는데 요리사가 입을 열었다.

"보셨습니까?"

"아, 볼래서 본 건 아니고 잠이 안 와서 잠깐 마당에 나왔다가."

"네, 그러셨군요."

"그래도 얘기는 들어봐야지 왜 그냥 그렇게……"

"아무 얘기도 듣고 싶지 않았습니다."

"그렇죠, 괘씸하죠. 그래도 내 생각에는……"

"사장님. 저는 그 사람이 언젠가는 떠날 줄 알았습니다."

두 남자는 잠시 동안 묵묵히 커피를 마셨다. 이번에도 역시 참을성 없는 이상건씨가 먼저 말을 꺼냈다.

"꽤 한참 있습디다."

그건 그가 꽤 한참 지켜보았다는 얘기였다.

"네."

"뭐 아주 나빠 보이진 않던데. 아, 그냥 느낌이 말이요. 고생을 많이 하신 것 같진 않더라고."

"네."

"그래도 왔었다는 게 중요하지 않아요?"

"그렇습니까, 사장님?"

"그렇죠. 그래도 한번은 왔지 않습니까? 나는 그게 상당히 중요하다고 봐요."

나는 여류시인이 열리지 않는 뾰족집 대문 앞에서 한참 동안 서성이는 모습을 그려보았다. 아주 나빠 보이지도 않고 고생을 많이 한 것 같지도 않은 그녀…… 내 상상 속에서 그녀는 결코 고개를 숙이고 있지 않았다. 그것은 왠지 남편의 용서를 기다리는 아내의 자세라기보다 달밤의 정취에 흠뻑 취한 여류시인의 포즈에 가깝게 생각되었다. 한참 만에 요리사가 입을 열었다.

"사장님."

"아, 예, 예."

이상건씨가 반갑게 대꾸했다.

"제가 결혼 전에 그 사람에게 한글을 가르쳤습니다."

"아, 그래요?"

이상건씨는 좀 놀란 듯했다.

"그 사람, 배운 건 없는데 똑똑합니다. 머리가 잘 돕니다. 글 떼자마자 바로 시를 쓸 줄 누가 알았겠습니까?"

"아, 그래요?"

이번에는 더 놀란 기색이었다.

"한문도 좀 가르쳤는데 제가 모자라서 많이는 못 가르쳤습니다. 간단한 한자를 읽고 쓰는 정도까지 마쳐주었습니다. 그런데 한자로 한시를 쓰겠다는 겁니다."

"허어, 그 참!"

이상건씨는 이제 놀라기를 포기한 눈치였다.

"머리 하나는 무섭게 팽팽 잘 돌아가는 여잡니다."

"그렇군요."

"사장님."

"아, 예, 예."

"그 사람 다시 안 옵니다."

"어이쿠!"

이상건씨가 커피를 쏟은 모양이었다. 여류시인이 다시 안 온다는 요리사의 말은 이상건씨에게도 다시 오지 말라는 뜻처럼 들렸다.

"그걸 어떻게 알아요?"

이상건씨가 억울한 일이라도 당한 말투로 물었다.

"전 압니다."

"뭐 그럴 수도 있겠지만 그래도 내 생각에는……"

"그 사람이 이사장님을 좋아했습니다."

이 말이 이상건씨의 넋을 완전히 빼놓았다.

"아이고! 나같이 시커멓고 삐쩍 마른 사람이 뭐가 좋다고."

말해놓고 보니 이상건씨 스스로도 이상한 모양이었다. 허여멀 겋고 풍채가 그럴싸했다면 여류시인이 좋아해도 괜찮았다는 말인지 뭔지. 어색해진 이상건씨가 공연히 헛기침을 하고 수선을 떠는 소리가 들렸다. 이후 오랫동안 두 남자는 말없이 앉아 있었다. 나는 왠지 모르지만 이 얘기를 어머니에게 하지 말아야겠다고 결심했다.

강아지는 내 품에서 잠들었다. 이미 어둠이 내려 더는 아무것도 보이지 않고 아무 소리도 들리지 않았다. 잠든 강아지의 배가 호흡에 따라 규칙적으로 달싹이는 것이 느껴졌다. 유행가 같은 시, 코끝을 맴도는 향수, 관자놀이를 울리는 웃음소리, 가슴께가 터질 듯 옥죄는 실내용 드레스, 풍성하게 늘어진 들장미 송이와 끝없이 휘돌며 도망치는 넝쿨 가지 들…… 그때 나는 캄캄한 어둠과 혼란스런 상념 속에서 어떤 아름답고 매혹적인 운명의 모서리가 뾰족하게 솟구치는 것을 보았는데, 그것이 가시면류관처럼 쓰라린 내 미래이기도 하리라는 것은 미처 알지 못했다.

그대 안의 불우

행복과 불행의 예감 사이가 이토록 가깝다는 것,

그 사실에 그녀는 거의 질식할 듯한 호흡곤란을 느꼈다.

녀석은 너무 고독하고 위험해 보였다.

녀석은 혈육처럼 안쓰러웠다.

어떤 처참한 상황이 닥쳐도

녀석과는 가족을 이룰 수 있을 것 같았다.

1

　1세트는 핑커가 가져갔다. 초반의 깜짝 기습으로 사 분 십 초 만에 경기를 따냈다. 경기가 진행되는 행사장 내부는 어수선한 흥분에 휩싸였다. 이미 핑커와 상대 선수가 휴식을 위해 잠깐 자리를 뜬 후였지만 돌연한 결과가 가져온 흥분은 쉽게 가라앉지 않았다. 아나운서가 목소리를 높여 외쳤다.

　"아, 이게 웬일입니까?"

　아나운서 왼쪽에 앉은 조 해설위원의 목소리도 그에 못지않게 높았다.

　"그러게 말입니다. 초반 기습이 완벽했지 않습니까? 이를테면 도둑이 들이닥칠 줄 알고 딱 막고 준비를 하고 있었는데 태연하게 척 들이닥쳐서 귀중품을 싹 털어간 형국이 아닙니까? 이럴 수도 있습니까? 이럴 수도 있군요. 역시 핑커 선수의 순간적인 컨트롤, 대단합니다."

딱, 척, 싹, 이란 말을 리드미컬하게 힘주어 말하는 품이 미리 준비해온 멘트 같았다.

"그렇죠, 대단하다 않을 수가 없네요. 김위원은 어떻게 보셨습니까?"

아나운서가 고개를 돌려 그에게 동의를 구하는 바람에 그는 엉겁결에, 네 그렇죠, 놀랍습니다, 라고 대답했다. 아나운서나 조위원 못지않게 그도 놀란 건 사실이었다. 하지만 그걸 말로 어떻게 표현해야 좋을지 몰랐다. 그는 게임의 흐름은 족집게처럼 잘 짚어냈지만 게임 전후의 멘트에는 영 자신이 없었다. 그래서 프로게이머에서 은퇴한 후 한 번도 정식 리그경기에 캐스팅되지 못하고 행사경기에만 동원되고 있는 것이다.

"네, 그러면 잠시 흥분을 가라앉히고 전하는 말씀 듣고 두번째 경기를 계속해서 중계해드리겠습니다. 잠시만 기다려주십시오!"

아나운서의 멘트와 함께 카메라에 광고중임을 알리는 라이트가 켜졌다. 아나운서와 조위원이 담배를 피우기 위해 자리에서 일어났다. 그는 여전히 자리에 앉아 있었다. 꼼짝도 할 수 없었다. 부스 문이 닫히는 사이로 조위원이, 야, 저 녀석 다음 세트도 내주면 쪽팔려서 어떻게 선수생활 하냐, 라고 하는 말이 들려왔다. 저 녀석이라면 핑커의 상대 선수를 말하는 것이다. 대단한 선수에게 일격을 당한 상대가 왜 쪽팔려야 하는지 아무도 궁금해하지 않을 것이다.

그는 부스 유리를 통해 조금 전에 핑커가 앉아 있었던 빈 의자의 위쪽 허공을 바라보았다. 마치 그곳, 핑커의 얼굴이 있던 자리에 핑커를 이기게 해준 요정이라도 날고 있는 것 같은 느낌이었다. 어쨌든 핑커가 첫 세트를 따낸 건 기적에 가까웠다. 가끔 핑커는 기적을 일으켰다. 지금 핑커는 핸드폰 알람을 맞춰놓은 채 어딘가에서 담배를 피우고 있으리라. 그것도 제대로 피우지도 못하는 뻐끔 담배를. 그리고 그는 그녀의 승리를 위해 이곳 부스를 떠나지 못하고 있는 것이다. 그것도 제대로 지켜주지도 못하는 뻐끔 요정처럼.

처음 입문하는 사람들 눈에는 매우 복잡해 보이지만 가만히 들여다보면 게임의 세계는 의외로 간단명료했다. 그의 눈에 그것은 한 인간이나 사회의 구조와 비슷해 보였다. 태초에 정자와 난자가 있어 생명이 시작되듯이 태초에 일꾼이 있어 게임은 시작되었다. 유닛들을 보듬어줄 자궁은 게임의 맵이었고, 맵 곳곳에는 그들을 성장하게 해줄 영양소인 자원이 풍부하게 펼쳐져 있었다. 자원을 먹으면서 게임의 세계는 맹렬한 세포분열을 하는 수정란처럼 급격한 성장을 하게 된다. 그리하여 바야흐로 한 인간을 넘어 사회의 구조를 갖추게 된다.

일꾼 유닛들이 자원을 캐내면 그 자원으로 다른 유닛들을 생산할 수 있는 건물을 지을 수 있다. 일꾼 유닛이 농부나 광부처럼 일차산업에 종사하는 자들이라면, 다른 유닛들은 좀더 고차원적인 산업에 종사하는 고급 유닛이라 할 수 있다. 각각의 유닛들은 고유한 능력과 한계를 동시에 갖고 있는데, 그 능력이란 것이 사랑하고 번식하고 생산하는 능력이 아니라 오로지 전투능력이라는 점이 일반 사회와 다른 점이었다. 그러니까 단적으로 말해 게임의 세계는 전쟁이 임박한 전시체제의 사회였고, 결국엔 반드시 전쟁이 발발하고야 마는 사회였다. 그러나 사실 실제 사회도 전투중인 건 마찬가지가 아닌가. 그가 경험한 가정과 학교 역시 끊임없이 크고 작은 전투의 소용돌이에 휘말려 있는 사회였다.

처음에는 어머니와 아버지, 다음에는 어머니와 그 사이에 벌어진, 그것은 비린내 나는 전쟁이었다.

어릴 때부터 그는 비린내를 맡으면 아련한 슬픔을 느꼈다. 생선이나 해물을 사온 날이면 아버지는 타일이 깔린 부엌 구석에 쭈그리고 앉아 칼부터 갈았다. 나무 손잡이에 금이 쩍 간 오래된 칼이었다. 생선 비늘을 긁거나 해물을 토막칠 때 가능한 한 튀지 않도록 아버지는 칼의 날을 잘 세워야 했다. 그래도 사태는 별로 달라지지 않았다.

아, 당신 또!

아버지가 해산물을 만지는 날이면 어머니는 언제나 남편을 몰아세울 구실을 찾아냈다. 비린내 나는 손으로 수도꼭지를 만졌다고, 부엌 타일에 생선 비린내가 남아 있다고, 발라 먹은 생선 가시를 신문지에 잘 싸서 버리지 않았다고, 아직도 온몸에서 생선내가 난다고, 입과 손과 심지어 성기에서까지.

어머니는 예쁜 편은 아니었다. 그러나 어머니의 얌전한 얼굴과 평범한 체형은 아버지의 못생긴 얼굴과 작은 키로 인해 반사이익을 누렸다. 어머니는 생선을 먹은 아버지를 결코 안방에 들이지 않았다. 거실 바닥에 누운 아버지는 짧았다. 짧고 추한 자의 슬픔은 아버지의 삶뿐만 아니라 죽음에도 적용되었다. 그의 키가 아버지의 키를 따라잡을 즈음에 아버지는 사고를 당했다. 다친 데 없이 자는 듯했던 아버지는 내출혈로 두 시간 만에 죽었다. 어머니는 아버지의 시신을 보기를 거부했다. 혹시 피비린내를 풍겨 어머니 비위라도 상하게 할세라 아버지는 피 한 방울 흘리지 않고 죽었지만 아무 소용이 없었다. 아버지는 취미생활이라는 것이 없는 남자였다. 어떤 잡기에도 손을 대지 않았다. 오직 가족밖에 모르던 아버지를 어머니는 조금도 사랑하지 않았다. 그건 어머니가 어머니밖에 모르는 사람이기 때문이었다.

아버지의 죽음과 더불어 어머니는 비린내에서 해방되었다. 그도 어머니도 생선을 전혀 먹지 않았다. 그런데도 어머니가 아, 하고 칼에 손이라도 벤 듯 짧게 외치면 그의 코끝에는 아련한 비린내가 감돌고 가슴에는 무한한 슬픔이 밀려왔다.

아, 어머니 또!

그는 어머니가 아버지로부터 해방되지 않도록 스스로 아버지가 되고자 했다. 어느 날 기적처럼 그는 성장을 멈추었다. 노상 싸우는 것에 대한 열망으로 가득 찬 사내아이들 틈바구니에서 작고 약한 그는 현실의 싸움을 포기하고 게임의 전투에 몰입했다. 그는 게임을 통해서 어머니와 싸웠고, 자신을 괴롭히는 학교 내 일진들과 전쟁을 벌였다.

피시방 주인에게서 프로게이머 준라이센스를 획득할 수 있는 대회에 참가할 것을 권유받았을 때 그는 함께 나갈 선수의 아이디가 핑커라고 들었다. 대회 며칠 전에야 그는 그 아이디의 주인이 여자애라는 것을 알았다. 그는 예선에 나갈지 말지 망설였다. 계집애를 추천할 수준의 피시방이라면 뻔했다. 피시방 주인이 일단 핑커의 실력을 한번 보고 얘기하자고 했지만 그는 핑커의 게임을 보지 않았다. 그저 시험 삼아 한번 붙어보기로 했다.

그는 테란, 저그, 프로토스, 세 종족에 모두 능했지만 핑커는 오직 저그 한 종족만을 다루는 유저였다. 핑커와 처음 맞붙었던 연습게임을 그는 아직도 잊지 못한다. 그는 테란을 선택했다. 그가 테란으로 저그를 물리치지 못한 적은 한 번도 없었다. 핑커의 초반 기습은 생각보다 빠르고 강력했다. 사 분도 채 안 되어 그는 gg(good game)를 쳤다. gg, 그 작게 늘어진 문자의 모양을 물끄러미 바라보면서 그는 자위를 한 직후처럼 허무하고 짜릿한 수치감을 맛보았다. 1세트를 내준 핑커의 상대도 지금 그럴 터였다. 여자 게이머란 원래 열외의 상대이고 마스코트에 불과하니까. 출전하는 본진의 전후에 배치된 화려한 군악대에 불과하니까. 아무리 무시무시한 나팔 소리라 한들 적의 진군 나팔 소리를 듣고 기절하는 장군이 어디 있는가. 조위원의 말대로 쪽팔리는 일이 아닐 수 없었다.

2

2세트에서 그녀는 졌다. 그것은 이를테면 운명과 같았다. 상대 선수에 비해 그녀의 컨트롤은 섬세하지만 속도가 떨어졌고, 운영은 골똘했지만 멀티적이지 못했다. 그녀만이 아니었다. 역대 모든 여자 프로게이머들이 그랬다. 그들에게 초반 노림수의 유혹은 거의 절대적이라 할 수 있었다. 그러나 초반 올인 공격이 실패하면 운영과 컨트롤로는 절대 따라잡을 수 없는 것 또한 이 게임의 운명이었다. 그러니 그녀의 패배 또한 운명이었다. 그녀의 아버지와 엄마의 운명이 그랬듯이.

시간이 삼 분 정도밖에 남아 있지 않았지만 그녀는 새 담배에 불을 붙였다. 시작부터 어긋난 운명이었다. 아버지는 홍이 많은 총각이었고 엄마는 자존심이 강한 처녀였다. 둘이 결혼하여 그녀를 낳았다. 그녀가 태어난 지 얼마 되지 않아 아버지는 홍을 못 이겨 바람이 났고 엄마는 자존심을 지키기 위해 독해졌다. 아버지가 집을 나가면서 엄마는 일을 나가게 되었다.

엄마는 그녀를 방 안에 가두고 문을 잠근 뒤 일을 나갔다. 엄마! 엄마! 그녀가 안에서 징징대며 문을 두드려도 엄마는 아무 대꾸도 하지 않고 사라졌다. 엄마는 저녁에 돌아와 문을 따고 지친 얼굴로 밥을 지었다. 밥이 적다고 그녀가 투정하면 엄마는 밥공기를 도로 가져가 수북하게 퍼왔다. 밥공기 안에 작은 밥공기를 엎고 그 위에 밥을 살살 퍼 얹은 것이라 밥의 양은 똑같았다. 엄마는 말수가 적었다. 그녀도 언젠가부터 말이 적어졌다. 말을 해봤자 달라지는 것은 없었다. 아마 흥이 많은 아버지가 어디선가 그들 모녀가 해야 할 말까지 신나게 대신 해주고 있을 터였다.

고독한 환경이 그녀의 재능을 키웠다. 홀로 방구석에서 게임을 하며 자란 그녀는 고등학교를 졸업하고 대학에 가서도 게임을 끊지 못했다. 그런 그녀에게 엄마는, 내가 너를 잘못 키웠다, 라고 말했다. 엄마는 몸이 약했다. 조금만 무리해도 깔딱 숨이 넘어가게 허약한 엄마 밑에서, 그 엄마가 벌어온 돈으로 먹고 자란 그녀는 자신이 정말 잘못 키워졌는지도 모른다고 생각했다. 그러나 설사 잘못 키워졌다고 해서 키운 사람 입에서 잘못 키웠다는 말을 자주 듣는 건 참기 어려웠다. 이상하게도 그 말 속에는 잘못 키운 주체보다 잘못 키워진 대상의 잘못이 더 크다는 식의 의미가 뚜렷하게 각인되어 있었다. 잘못 키워져 충분히 근수가 나가지 않는 돼지새끼가 양돈업자 앞에서 죄의식에 벌벌 떠는 것과 같은 어처구니없는 의미가.

결국 그녀는 피시방 주인의 권유로 대회에 출전했다. 한참 늦은 스물둘에 첫 출전이었다. 함께 나간 고등학생 녀석은 1위로 입상해 준라이센스를 획득했지만 그녀는 안타깝게 4위로 밀려나 다음 기회를 기다려야 했다. 대회 직후 피시방 입구에서 만난 고등학생 녀석이 쭈뼛거리며 제 딴에는 위로의 말이랍시고 아깝다는 둥 잘 했다는 둥 헛소리를 늘어놓았다.

하나 마나 한 소리는 왜 하니?

생각해보니 엄마가 그녀에게 가끔 하던 말이었다. 그녀는 돌아서려다 말고 부드럽게 물었다.

그리고 너, 왜 누나한테 반말하니?

녀석은 말없이 눈만 껌벅였다.

너 참 애들 잘 돌보더라.

녀석이 그제야 씩 웃었다. 그녀가 반했다는 것을 녀석도 느낀 모양이었다. 다만 녀석에게 반한 게 아니라 녀석의 유닛 컨트롤에 반한 것뿐이었지만. 그녀의 엄마가 아버지에게 반한 게 아니라 결혼에 반했던 것처럼.

녀석의 유닛 컨트롤은 신기에 가까웠다. 같은 수의 유닛으로 싸우면 백전백승이었고 불리했던 경기도 놀라운 운영으로 뒤집었다. 팬들은 열광했고 녀석의 이름 앞에는 천재니 본좌니 투신이니 하는 최상급 찬사들이 나붙었다. 어떤 선수는 일꾼 유닛을 잘 다루었고 어떤 선수는 전투 유닛을, 어떤 선수는 마법 유닛을 잘 다루었지만 녀석은 모든 유닛을 능수능란하게 조종했다.

녀석은 자기에게 소중하지 않은 유닛은 하나도 없다고 했다. 그 유닛들은 아버지가 죽은 이후부터 자기 곁에 머물며 함께 살아온 친구들이라고 했다. 승리를 위해서는 어쩔 수 없이 그들을 사지로 내몰아야 했지만, 그들이 하나씩 파괴될 때마다 녀석은 마음이 아파 어쩔 줄 몰랐다. 녀석은 결코 자기 어머니를 용서할 수 없다고 했고 어머니와 한가족이 되고 싶지도 않다고 했다. 그래서 고등학교를 졸업하자마자 숙소로 들어갔다. 프로게이머들이 모여 밤낮 게임을 하는 곳, 그녀는 결코 넘볼 수 없는 그곳으로.

녀석이 최연소 타이틀을 획득하던 날 게임잡지 기자들이 녀석에게 꼬치꼬치 승리의 비책을 캐물었다. 녀석은 당황하여 제대로 대답하지 못했지만 사실 그 비책이란 아주 간단했다. 연습량도 순발력도 아니었다. 모든 유닛들이 어디서 무엇을 하는지를 알고 그들에게 살 길을 마련해주는 것, 모든 부모들이 자식에게 해주어야 할 바로 그것을 해주는 것, 그뿐이었다. 그녀는 애초에 그걸 꿰뚫어보았고 그 스타일에 매료되었다.

언젠가 어느 해설자가 녀석의 경기를 중계하면서 이렇게 말한 적이 있었다.

저 선수의 유닛들은 하나하나 살아 있는 것 같지 않습니까?

그 말을 듣고 그녀는 조용히 분노했다.

살아 있는 것 같다니! 쟤들은 살아 있어!

3

결국 핑커는 졌다. 2세트에 이어 3세트도 연달아 내주었다. 게임이 끝나자 아나운서가 말했다.

"아, 너무 아쉽습니다."

그러나 그건 순전히 형식적인 멘트에 불과했다. 조위원 또한 네, 아쉽네요, 라고 맞장구를 쳤지만 그 말 속에는 어차피 핑커가 질 줄 알았다는 기색이 역력했다. 32개 조로 편성된 그 많은 예선 경기 중에 어차피 질 줄 알았던 핑커의 경기 세 세트가 모두 전파를 됐다. 예외적인 일이었지만 예견된 일이기도 했다. 핑커는 역대 세번째 여성 프로게이머였고 현역으로 활동하는 유일한 여성 프로게이머였다. 게다가 핑커!

그녀는 여전히 화려하고 예뻤다. 경기가 끝난 후 그녀는 몇 초 동안 입술을 꾹 다문 채 모니터를 빤히 응시하고 있었다. 그 몇 초 동안 카메라도 그녀의 얼굴에 고정되었다. 그녀가 무슨 생각을 하고 있는지 그는 궁금했다. 그녀가 짤막한 한숨을 내쉬는 것과 동시에 카메라가 부스 쪽으로 돌았다.

"사실 핑커 선수가 지금까지 계속 활동을 하고 있다는 것만 해도 대단하지 않습니까?"

아나운서가 고개를 돌리고 그를 향해 물었다. 그가 네, 그렇죠, 라고 간단히 대꾸하자 아나운서는 다시 왼쪽으로 고개를 돌렸다.

"경기 어떻게 보셨습니까, 조위원?"

"역시 운영과 컨트롤에서 어쩔 수 없었나봅니다. 두번째 세트부터 초반 승부수가 완벽하게 막히면서 이미 게임은 끝난 거나 다름없었죠."

그건 그랬다. 모든 선수들이 핑커의 전략을 알고 있었다. 핑커보다 열 살이나 어린 남자애들조차 대진에서 핑커가 걸리길 바랐고 초반만 잘 막으면 거저먹는 게임이라고 공공연히 얘기하곤 했다. 여러 해설자들이 핑커에게 새로운 전략을 주문했지만 아무도 그 주문이 실현될 수 있으리라고는 생각하지 않았다.

"이-스포츠(e-sports)를 사랑해주시는 팬 여러분, 저희는 지금 이곳 지팍 스타디움에서 이-스포츠 부흥을 위해 개최된 베스트 파이터 인비테이셔널 경기를 중계해드리고 있습니다. 지금 시간은……"

아나운서의 멘트가 나가는 동안 그는 부스 유리를 통해 그녀가 키보드와 마우스를 챙기는 모습을 지켜보았다. 핑커는 키보드를 옆구리에 끼고 자리에서 일어났다. 그녀의 동작은 언제 봐도 딱 소리가 날 만큼 절도가 있었다. 바람이 나서 집을 나갔다는 그녀의 아버지는 혹시 직업 군인이었던가. 고개를 홱 돌릴 때 염색하여 묶은 그녀의 머리 꼬랑지가 생선 꼬리처럼 파드득 솟구쳤다. 오랜만에 짙고 그리운 비린내가 몰려와 그의 코끝에 맴돌았다.

한때 최고의 게이머로 이름을 날리던 무렵 그는 스스로 자신의 운명을 지배할 수 있다고 생각했다. 어느 날 기적처럼 성장이 멈추었듯이, 재난처럼 게임 실력이 멈추었다. 새로운 시즌을 3연패로 시작하면서 그는 더이상 자신이 승리할 수 없다는 사실을 직감했다. 게임의 흐름은 적절한 유닛 관리보다 효율적인 유닛 소비가 중요해지는 쪽으로 바뀌고 있었다. 새로운 맵들은 엄청난 자원을 제공했고 선수들은 유닛을 생산하는 즉시 전투에 투입해 빠르게 소진시켰다. 그리고 축적된 자원을 바탕으로 한층 업그레이드된 유닛을 생산해 다시 전투에 투입했다. 생산과 소비는 하나였다. 낱낱의 유닛을 아끼고 사랑하고 관리하는 마음 따위는 필요 없게 된 속도전과 물량전 앞에서 그는 물러날 수밖에 없었다.

아버지가 죽은 이후로 게임은 그의 삶의 전부였다. 게임의 세계는 무엇보다 밤의 세계였다. 부엉이와 늑대와 달빛의 세계였고, 탈진과 새벽 속쓰림의 세계였다. 꿈에서마저 벗어날 수 없는 굉음과 폭발음의 세계였고 봄 꽃봉오리의 시절을 건너뛴 창백하고 그늘진 청춘의 세계였다. 그는 그 세계 속에서 급격히 시들고 조로했다. 그리고 고작 스물둘의 나이에 은퇴한 선수가 되어 입대를 기다리며 지방에서 개최된 행사의 해설자로 동원되어 있는 것이다.

그는 자리에서 벌떡 일어났다. 아나운서와 조위원이 놀란 표정을 지었다. 행사장 벽에는 '지배할 것인가, 지배당할 것인가'라는 문구가 적힌 플래카드가 걸려 있었다. 아직 중계가 끝나지 않았지만 그는 부스 문을 열고 나갔다. 밖의 소음이 크게 들려왔다. 핑커는 행사장 옆쪽 통로를 지나고 있었다. 관중석에서 그녀를 향해 날리는, 야유인지 환호인지 모를 함성과 휘파람 소리가 들려왔다.

그녀의 걸음이 빨라졌다.

그는 출입구를 통과해 계단 쪽으로 뛰어갔다. 핑커의 묶은 머리가 계단을 내려갈 때마다 찰랑거리는 게 보였다. 그는 잠시 망설였다. 오래전 아버지도 자신을 그다지 사랑하지 않는 것 같은 여자에게 청혼하기 전에 잠시 망설였을까. 핑커의 뒷모습이 계단 모퉁이를 꺾으며 사라졌다. 그는 스스로에게 물었다. 지배할 것인가, 지배당할 것인가. 시뮬게임이 아니라 실제 삶도 마찬가지였다. 둘 중 하나였다. 중간은 없었다. 그는 계단을 뛰어내려갔다. 모퉁이를 돌았다. 키보드를 옆구리에 끼고 한 계단 한 계단 절도 있게 내려가는 핑커의 뒷모습이 보였다. 그 순간 태아의 첫울음처럼 그의 입에서 막혔던 외침이 튀어나왔다.

"누나! 누나!"

4

조금 이상해지고 있다고 그녀는 생각했다. 조금, 이라서 다행인 건 아니었다. 차라리 확 돌아버린다면 좋을 것이다. 그러나 자신이 그렇게 담백한 정신구조를 갖고 있지 않다는 걸 그녀는 알고 있었다. 단지 조금 이상해질 뿐인 것이다. 그렇다면 조금, 어떻게 이상해진다는 걸까. 그녀는 자신의 머릿속이 궁금했다. 자기에게 붙어 있지만 자기에게 가장 낯선 기관인 머리.

수술을 받고 집에 돌아오는 길에 그녀는 엄마의 전화를 받았다. 전화를 끊고 그녀의 머릿속에 제일 먼저 떠오른 생각은 집에 불이 났으면 좋겠다는 것이었다. 내일 오후 두시에 엄마는 그들의 집을 방문하겠다고 했다. 어떻게든 일을 처리해야 했다. 집이 불길에 휩싸여 활활 타는 장면이 떠올랐다. 뱃속이 뜨거워졌다. 불이 난다면 모든 일은 깨끗하게 처리될 것이고 그녀의 머릿속이 이상해지는 일도 없을 것이다. 그것은 샤워 물줄기처럼 시원한 해결이었다. 그러나 불이 나지 않는다면.

현관에 들어서서 거실만 둘러보고도 엄마는 모든 걸 알아챌 것이다. 하물며 너러운 변기와 부엌 개수대, 냄새를 풍기는 침대 시트와 빨래 더미를 본다면 어쩔 것인가. 내가 너를 잘못 키웠다. 엄마는 한숨을 쉬며 고무장갑을 끼고 청소기와 걸레를 찾을 것이다. 그 말 속엔 세 살이나 어린데다 삼 센티미터나 작은 녀석과 결혼한 그녀에 대한 비난도 들어 있을 것이다.

그녀는 아랫입술을 잘근잘근 깨물었다. 어쨌든 피곤한 사태가 벌어진 것이다. 엄마가 오신다는 말을 그 녀석에게 해야 한다니. 그녀가 먼저 그 녀석에게 말을 걸어야 한다니.

녀석이 더이상 자신을 사랑하지 않게 되었다고, 처음에 그녀는 그렇게 생각했다. 누구나 그럴 것이다. 열렬하게 사랑해서 결혼한 건 아니었지만 그래도 그녀의 가슴속엔 작은 미네랄 한 조각만큼의 애착은 존재했다. 녀석은 그녀를 열렬하게 사랑해서 구애한 게 아니었던가. 설마 나를 사랑한다면 이렇게는 안 하겠지, 라고 그녀가 생각하면 녀석은 바로 그렇게 했다. 그래도 이렇게까지야, 라고 그녀가 생각하는 순간 녀석은 쉬운 장애물을 넘듯 단숨에 또 그렇게 해버렸다.

다음 단계에서 그녀는 녀석이 자신을 사랑한 적이 없다는 결론을 내렸다. 이런 절망적인 결론에 익숙해지는 데는 어느 정도의 시간이 필요했다. 그러나 어디에건 붙들 희망은 있었다. 아직 신혼이라면 신혼이랄 수 있는 기간이었으므로 그녀는 그 희망에 매달렸다. 그 희망이란 것은, 녀석이 사랑을 모른다는 생각이었다. 모르니까 아무도 사랑할 수 없는 것이다.

지금 돌이켜보건대 그녀는 자신이 한참 잘못된 생각을 했다는 걸 인정할 수밖에 없었다. 그러니까 녀석에게 사랑을 가르치기만 하면 된다고 생각했던 것이다. 몰라서 그렇지 알기만 한다면 녀석도 사랑하고 사랑받는 삶을 살고 싶어하겠지. 아이의 사진을 찍기 위해 딸랑이를 흔들고 플래시를 터뜨리듯 그녀는 녀석의 시선이 사랑 쪽으로 돌려지도록 자극했다. 녀석에게 치사하게 선물을 요구했고 비굴하게 사랑의 표현을 기대했다.

등신!

그녀는 쓰게 웃었다. 녀석은 무엇인가를 그녀에게 주긴 했다. 바보가 누군가에게 무엇을 주려고 할 때면 종종 일이 그렇게 된다. 꽃밭에 뜨거운 물을 주는 것과 같이 잔인하게. 녀석의 천진난만한 표정 앞에서 그녀는 두려움과 혐오를 느꼈다. 자기 악을 아는 것만도 대단한 성숙에 속한다. 그들은 구원될 가능성이 있다. 그러나 바보는 그 바보스러움 때문에, 그 무지 때문에 구원될 수 없었다. 녀석은 사랑에 있어서 바보였다.

등신과 바보. 둘 중 누가 더 불행한가. 그녀는 혼란스러웠다. 세상의 모든 여자들은 등신이고 모든 남자들은 바보라는 관념이 점차 육중한 건물처럼 그녀의 머릿속에 자리를 잡아갔다. 가끔 바보를 속여먹는 불세출의 등신도 있다지만 단연코 불행한 쪽은 등신일 수밖에 없었다. 바보는 불행조차도 모르니까.

녀석이 제멋대로 상상하는 바와는 전혀 딴판으로, 녀석의 아버지와 어머니도 그랬을 거라고, 녀석의 아버지는 바보였고 녀석의 어머니는 등신이었을 거라고 그녀는 밥을 씹듯 생각하고 또 생각했다. 시어머니와 녀석의 관계는 거의 의절 상태였다. 녀석은 산 어머니에 대한 원망과 죽은 아버지에 대한 연민을 두 개 리그에서 받은 단단한 우승컵처럼 품고 살았다. 녀석의 아버지는 본 적이 없었지만 그녀가 보기에 시어머니는 잘 웃고 솔직한 여자였다. 곰곰이 생각해보면 아내가 그토록 싫어하는 생선을 굳이 만들어 먹는 남편이 아내를 끔찍하게 사랑했다는 것이 진실일 수 있을까. 녀석이 싫어하는 생선을 굳이 만들어 먹음으로써 녀석에 대한 증오를 비린내처럼 풀풀 풍기는 그녀와 달리.

하여간 그녀 자신을 포함해 그녀의 엄마와 녀석의 어머니, 이 세 등신들의 공통된 죄라면 결혼이라는 끔찍한 반목의 형식 속에서 자기만은 조화로운 사랑을 이룰 수 있으리라는 오만한 꿈을 꾼

데 있었다.

음식에 대해서, 때리는 손끝에 대해서, 사는 일의 야멸참에 대해서 흔히들 맵다고 말한다. 누군가는 배신한 애인의 뒷모습에서, 누군가는 철새처럼 제 길 찾아 떠난 뒤 영영 찾아오지 않는 자식들에 대해서, 누군가는 자신의 불충실을 견디고 인내해온 배우자가 임종에 임박해 보이는 눈물 없음에 대해서 맵디맵게 느낄 것이다.

그녀의 경우 녀석의 뒤통수가 맵다고 느꼈다. 천천히 갸웃거리다 불현듯, 재빠르게 키보드를 두드리고 마우스를 움직일 때 모니터를 배경으로 전동탈수기처럼 달달 떨리는 녀석의 밋밋한 뒤통수를 그녀는 줄담배를 피우며 바라보곤 했다.

매운 것은 미각이 아니라 통각이었다. 녀석의 뒤통수는 그녀에게 매운 맛이 아니라 매운 고통을 주었다. 그 고통은 전염성이 강하고 여러 겹으로 주름진 고통이었다. 그것은 일종의 예감이며 증상이기도 했다. 이를테면 맞을 때 고통을 느끼지만 맞을까봐 고통을 느끼기도 한다. 맞을 일이 없거나 전혀 맞고 있지 않은데도 극심한 고통을 겪는다. 고통은 시공과 차원을 초월한다. 그녀는 녀석의 뒤통수를 보는 것만으로, 그 뒤통수가 그곳에 존재한다는 사실만으로 충분히 고통스러웠다. 아니, 설사 그곳에 녀석의 뒤통수가 존재하지 않더라도, 존재한 적이 있었다는 기억만으로도 오래도록 고통스러울 것 같았다.

마침내 그녀는 담배를 끄고 그의 뒤통수를 향해 어렵게 입을 열었다.

"내일 엄마가 오신대."

"그래?"

두 달 만에 나누는 대화였다. 그에게 그녀의 엄마는 좋은 사람이었다. 그는 자기 어머니와 그녀의 엄마를 비교한 후 그녀의 엄마가 조용하고 헌신적이고 여성스럽다는 결론을 내렸다. 그래서인지 무턱대고 장모가 제 편이라고 생각하고 있었다. 그녀는 천천히 그의 뒤통수를 향해 다가갔다. 장모가 사위에 대해 어떻게 생각하고 있는지를 알려주면 재미있을 것 같았다. 뜻밖에도 그가 뚫어져라 쳐다보고 있는 모니터에는 그녀가 이제껏 본 적 없는 새로운 맵이 떠 있었다. 그녀는 잠시 할 말을 잊고 모니터를 들여다보았다.

"그게 다야?"

그가 피아노 건반 두드리듯 능숙하게 단축키를 두드리며 물었다. 키보드 옆에는 그녀가 처음 보는 새로운 휴대폰이 빛나고 있었다.

"그게 다지."

그녀는 더러운 빨래를 집듯 그의 새 휴대폰을 집어들었다.

"내버려둬."

"뭘?"

"내 물건 말야."

그는 말을 하면서도 양손으로 번개같이 신맵의 미네랄과 가스의 양을 측정하고 있었다. 오래전 넋을 잃고 그의 섬세하고 재빠른 손길을 바라보았던 기억이 났다. 부모가 자식을 돌보듯 유닛들을 관리하던 그였다. 모든 유닛을 살아 움직이게 만들고 유닛이 파괴될 때마다 가슴에 먹먹한 통증을 느낀다던 그였다. 그리고 지금은 제 첫아이가 흔적 없이 사라진 줄도 모르는 그였다.

"내버려……"

그녀는 손가락 사이를 벌려 휴대폰을 바닥에 떨어뜨렸다.

"……뭐?"

그녀는 발을 들어 휴대폰을 콱 밟았다. 연결 부위가 파삭 부서지는 소리가 났다. 키보드를 두드리던 그의 왼손이 동작을 멈추었다.

"나도 똑같은 짓을 할 수 있다는 걸 잊지 마."

말을 조금이라도 길게 할 때면 그의 말투는 중학교 때부터 게임 외엔 아무것도 하지 않고 자란 아이답게 어눌했다. 그런 주제에 해설 따위를 하려니 고충이 이만저만이 아닐 터였다.

"난 너처럼 툭하면 휴대폰을 사들이진 않아."

그가 천천히 의자를 돌려 그녀 쪽을 향했다. 그녀는 턱을 한껏 내민 채 그를 내려다보았다. 그는 양손을 들어 올려 허공에서 주먹을 쥐었다.

"휴대폰이 아니라……"

그는 꽉 쥔 주먹을 천천히 비틀며 말했다.

"누나 팔다리가 내 휴대폰처럼 될 수도 있다고."

238

그녀의 치켜올라간 턱이 바르르 떨렸다. 제법 말솜씨가 늘었다. 엄마가 옳았다. 그녀는 잘못 키워졌다. 방에 갇힌 그녀의 징징거리는 소리를 모른 척하고 돌아섰던 엄마처럼, 그때 그 순간, 행사장 출입구 계단에서 그녀는 맵디맵게 돌아섰어야 했다. 알고 보니 녀석의 컨트롤은 살뜰한 돌봄이 아니라 철저한 지배였고 녀석의 수 싸움은 늘 상대보다 한 수 앞섰다.

그녀는 턱을 내리고 침착하게 말했다.

"그래봤자 기껏 개백정 같은 살인자가 될 뿐이야."

그가 멍한 눈으로 대꾸했다.

"오케이! 미친 암캐 한 마리만 배려잡을 수 있다면, 오케이!"

오케이, 라고 말할 때 그는 자폐아처럼 고개를 까딱거렸다.

"과연 한 마리만일까?"

"오케이! 두 마리도 좋고."

"두 마리야. 기억해."

"오케이! 두 마리! 오케이! 세 마리!"

그는 저글링 수를 세듯 흥얼거리며 고개를 흔들었다.

이것으로 모든 대화가 끝났다. 돌이켜보니 하나 마나 한 얘기였다. 그의 의자가 컴퓨터 쪽으로 빙글 돌았다. 그의 뒤통수에서 매운 기운이 뿜어져나왔다. 그녀도 돌아섰다. 돌아서면서 자신이 조금 이상해지고 있다고 생각했다. 조금, 이라서 다행인 건 아니었다. 차라리 확 돌아버린다면 좋을 것이다. 오늘 그녀가 자신의 아기집에 불을 질렀듯 내일 엄마가 오기 전에 누가 그들의 집에 불을 질러주면 좋겠다. 하지만 지금 당장은 그런 생각을 할 때가 아니었다. 새로 공개된 맵들을 다운받아 체크해야 했다. 신맵이 출시되는 걸 보면 새로운 시즌이 멀지 않았다. 그녀는 누가 뭐래도 현역으로 뛰는 최고령 여성 프로게이머인 것이다. 새로운 가족, 새로운 숲과 강, 새로운 행성이 그녀를 기다리고 있었다.

5

"누나! 누나!"

행사장 출입구 계단 위에서 잘못을 저지른 아이처럼 겁에 질려 떨고 있는 자그마한 몸집의 녀석을 올려다본 순간 그녀는 녀석이 무슨 말을 할지 알았다. 덜컥 무엇을 잘못 삼킨 느낌이었다. 한 번도 그녀를 누나라고 부른 적이 없는 녀석이었다. 누나누나, 라는 잇단 발음의 여운이 엄마엄마, 라는 환청과 뒤섞이며 눈덩이처럼 불어나 그녀의 목구멍을 뿌듯하게 막는 듯했다. 녀석으로 인해 이렇게 호흡이 가빠지리라고는 상상조차 못 했다. 아니, 정확히 말하면 녀석 때문이 아니었다. 그녀가 반한 대상이 녀석이 아니라 녀석의 유닛 컨트롤이었듯, 심장이 터질 정도로 호흡이 가빠오는 것 또한 녀석 때문이 아니었다. 행복과 불행의 예감 사이가 이토록 가깝다는 것, 그 사실에 그녀는 거의 질식할 듯한 호흡곤란을 느꼈다. 녀석은 너무 고독하고 위험해 보였다. 녀석은 혈육처럼 안쓰러웠다. 어떤 처참한 상황이 닥쳐도 녀석과는 가족을 이룰 수 있을 것 같았다. 하지만 녀석은 결코 그녀에게 남자일 수 없을 것이다. 녀석은 작고 사납고 둔감하며 날카로웠다. 옵저버로 맵의 양 진영을 번갈아 비추듯 그녀의 눈앞에 행과 불행을 상징하는 화면이 찰나적으로 교차되어 나타났다 사라졌다. 옆구리에 낀 키보드가 녀석만큼이나 가련하게 달달 떨고 있었다.

어디선가 게임이 시작되기 직전의 카운트다운 효과음이 울렸다. 삼 초…… 이 초…… 일 초…… 그녀는 호흡을 가다듬고 환상을 향한 계단을 한 계단 한 계단 천천히 밟아 올라갔다. 그래, 누나가 갈게. 다시는 너를 혼자 있게 하지 않을게.

돌아보다

차미령(문학평론가)

1

    이 책의 저자를 팔 년 전 한 모임에서 처음 만났다. 박사과정에 막 진학했던 해의 어느 스터디에서였다. 당시 이미 평론가로 활동하고 있었던 한 선배의 소개로 참여했던 기억인데, 그가 소설가 권여선도 함께한다고 일러주었다. 권여선을 만난다는 사실에 더 설렜다고 하면 과장이 되겠지만 아무튼 그녀는 내가 좋아하는 작가였다. 지금 다시 펼친다면 또다른 느낌을 받을지 모르겠으나, 나는 그녀의 어떤 소설에 매료되어서, 그 소설에 함께 열광한 친구와 적절한 순간마다 '앗 지랄!'(그 소설을 보면 알 수 있다) 하고 둘만의 암호처럼 주고받곤 했던 것이다.

    그렇게 만난 그녀에게 나는 단박에 반했다. 내가 그녀에게서 받은 첫인상은 지적으로 대단히 활달한 사람이라는 것이었다. 공부모임의 구성원으로서 그녀는 난해한 문맥을 조리있게 정리하고 그 요점을 간취해내는 데 일가견이 있었다. 처음에는 나는 그것이, 물론 선입견일 수도 있겠는데, 80년대 학번 선배들 특유의 학습경험으로부터 체득된 것이 아닐까 생각했다. 하지만 그녀의 명민한 해석은 그 이상으로 빛나는 데가 있었고, 그런 재능을 술자리에서도 아끼지 않음으로써 동석한 이들을 유쾌하게 만들었으며, 또 그와는 별개로 나와 같은 후배들에게는 언제나 꾸밈없이 훈훈했다. 그러니까 소설적으로나, 학문적으로나, 인간적으로나, 뭐 그렇다는 얘기다.

원고의 첫머리가 이렇게 풀려나오다니.
오래전 그날들을 돌아보게 된 것은 어쩌면 이 소설들 때문일지도 모르겠다.

2

이번 소설집에는 인물들의 관찰기라는 인상을 주는 소설들이 있다. 예컨대 「K가의 사람들」이나 「웬 아이가 보았네」와 같은 작품들이 그렇다. 두 소설 각각은 가장인 'K'를 중심으로 한 어느 일가의 부침과, '뾰족집 여류시인'을 둘러싼 어느 동네의 소요를 답파해나간다. 그 과정에서 인물들은 캐리커처를 방불케 하는 필

246

치로 묘사되는데, 이 소설들 매력의 상당 부분은 인물의 외양, 생각, 행동 등에 할애되는 화자의 시선에서 비롯되고 있다. 그 읽는 맛이 어느 정도인가 하면, 소설의 핵심이 인물의 특정한 성격(이 빚어내는 사건들)에 있는 것이 아니라, 비유컨대 그것들의 사이즈를 재고 무게를 달고 이름표를 붙이고 값을 매기는 화자의 수완에 있다고 적고 싶어질 정도다.

사실 권여선 소설의 화자들처럼 해석을 즐겨 하는 화자도 드물다. 권여선의 화자들은 이를테면, '오오'와 '어어'라는 감탄사까지도 "애매한 감탄"과 "황당한 신음"(「빈 찻잔 놓기」)으로 구별하여 풀이해주는 이들이다. 그들의 앎의 자장은 인물들이 실제로 보여주는 것에서부터 미처 생각지 못한 것들까지를 폭넓게 아우르는데, 권여선 소설에서 대상의 자질들이 간파되는 페이지들에선 언제나 그러한 화자의 자취를 확인할 수 있다.

결국 K의 아내는 세 딸들이 늙고 무능한 K를 혐오하도록 만드는 데 성공했다. 그러나 그녀가 권력학개론에서 깜빡 잊은 게 하나 있었다. 격하되는 대상이 가진 전염력이었다. K가 격하되면 그의 아내 또한 격하될 수밖에 없었다. 목욕물을 버리다보면 왕왕 아기도 함께 버리게 되듯, K의 세 딸들은 K와 더불어 K의 아내도 버렸다.(「K가의 사람들」, 176쪽)

그렇다. 내 어머니는 못생겼고 여류시인은 예뻤다. 그러나 극단적인 용모 차이에도 불구하고 그들은 하나의 특징을 공유하고 있었는데, 그것은 지나치게 자기 외모를 의식하는 태도였다. 다소 잔혹한 표현이긴 하지만, 내 어머니가 길고 못생긴 말상의 하녀가 갖는 투박하고 저돌적인 어색함을 지녔다면, 여류시인은 똑 따먹게 예쁜 화류계 여인이 갖는 작위적이고 교태 어린 어색함을 지녔다.(「웬 아이가 보았네」, 189쪽)

눈에 들어오는 대로 가져오긴 하였지만, 인용된 소설의 부분들은 권여선 소설에서 화자가 개입하는 방식을 전형적으로 보여준다. K의 아내는 실직한 K를 냉대한다.(「K가의 사람들」) '무능하다'라는 형용사와 '혐오하다'라는 동사에 이미 얼마간 화자의 해석이 들어가 있기는 하나, 그래도 인용된 첫번째 문장은 앞서 서술된 사실에 대한 편집자적 요약에 가깝다. 그러나 곧이어 화자는 K의 아내가 초래한 상황에 대한 스스로의 견해를 빠뜨리지 않는다. 자신의 태도가 빚어낼 결과에 대해 K의 아내가 미처 예상치 못했던 사실을 화자는 지적하는데, 그러한 지적은 그 자체로 K의 아내에 대한 논평으로 기능하게 된다. 물론 이것이 다는 아니다. 마지막 문장에서 '목욕물을 버리다보면'으로 이어지는 직유의 보조관념은 확정적이지는 않지만 설득적인 방식으로, K의 아내의 행위로 말미암은 사태에 대한 화자의 부정적 판단을 뒷받침해주고 있다.

한편, 인용된 두번째 사례에서 화자를 통해 알게 되는 것은 어

248

머니와 여류시인의 흥미로운 공통점이다.(「웬 아이가 보았네」) 두 사람에 대한 진술은 사실이라기보다는 화자가 내린 판단이며, 그러한 판단은 하녀와 화류계 여인에 빗대어 비유적으로 전달된다. '길고 못생긴 말상의 하녀'와 '똑 따먹게 예쁜 화류계 여인'들이 대관절 어떻게 행동하는지 우리는 잘 알지 못한다. 하지만 이와 같은 비유는 그럴듯하다는 소설적 실감을 만들어내면서 읽는 이를 몰입하게 만든다. 게다가 두 사람의 차이점과 그보다 더 중요한 공통점을 하나의 문장에 압축하는 능란함은 또 어떤가. 대조적인 외모는 서술된 바 있기 때문에, 그것을 재확인하는 데에 그쳤다면 위 대목은 좀 심심해졌을 것이다. 그러니 타인의 시선을 의식하는 자 특유의 어색함을 두 여인이 공유하고 있다는 전언의 핵심이 파악되고 나면, 묘사되는 대상뿐 아니라 그 대상을 저렇게 읽어내고 있는 화자의 직관에 대해서도 호기심이 피어오른다. 물론 이것이 다는 아니다. 화자는 그러한 평(評)에 관해 '다소 잔혹하다'며 자평(自評)하는 것을 잊지 않는다.

그리고 이것이 권여선의 소설이다. 우리가 다 아는 상식을 반복해보자면, 소설에는 인물이나 행위를 중심으로 한 이야기가 있고, 서사적 구조와 표현의 형식이 있다. 지금까지 권여선 소설에 대한 논의는 주로 전자에 집중되어왔고, 또 거기에는 그럴 만한 이유가 있다고 생각되지만, 작가의 이러한 스타일에 적잖이 무심해왔던 것은 아쉽다. 알다시피, 대체로 논평은 소설의 사건적인 요소들과는 달리 직접적이다. 간단히 말해, 화자의 목소리가 그만큼 분명하게 다가오기 때문이다. 하지만 사실의 전달에서부터 그에 대한 해석과 가치의 판단에 이르기까지 권여선 소설의 논평적인 요소들은 함축적인 연상을 자극할 때가 많고, 그렇게 구사되는 수사학이 권여선 소설의 미학적 특질의 한 기저를 이룬다.

자칫 관념적이거나 추상적으로 다가올 수 있었을 내용들도, 다양한 수사적 매개들에 의해 독자에게 감각적으로 번역되는 모습을 권여선 소설에서는 어렵지 않게 찾아볼 수 있다. 이를테면, 화자가 선배가 건넨 질문에 대해 "겉은 델 정도로 뜨겁고 검고 위험하고 외설적이지만, 속은 노랗고 부드럽고 질척하고 달콤한 군고구마처럼, 그 질문은 감격적이고 맛있었다"(「내 정원의 붉은 열매」, 98쪽)고 평할 때, 혹은 세 여인이 나누는 대화에 대해 "꿀이나 잼처럼 끈적하게 조이고 당겨오는 불행의 인력 같은 것"(「사랑을 믿다」, 72쪽)이라 평할 때, 그 문장들은 굳이 따지자면 인물이나 사건을 담론화하는 진술에 가깝지만 선명한 감각적인 인상과 함께 독자에게로 안착한다. 이 진술들에 소설 각각의 상황적인 맥락이 자연스럽게 용해되어 있음은 물론이다.

이미 눈치챘겠지만, 권여선 소설에서 화자의 논평은 위와 같이 ──「사랑을 믿다」의 도입부와 결말에서 인생이 하루의 시계로 압축된 것을 비롯한, 권여선 소설의 매력적인 은유적 발상을 내가 잊고 있는 것은 아니지만 ── 직유법으로 구사되는 경우가 많다. 그리고 그런 직유들은 흡사 금언이나 경구와 같이 다가오기도 하는데, 예컨대 「웬 아이가 보았네」에서 이상건씨 내외의 관계 변화가 화자에 의해 전달되는 대목이 그렇다. 화자가 보기에, "역사적 맥락을 상실하고 현재적 정당성만 확보한 사람들이 흔히 그렇듯"(197쪽) 행동하는 사람은 남편이고, "관계의 가변성을 이해 못 하고 자기중심적으로만 살아온 사람들이 흔히 그렇듯"(197쪽) 행동하는 사람은 아내이다. 소설의 허구적인 맥락에 알맞게 도입된 것이기는 하지만, 이와 같은 직유들은 소설 바깥의 세계에서 통용되는 진실들을 소설 속으로 끌어들이고 있다. 인물의 행위나 사건을 보조하는 이러한 비유들을 이 책의 여러 곳에서 확인할 수 있으니, 더군다나 그것이 문체적 특징의 골간을 이루고 있으니, 이를 권여신 소설의 인장 중 하나라 하지 않을 이유가 없다.

과거 누군가에게 느낀 호감을 '끝이 보이지 않는 서늘한 동굴 안을 들여다보는 것'에 비유하는 「빈 찻잔 놓기」의 화자가 "세상에는 손바닥만한 웅덩이처럼 뻔히 들여다보이는 사람들이 얼마나 많은가"(15쪽)라고 부연하는 것도 따지고 보면 크게 다르지 않은 맥락 속에 있다. 내처 이야기하자면 「빈 찻잔 놓기」는 이미 그 제목 속에 화자가 발견한 진실을 수사화해서 보편적인 것으로 제시하려는 충동을 숨겨놓고 있기도 하다. 소설 속 영화의 제목이기도 한 그것은 화자가 겪은 일상의 한 삽화에서 유래한 것이다. 앞에 놓인 빈 잔은, 안의 내용물이 무엇이 될지 알 수 없는 그 잔을 그것을 놓은 자의 "의도대로 빈 잔을 움켜쥐고 뭔가를 받아 마시게 되리라"(14쪽)는 점 때문에 두렵다. 다시 말해, 권력자의 권유는 대개 선택의 여지가 봉쇄된 제안이라는 사실, 그럼에도 그 명령을 수행하여 완성하는 자(잔의 내용물을 채우는 자)는 바로 자기 자신이라는 사실이 저 다섯 글자 속에 압축되어 있는 것이다. 그러니 '빈 찻잔 놓기'를 클리셰로 전락한 '독배를 들다' 등과 견줄 수 있겠는가.

그런가 하면, 다음과 같은 문장들은 또 어떤가. "사랑이 보잘것없다면 위로도 보잘것없어야 마땅하다. 그 보잘것없음이 우리를 바꾼다."(「사랑을 믿다」, 80쪽) "무엇인가가 완성되는 순간은 그것을 완전히 잃고, 잃었다는 것마저 완전히 잊고, 오랜 세월이 흐른 뒤 우연히 그 언저리를 헛짚는 순간이다."(「내 정원의 붉은 열매」, 118쪽) 이 문장들을 소설 바깥의 세계에서 발견한다 해도 우리는 기꺼이 노트할 준비가 되어 있다. 하지만 소설은 다르다. 소설 안에서 독야청청한 아포리즘들은 장식적이라는 인상과 결별하기 쉽지 않기 때문이다. 그러나 권여선 소설에서 마지막 순간에 저 문장들을 만나면, 우리는 작가로부터 피할 수 없는 일격을 당했다고 느끼게 된다. 흩뿌려진 사건들을 하나로 그러모아 통찰하는 작가 고유의 반성적 의식이 그 안에 숨쉬고 있기 때문이다. 먹먹한 마음으로 소설집 곳곳에 박혀 있는 그 "시린 진리"들을 그저 "찬물처럼" 받아들일밖에는 별다른 도리가 없다.

그러니 우리 앞의 소설들은 권여선이라는 작가가 우리 안에 내려놓은 빈 찻잔이나 다름없지 않은가. 물론 그 잔은 어떤 이에게는 향긋하고, 어떤 이에게는 쓰디쓸 것이며, 다음 잔을 고대하는 이가 있는가 하면, 입에 댄 순간 쏟아버리는 이도 있을 것이다. 그러므로 이 읽기 또한 음용의 한 방식일 뿐이라 해야 옳겠다. 해서, 권하는 말씀. 잔을 들기 전에 잠시 돌아보기를. 누가 떠오르는가. 마음속에 들어앉은 그 사람은 당신을 기쁘게 하거나 괴롭게 하는 사람일 것이다. 당신이 사랑했거나 미워했던 사람일 것이다. 그 사람은 아마도 당신의 가족이거나, 가족이었거나, 연인이거나, 연인이었던 사람일 것이다.

3

'성격은 운명이다.' 고대 그리스의 위대한 철학자에게서 움튼 이 말은, 영국의 위대한 극작가의 작품들을 이야기할 때 주로 쓰였고, 이제는 속화되어 제 운명을 개척하고자 하(나 번번이 실패하)는 이들의 캐치프레이즈로 쓰이기도 하는 모양이다. 간단히 말하면 이렇다. 작품 속 사건들은 갑자기 우연하게 빚어지는 것이 아니다. 모두 인물의 행위가 낳은 결과들인데, 그 행위를 결정짓는 것은 인물의 성격이다. 햄릿과 리어왕과 오셀로의 비극은 모두 그들의 성격적 결함에서 비롯되지 않은가. 그래서 성격은 운명이라는 것인데, 이 말이 대중적으로는, 성격을 뜯어고쳐야 운명도 바뀐다, 쯤으로 여겨지는 것도 그리 이상한 일은 아닌 듯하다.

그런데 성격은 어떻게 만들어지는가. 다시 조금 우회하면, 로미오와 줄리엣의 비극은 그들의 성격 때문이 아니다. 가문이라는 그들이 물려받은 운명 때문이다. 운명이란 이미 주어진 것이고 나아가 통제할 수 없는 것이다. '생물학적'이라는 단서를 다는 것이 허락된다면, 우리는 아버지도 어머니도 선택할 수 없으며, 그 역도 마찬가지다. 그런데 우리의 성격은 그렇게 운명적으로 맺어진 인연으로부터 배태되는 것이 아닌가. 유전자를 물려받는다는 의미에서가 아니라 우리가 처음으로 길들여지(기를 강요받게 되)는 관계라는 점에서 말이다. 작가가 「처녀치마」와 「가을이 오면」을 비롯한 여러 수작들에서 천착해왔던 주제가 여기서 멀지 않다. 왜 우리는 어리석게도 걸려 넘어졌던 덫에 다시 걸려 넘어지는가. 왜 우리는 관계의 늪에서 헤어나오지 못하고 매번 그 악마적인 반복에 쉽게 중독되어버리는가.

"시작부터 어긋난 운명"으로부터 발아한 세 편의 소설을 읽는다.

"바보가 누군가에게 무엇을 주려고 할 때면 종종 일이 그렇게 된다. 꽃밭에 뜨거운 물을 주는 것과 같이 잔인하게."(「그대 안의 불우」, 234쪽) 아버지를 조금도 사랑하지 않았던 어머니를 둔 아들이 있고, 밖으로 나도는 아버지로 인해 독해진 어머니를 둔 딸이 있다. 「그대 안의 불우」의 두 주인공 '그'와 '그녀'의 이야기다. 그런 이유로 각자 불우했던 남녀가 게임의 세계로 빠져들고, 마침내 서로를 발견한다. 그러니 그들의 발견에 부모의 그림자가 드리워 있지 않다고 할 수 있을까. 유닛을 자식처럼 돌보는 그와 그 스

254

타일에 매료된 그녀의 만남은 그런 의미에서 운명적이다.

하지만 벗어날 수 없는 운명이 있노라 읊조리는 이들은 대개 불우한 이들이 아니던가. 소설을 읽고 나면, 내 안의 불우를 네가 메워줄 수 있으리라는 착각과 네 안의 불우를 내가 메워줄 수 있으리라는 오만이 그 운명의 도화선에 불을 지핀다고 해야 할 것만 같다. "그때 그 순간" 그녀가 "녀석과는 가족을 이룰 수 있을 것" 같다고 착각하며 "다시는 너를 혼자 있게 하지 않"겠다고 오만하게 다짐하지 않았더라면 어떻게 되었을까. 하지만 그녀는 환상을 향해 뻗은 계단으로 발을 내디뎠다. 대개의 사랑이 그러한 응답의 몸짓으로부터 시작되기는 하겠으나, 그후 그녀는 과연 행복을 찾았던가. 그녀가 뱃속의 아이를 지우고 온 날, 그와 그녀의 대화는 살벌하기 그지없다. 유닛을 관리하는 모습으로부터 유추했던 그의 성격은 겪고 보니 "살뜰한 돌봄이 아니라 철저한 지배"였고, 이제 젊은 부부는 자신들의 부모처럼 불우하다. 소설 속 그녀가 경험하고 관찰한 남녀 관계의 샘플은 극히 적은 수일 테지만 그녀에게는 절대적인 수나 다름없다. 그래서 그녀는 "세상의 모든 여자들은 등신이고 모든 남자들은 바보"라고 정식화하면서, 그녀도, 그녀의 엄마도, 또 그의 엄마도 "결혼이라는 끔찍한 반목의 형식" 속으로 스스로 걸어들어간 죄 많은 등신이라 생각한다.

"바다와 청춘과 자유, 그 꿈의 삼각형 한가운데 찬란한 깃발처럼 하와이언 셔츠가 나부끼고 있었다."(154쪽) 누군가의 아내가 되고자 했던 큰딸이 있고, 그가 아닌 다른 남자의 아내가 되려 했던 작은딸이 있으며, 그의 첩이 되고자 했던 막내딸이 있다. 「K가의 사람들」의 K가 세 딸들의 이야기다. 화자로 하여금 이와 같이 기막힌 촌평을 내어놓게 하는 K는 어떤 인물인가. K에게도 청춘과 자유의 시절은 있었다. 그러나 저 '하와이언 셔츠'의 시대는 징집영장과 함께 끝이 나고, 십여 년의 "길고 가혹했던 교육"을 교훈 삼아 K는 일가를 이루게 된다.

이것이 K가의 프롤로그다. 그러나 K는 일가를 이루었으되, "집안을 움직이는 중심"은 되지 못한다. 화자의 관점에 따르면, 이 집안의 권력자는 K의 아내다. "칠남매의 맏딸"로 키워진 K의 아내는 세 딸들의 성격 형성에 결정적인 영향을 미쳤을 뿐 아니라, K와 딸들의 소통까지도 좌우했다. 이 사태는 운명적인가. 가장의 불운과 딸들의 불운과 가족 전체의 불운이 그 기원인 K의 아내에게 부메랑처럼 돌려질 때 그것은 운명적인 것이 된다. 이것이 K가의 에필로그다. 화자는 K의 아내가 딸들을 주조하는 방편이었던 죄의식이, 마지막 순간 K의 아내 홀로 K의 죽음과 독대하게 만들었다고 연민한다.

"마치 죽음을 모르듯 그는 맛을 몰랐다."(131쪽) 누구의 남편도 누구의 아비도 아닌 채 일생을 살아온 남자가 있다. 「당신은 손에 잡힐 듯」의 노인의 이야기다. 아침에는 "맛에 가장 변화가 적은 죽"을 먹고, 저녁에는 전철을 타고 남서쪽 역으로 가 세 잔의 커피를 마시며, 하루에 세 개비 정도의 담배를 피우는 삶, 내용도 변화도 없이 오직 형식만이 기계적으로 유지되는 삶. 이 노인이 변화의 증감곡선에 얼마나 속수무책인지는, 요리를 포기하게 된 어느 날의 일화만 보아도 알 수 있다. "당혹스런 감정의 습격"에 휘청거리는 노인은 흔히 '맛'으로 표상되곤 하는 무언가가 억압된 사람처럼 보인다. 이 노인에게 욕망은 '불가능한 것'이다. 그렇다면 과연 노인은 산 것인가, 죽은 것인가.

작중의 노인이 도래할 죽음에 대해 갖는 의문은, 지금 그 자신이 살아 있는가에 대한 의문과 사실상 다르지 않다. 자신이 타자들로부터 독립적이리 믿는 듯한 이 노인이, 자신의 외상(trauma)에 가까이 다가간 순간이 그의 일상의 변곡점이 된 것은 자연스럽다. "머리끝이 쭈뼛 곤두선 그가 어머니! 하고 소리쳐 부르려 할 때 그의 손에서 모래처럼 어머니의 손이 스르르 빠져나갔다."(139쪽) 꿈의 바깥에서 죽음 직전의 한 여자가 내지르는 비명은, 꿈의 안으로 틈입하여, 어머니가 어린 그를 버리고 떠나려 했던 한 장면을 재구성해낸다. 그 꿈을 닫는 "무시무시한 파열음"은 기억과 연루된 감정의 봉인이 파열되는 효과음으로 적절하지 않은가.

오, 어머니! 그날 양복점 거리에 아들을 버리고 떠나려 했던 어머니! 그후 십팔 년 동안 눈에 보이지 않게 천천히 아들 곁을 떠나가버린 어머니! 사는 것도 먹는 것도 치욕이라 했던 어머니! 아들에게서 삶도 맛도 빼앗아가버린 어머니! 여자의 붉은 입술이 노파처럼 흉하게 찌그러지며 토막토막 말을 뱉어냈다.

"어디…… 아프니…… 아가?"(147~148쪽)

강박증과 히스테리에 관한 기초적인 사실들을 상기한다면, 두 주체 위치의 뚜렷한 차이 중 하나는 관념이냐 감정이냐에 있다.(브루스 핑크, 『라캉과 정신의학』, 맹정현 옮김, 민음사, 2002) 히스테리의 경우 어떤 생각이 억압되더라도 그에 대한 감정은 잔존해 있는 반면에, 강박증의 경우는 반대로 관념과 결부된 감정의 고리가 끊어져 있기 때문이다. 그래서 강박증자는 스스로와 대면하기 위하여, 보다 정확히는 타자(안의 결여)와 대면하기 위하여, 망각된 감정을 현재 속으로 전이시키는 히스테리화의 과정을 통과해야만 한다.

비유컨대, 이 소설의 결말에서 빚어지는 일이 그와 같은 일이다. 소설의 도입부에서 우리는 노인이 자신이 살아온 날들과 살아갈 날들을 "죽 그릇 속에 담긴 죽"에 빗댄 것을 보았다. 그러나 사건 이후 그의 일상이 도미노처럼 무너지기 시작하면서 죽의 이미지 또한 변형된다. 죽은 이제 그에게 "박살나기 쉬운 반구형 뇌"를 떠올리게 할 뿐 더이상 한정된 틀 속의 것이 주는 안도감을 제공하지 못한다. 어디 그뿐인가. 비명소리와 함께 죽은 여자로부터 그가 오히려 열렬한 삶을 보았듯이, 노인은 지금 자신 앞의 죽집 여자가 "펄펄 살아 있다"는 사실이 못 견디게 증오스럽다. 도대체 왜 그런가. 전율이 이는 소설의 마지막 순간에 그는 죽집 여자라

는 텅 빈 스크린에 그의 어머니를 투사한다. '오 어머니!' 이 단말
마와 같은 비명 속에는 왜 그가 맛을 잃었는지, 그의 무채색 삶이
누군가로부터 연유하는지 새겨져 있다. 타자와의 관계 속으로 억
압된 것이 회귀하는 자리이자, 그 타자를 향해 메시지가 던져지는
자리에서, 마침내 손에 잡힐 듯한 '당신'은 말한다. "어디…… 아
프니…… 아가?"

4

　권여선 소설은 이와 같이 한 인간이 맺고 사는 관계의 밑그림들
을 그려내면서, 현재가 과거에 어떻게 연루되어 있는지를 보여준
다. 하지만 과거란 흘러가고 없는 것이지 않은가. 현재의 원천이
되는 과거의 기억이란 어디까지나 현재가 불러내고 또 현재의 삶
과 부딪쳐서 생성되는 것이다. 어떤 화자가 심지어 자신이 목격하
지 못한 모습을 "더 생생히, 더 아프게, 더 영원히" 마치 "사진처
럼 기억한다"(「K가의 사람들」, 179쪽)고 진술하는 것은 최소한 이
소설집에서는 이례적인 사태가 아니다. 엄밀히 말해 그들의 의식
속으로 다시 살아오는 과거는, 현재를 주춧돌로 하고, 기억을 지
렛대로 하여, 재구성되거나, 재해석되거나, 재창조된 것이다.
　이러한 특징은 회상의 뉘앙스가 전면에 도드라져 있지 않은
「웬 아이가 보았네」에서도 확인된다. 아이답지 않은 조숙한 화자

가 이야기를 끌고 가는 것이 아니라 이미 어른인 화자가 과거를 돌아보고 있다는 사실은 소설의 마지막 문장에서 불현듯 자각된다. "그때 나는 캄캄한 어둠과 혼란스런 상념 속에서 어떤 아름답고 매혹적인 운명의 모서리가 뾰족하게 솟구치는 것을 보았는데, 그것이 가시면류관처럼 쓰라린 내 미래이기도 하리라는 것은 미처 알지 못했다."(216쪽) '그때 나는 미처 알지 못했다'는 전언과 함께 갑작스레 노출된 화자의 시간대는 한 여인의 출몰로 비롯된 이 모든 이야기가 다른 누구도 아닌 바로 화자 자신의 자기 이해를 함축하고 있음을 일러주고, 그 암시와 함께 소설은 끝난다.

현실의 시간은 밤이지만 이곳에서 나는 기억의 한낮을 산다. 요즘 내가 그 땡볕 아래서 기다리는 인물은, 숨겨둔 단골 술집처럼 나는 남몰래 마음에 두고 좋아하지만, 그쪽은 이제 나를 한낱 친구로만 여기고 잊었을 한 여자이다. 기억이란 오지 않는 상대를 기다리는 방식이며 포즈이기도 하다는 걸 나는 이곳에서 배운다.(「사랑을 믿다」, 46쪽)

현수의 입이 벌어지면서 자줏빛 와인 선이 열리는가 싶더니 그 사이로 분홍 장미의 볼록한 꽃잎 같은 새우만두가 사라졌다. 그 광경을 바라보는 순간 갑자기 내 머릿속에서 만두 속즙이 터지듯 기억의 물방울이 톡 터졌다. 오랫동안 잊고 있었던 장면 하나가 떠올랐다. 마치 꿈에서인 듯 나는 P형과 단둘이 걷고 있었다.(「내 정원

의 붉은 열매」, 85쪽)

소설집 뒤쪽에 수록된 작품을 먼저 읽어왔지만, 아마도 이 책의
독자들을 보다 깊은 상념에 젖게 할 작품은 소설집 앞쪽에 차례로
놓인 세 작품이 아닐까 한다. 「빈 찻잔 놓기」 「사랑을 믿다」 「내
정원의 붉은 열매」의 세 소설은 화자가 과거에는 알지 못했던 어
떤 진실을 향해 나아가는 구조로 짜여 있다. 밝혀져야 할 무언가
가 있기 때문에, 소설의 서사는 과거와 현재를 분주히 오가는 것
처럼 보인다. 이 소설들에서 현재와 과거의 중층적인 얽힘은 특기
할 만한 것이어서, 그 관련이 그나마 딜 입체적이라 해야 힐 「내
정원의 붉은 열매」만 해도 "오래전에 잊었다고 생각했던 일들"이
화자의 현재와 수시로 오버랩된다.

짧게는 반년에서부터 길게는 십여 년이 훌쩍 넘는 시차(時差)는,
세 소설의 화자들이 다시 만난 이들도, 자신과 그들과의 관계도
돌이킬 수 없이 달라졌음을 포착하게 한다. 전화선을 타고 흐르는
상대방의 범상한 태도에서도 인위적인 무언가를 읽어낼 만큼 예
민한 이들이 아니던가. 이들은 과거의 사건들에로 의식의 섬세한
촉수를 드리우기를 주저하지 않아서, 소설 속에는 "그 당시만 해
도" "사건을 다르게 본다면" "곰곰이 따져보니" "그 시간이 다시
온다면" "그때는 상상조차 못 했지만" "하지만 혹시 말이다" 등과
같이 단순한 확인에서부터, 의문과 의혹을 거쳐, 새로운 발견과
가정으로 나아가는 진술들이 드물지 않게 출몰한다.

그리고 그와 같은 화자의 의식 속에서, 이를테면 낮은 연립주택의 어두운 계단과 고층 오피스텔의 탁 트인 엘리베이터가 겹쳐지고(「빈 찻잔 놓기」), 후미진 술집 탁자 가운데로 낡은 삼층 건물의 가정식 거실이 들여놓아지며(「사랑을 믿다」), 심야 택시 한 대가 한쪽 모서리가 비스듬히 기운 사다리꼴의 방을 관통해나간다(「내 정원의 붉은 열매」). 이 소설들에서 공간은 사건을 품고 있는 이야기의 공간인 동시에 화자의 의식이 축조하는 혹은 그 의식을 축조하는 담론의 공간이다.

그러한 소설 속 여러 공간들 중에서 우선 눈길을 잡아끄는 것은, 역시나 우리가 '술자리'라 일컫는 곳들이라 해야 할 것 같다. 「빈 찻잔 놓기」에서 영화인들이 벌이는 술판이 보여주듯이, 권여선 소설에는 이른바 '술자리 배치'라 할 만한 것이 있다. 그 술자리들에서 어떤 일이 벌어지는지를, 인간의 남루한 위선이 어떻게 맨얼굴을 드러내는지를 우리는 더러 목격해왔다. 그러나 세 소설의 술자리에서는 감정의 격렬한 폭발이나 묵은 갈등의 충돌은 설령 있다 해도, 이상하게 들리겠지만, 화자의 내면 풍경 안으로 고요히 처리된다. "말들이 싱싱하고 낭자하게 튀"(「분홍 리본의 시절」, 『분홍 리본의 시절』, 창비, 2007)는 광경을 두근두근 기대해서는 안 되는 것이다. 온도차가 없지는 않으나 최소한 표면적으로 현재의 모든 술자리는 깽판으로 파토나지 않고 조용히 마무리된다. 예컨대, 조롱의 기운이 심상찮게 일렁이는 「빈 찻잔 놓기」의 술자리에서도, 자신이 바로 그 조롱의 대상이라 생각하는 화자는

"실내에 모인 사람들의 반사된 모습"을 지켜보는 관찰자적 우위를 놓지 않으며, 그녀의 내면에 인 감정의 파고 또한 바깥으로는 "보일 듯 말 듯"한 웃음으로 대체된다.

그렇게 볼 때, 이 소설들의 술자리 정조를 대변하는 것은 「사랑을 믿다」에서 고즈넉이 혼자 앉아 술을 반병쯤 비우는 동네 단골 술집의 풍경이라 해야 할 듯하다. 하지만 그렇게 비우는 잔 안에도 이야기는 고여 있으니, 화자가 떠올리는 기억은 과거 누군가와 만나 나누었던 술자리 대화. 과거의 그를 비롯한 세 소설의 화자들은 술자리에서 오랜만에 조우한 이들이 들려주는 이야기로부터 과거 자신에게 일어났던 일을 그 외곽에서부터 잔찬히 너듬어 보게 된다.

이제 예까지 왔으니, 물어야 할 것이 생겼다. 그들은 어떤 사실과 만나게 되는가. 연들과의 술자리에서 예원이 일러주는 것은 무엇이며(「빈 찻잔 놓기」), '그'와의 술자리에서 '그녀'가 털어놓는 것은 무엇이며(「사랑을 믿다」), 현수와의 술자리에서 그 동창생의 이야기로부터 상기하게 되는 것(「내 정원의 붉은 열매」)은 또 무엇인가.

5

대부분의 인간이 처음으로 관계를 맺게 되는 타인은 그들의 부모일 것이다. 부모와의 관계 혹은 다른 가족 구성원들과의 관계가 인간이 앞으로 맺어갈 관계의 밑그림으로 여겨지는 것은 그래서 일 것이다. 이 가설에 수긍한다면, 이후의 체험들은 그 원초적인 관계들의 반복이나 변주라 해야 할 것인데, 그렇다면 어른이 된 우리는 타인을 만나는 데 있어 이미 얼마간 준비된 상태인 건가? 많은 이들은 그렇지 않다고 답할 것이다. 누군가로 인해 '들리는' 순간, 작가의 표현을 빌리자면 사랑을 믿는 그 순간은 "유비무환의 정신으로 퇴치하거나 예방할 수 없는, 문이 벌컥 열리듯 밖에서 열리는 종류의 체험"이어서, "두 손 놓고 고스란히 당할 수밖에 없는 고통" 속으로 인간을 밀어붙인다.

　세 편의 소설에 등장하는 인물들은 하나의 체험을 공유하는 것처럼 보이는데, 말하자면 그들은 실연했다. 그런데 이들의 실연은 조금 모호하다. 오랫동안 사랑을 나눈 것도 아니며, 서로 할퀴며 등을 돌릴 정도로 바닥을 보인 적도 없다. 대개는 이렇다. 연정을 품고 있던 남자가 다른 누군가와 연애를 시작하자 "들릴 듯 말 듯 한 작고 희미한 멜로디"마저 그만둔 여자가 있고(「사랑을 믿다」), 그것이 첫사랑인지 아닌지 모른 채 어딘가 삐딱한 남자의 "빗금의 끄트머리에 걸려 있다 제풀에 떨어져나온" 여자가 있으며(「내 정원의 붉은 열매」), 진실이 무엇인지 확인해볼 생각을 하지 못하고 누군가의 이야기에 의지해 서둘러 커튼을 내려버린 여자가 있다(「빈 찻잔 놓기」). 한 인물의 전언대로 이들은 대부분 "넘쳐흐르는 감정의 절실함보다 한 오라기의 자존심을 선택하는 인색한 성격" (「사랑을 믿다」)이어서, 벽을 만나면 그 벽을 넘기 위해 무언가를 도모하기 보다는 "밀랍처럼" 몸을 휘감은 수치감에 떨며 단호히 포기한다.

자존감이 강하다고도 결벽하다고도 할 수 있겠지만, 이성과의 관계에 있어서 영악하지도 또 의뭉스럽지도 못한 이들에게 연애는, 아니 실연은, 뒤늦게 몸과 마음의 일이 되어버린다. "몸이건 마음이건 어느 쪽으로도 기울이려는 노력"(「사랑을 믿다」)을 하지 않으려는 이들에게 시간은 필요하다. 그러나 실연 후 폭풍과 격랑의 시간은, 짧은 순간 스쳐간 연애의 예감보다 더 오래 지속된다. 이들의 거절과 포기는 연애의 끝이 아니라 실연의 시작일 뿐이므로, 어두운 계단에서 잠시 닿았던 손등으로 인해 뒤척여야 할 불면의 시간이 열리는 것이다. 밀려든 파도가 부서지고 자잘한 거품이 되어 완전히 사라질 때까지 그 시간은 지속되는데, 역설적이게도 바로 그 시간을 통과한 후에야 이들의 연애는 완성된다.

그렇다면 이들의 뇌세포는 그동안 어떠한 작업에 몰두하는 걸까. 간혹은 상대방과 있었던 사소한 일들이나 그들이 보여주었던 작은 제스처에 집중하고 그것들을 곱씹으면서, 영영 놓쳐버린 타이밍에 주의를 기울일 것이다. 그런 어느 한순간에, "그때 찬물을 먹었어야 했는데"(「사랑을 믿다」)라는 누군가의 말은 과거와 현재를 포개놓는 마법의 주문이 될 수도 있을 것이다. 하지만 세 소설에서 인물들이 연출하는 관념의 파노라마는 보다 더 깊은 곳을 향하고 있다.

"기억의 물방울"들로부터 맺힌 세 편의 소설을 읽는다.

"두 연놈이 우리 둘을 갖고 논 거 맞지?"(「빈 찻잔 놓기」, 27쪽) 나쁜 남자에게 농락당했다고 생각한 한 여자가 있다. 「빈 찻잔 놓기」의 이야기는 이렇게 풀려나간다. 첫번째 시나리오를 쓰던 시절, 연선배는 화자에게 블랙 조와 예원의 관계에 대해 부정적인 암시를 던졌고, 그 두 사람이 자신들을 '갖고 논 것'이라 말했다. 그래서 화자는 호감을 가지고 있었던, 또 그녀에게 호의를 품고 다가왔던 조를 냉정하게 물리쳤고, 역시나 그 영문을 넘겨짚은 그로 하여금 "제 존재 자체가 불쾌하셨다면"이라는 치명적인 말을 부려놓게 했다. 그 희미한 조소가 어떤 뉘앙스인지도 모른 채 화자는 오랜 시일을 괴로워했고 그 참담한 고통 속에서 첫 시나리오는 완성되었다.

상황이 이와 같으니 예원을 통해 "그에 관한 진실"이 밝혀지는 국면을 소설의 전환점으로 읽을 만하다. 추론을 거듭한 끝에 화자는, 과거 연선배의 말들이 의도적으로 조장한 오해였으며, 천연덕스럽게 늘어놓은 조언까지도 시나리오를 완성시키려는 술책에 불과했음을 깨닫게 된다. 그러니 이 국면에서 다시 써지는 과거는 블랙 조로 인해 쓰라렸던 나날만은 아니다. 오히려 화자가 그만큼이나 괴롭게 반추하는 것은 연선배와 함께했던 지난날이다. 화자는 생각한다. 애초에 조와 자신을 하나로 묶는 계기를 만들어냈던 이는 연선배가 아니던가. 조의 성적 취향을 알았음에도 그것을 숨

266

기고 가식적인 위로의 말까지 얹었던 연선배야말로 자신을 농락한 나쁜 여자가 아닌가.

그곳에 강이 있을 터였다. 강은 보이지 않았지만 강을 둘러싸고 흐르는 강변도로 차량의 불빛들이 희미하게 보였다. 그 흐름을 보고 있자니 격했던 감정이 조용히 흐르기 시작하는 것이 느껴졌다. 언젠가는 이 딱딱한 앙금도 순해지고 퇴색되고 부드럽게 발효하리라. 오래전의 블랙 조 그도 이런 마음으로 불쑥 일어나 베란다로 나갔던 것인가. 단단한 불신과 의혹과 피해의식에 사로잡힌 채 하염없이 아무것도 보이지 않는 유리 밖 어두운 공간을 바라보았던 것일까.(「빈 찻잔 놓기」, 39~40쪽)

물론 화자에게야 나쁜 여자이겠지만, 연선배는 소설적으로 본다면 꽤나 매력적인 인물이다. 연선배는 흡사 영화 〈위험한 관계〉에서 자신의 야망을 성사시키기 위해 계략을 꾸몄던 후작부인을 떠올리게 하지 않는가. 하지만 후작부인에게 예상치 못한 반격이 준비되고 있었듯이, 화자 또한 모종의 복수를 꿈꾼다. 우리의 시나리오 작가가 다시 쓴 시놉시스의 서두는 이렇다. 그녀가 조종한다 믿었던 것은 매혹과 질투를 비틀린 방식으로 포장하는 교활한 자기방어였을 따름이니…… 스릴러로 꾸려질 이 두번째 시나리오를 염두에 둔다면, 블랙 조는 연선배와 화자 사이의 위험한 관계를 매개하고 사라진 희생자라 해야겠지만, 그럼에도 이 소설에서 기억하고 싶은 한순간은 따로 있다.

화자가 슬픔에 휩싸여 잔을 내려놓고 강을 향한 통유리 쪽으로 다가가는 저 장면. 마음에 두었음에도 단 한 번도 화자의 머릿속에서 "통합된 관념"으로 존재하지 않았던 오래전 조에게서, 이제 그녀는 자기 자신을 본다. 누구에게도 이해받지 못하고, 아무에게도 의지할 수 없으며, 가깝다고 믿었던 이마저 등을 돌릴 때. 조가 마지막으로 그녀에게 했던 말은 바로 그 순간의 말이었으니, 시간을 격하여 그녀가 조로 인해 깨닫게 된 진실은, 그의 성적 취향이 아니라 그러한 순간 인간을 덮쳐오는 슬픔이며, 그러한 슬픔을 다스리고 타인들 앞에서 담담해져야만 하는 아픔일 것이다. 그녀에게도 이제 속으로 삼켜야 할 대사가 있다.

"그녀는 일곱시를 가리키는 시곗바늘의 각도처럼 편안해 보였다."(77쪽) 두 명의 실연녀와 한 명의 실연남의 이야기는 또 어떤가. '그녀' '그녀의 친구' '그'는 몇 년에 걸쳐 차례로 실연했고, 이 실연남녀들의 이야기가 겹으로 짜여 있는 소설이 「사랑을 믿다」이다. 소설 속 "실연의 유대"의 핵심인물인 그녀가 실연 직후 보여주는 모습이 우리에게 낯설지는 않다. 대부분의 실연남녀는 자문을 거듭할 것이다. '왜 내가 아니라 다른 사람인가.' 그 의문은 그녀로 하여금 자기 소유물의 가치를 점검하는 "무력한 산수"에 돌입하게 한다. 자존감을 수호하기 위한 안쓰러운 몸짓이 거기 있거니와, 그녀가 삼층 건물을 방문하게 되는 것도 그 때문이다.

작가 특유의 감칠맛 나는 대사로 이루어진 옥탑방 장면에서 그녀는 무대의 조연이자 관객이지만, 결국 세 여인으로부터 어떤 신탁을 받게 된다. 각자의 누추한 삶에 허덕이고 있는 초면의 여인들을 통해, 그녀는 세상을 살아가는 누구에게나 자기 몫의 짐이 있고, 또 누구나 그것으로 인해 고통받으며 산다는 사실을 어렴풋이 체감한다. 작가는 이 돌연한 각성에 실연으로 인한 상처를 상대화하는 것 이상의 초월적인 깊이를 부여한다. 여인들의 고통은 그녀에게도 언젠가 도래할 미래이지 않은가. 더욱이 이 장면 전체는 자식을 앞서 보내야 했던, 그리고 지금 조카딸까지 알아보지 못한 채 죽음을 향해가고 있는 큰고모부 부부의 비극이 감싸고 있다. 계단을 내려오며 그녀가 타인들을 위해 처음으로 절박하게 기도할 때, 그녀는 이 낡은 삼층 건물의 진정한 상속녀가 된다.

계단을 한 칸 한 칸 밟을 때마다 그녀는 뭔가에 들씌운 듯 중얼중얼 빌고 또 빌었다. 희귀병을 앓는 친지의 완쾌를, 유괴된 손자의 생환을, 바람난 남편의 귀가를, 자식을 앞세운 뒤 늙어가는 부부의 평안과 명랑을 빌었다. 그녀가 타인을 위해 뭔가를 이토록 절박하게 빌어본 적은 없었다. 계단을 다 내려왔을 때 그녀는 스스로가 다른 사람이 된 것처럼 느껴졌다.(「사랑을 믿다」, 74~75쪽)

그녀가 보잘것없다고 넘겨짚었던 우연한 계기를 통과하며 "다른 사람"이 되어버리는 이 장면이 소설의 결정적 장면이다. 그러나 삼층 건물로 표상되는 삶의 이치를 상속받았다는 것은 사랑을 믿었던 그녀의 청춘이 끝났다는 뜻이기도 해서, 그녀의 이야기를 듣는 그의 심리는 복합적이다. 그는 그의 표현대로 가장 기막힌 경우가 아니겠는가. 그녀는 이미 철들어버렸는데, 어딘가로 초월해버렸는데, 그래서 "이제 누구를 만나도 가슴이 설레지 않"고, "누가 자신에게 가슴이 설레길 원하지도 않는"데. 산수를 한번 배워볼까 하고 앉은 그 자리에서 이미 고차원적인 수학을 터득하고 복수 아닌 복수를 하고 있는 그녀에게, 그는 실연당(할 것을 예감)한다.

이 모든 곡절은 그로부터 다시 삼 년의 시간이 흐른 후 혼자 술집에 앉아 그때를 회상하는 그를 통해 우리에게 전달된다. 삼 년에, 다시 삼 년, 그러니까 육 년을 시차로 서로를 비껴간 남녀의 희한한 러브스토리라고 할까. 이제 남몰래 그녀를 마음에 둔 사람은 그이고, 그 기다림을 알아보지 못하는 사람은 그녀다. 이 역전이 진실이라면, 그의 인생에 있어 "사랑을 믿던 한 시기"가 끝났다는 전언 또한 진실일 것이다. "독초처럼 쓰디쓴 고통의 싹"도 "팽팽한 절망의 비커"도 이제는 없다. 그 고통과 절망을 즐기고, 기념하고, 그것이 사라진 뒤를 애달파하지도 않는다. 그것은 사랑을 믿던 한 시기의 일이니, 이제 그에게는 반추해야 할 "소소한 과거사"가 있을 뿐이다.

하지만 그럼에도 고통이나 절망처럼 대단하지도 굉장하지도 않은 그 소소한 기억들이, '사랑을 믿다'라는 표제에 더 어울린다는 생각이 드는 것은 왜일까. 삼 년 전 두 사람이 나눈 것은 사랑이 아니라 실연이라 해야 옳을 터인데, 그는 그녀를 통해 뒤늦은 실연을 물려받는 동시에 "사랑을 잃는 것"에 대한 자세 또한 은연중 깨우쳤으리라. 삶에 대한 자세이기도 한 그것은 그 보잘것없음을 제 안으로 받아들이는 것이니, 그가 영영 오지 않을 기억 속의 그녀를 기다리는 역설 역시 그러한 받아들임의 일부라 해도 좋겠다.

"사랑하는 사람이 죽었다는 말을/무심한 사람의 입에서 들었네/그리고 나도 또한 무심히/그 말에 귀를 기울였네." 그러니 「빈 찻잔 놓기」에도, 「사랑을 믿다」에도, (이제는) 무심한 사람의 입에서 전해지는 말들이 있는 것이다. 그리고 그 말에 귀 기울이다 불현듯 나는 그 시절에는 깨닫지 못하고 지나쳤던 것들에 가까이 다가가는 것이다. 「내 정원의 붉은 열매」도 그렇다. 아아, 내가 몰랐던 것은 얼마나 많은가. "기억에 아무 흔적도 남기지 않은 그 많은 시간 속에서, 아둔하고 자존감만 높았던 나는, 나만 모르는 장소에서 나만 모르는 얼마나 많은 수치스런 행위와 제멋대로의 오해를 반복했던 것일까."(118쪽) 취중의 버릇에서부터, 사랑했던 사람까지, 아니, 사랑했다는 사실까지.
먼 과거의 어느 날, P형에게 자고 갈 것이라고 화자가 내뱉었던 것은 우연한 목격이 준 슬픔과 혼돈의 변덕스런 힘 때문이었는지도 모른다. 하지만 그것은 또한 진심이기도 했을 것이다. 나도 모르는 내 마음은 때로 그렇게 즉흥적으로 우스꽝스럽게 튀어나와 스스로를 놀라게 하지 않는가. "걸핏하면 술에 취해 누군가에게 사랑을 고백하는 버릇이 있다"는 P형의 응대로부터 화자가 모욕과 수치를 느꼈던 것을 보면, 또 그날 밤 이후 화자가 P형을 한사코 피하려 했던 것을 보면 확실히 그렇다. 하지만 억만금을 준다 해도 다시 돌아보고 싶지 않았을 것만 같은 과거의 기억은, 이제 화자에 의해 다시 수정될 것이다. 현수와 헤어지고 택시에 오른 후 화자의 망막에 맺히는 치어떼의 무리를 보라.

차는 다리를 건너 강변도로로 접어들었다. 차창 밖으로 온몸에 노란 꼬마전구가 박힌 나무들이 휙휙 지나갔다. 어둠 속 노랗게 점묘된 나무들의 윤곽선이 비현실적으로 보였다. 차가 속도를 내면서 차창을 스쳐가는 자잘한 노란빛은 밤바다를 타고 흐르는 자디잔 야광 치어떼의 무리처럼 보였다. 언젠가도 이렇게 어두운 배경 위로 흐르는 치어떼의 형상을 물끄러미 바라보았던 기억이 났다.(「내 정원의 붉은 열매」, 112쪽)

그 옛날 화자의 하숙집에서 그녀와 P형 사이에 있었던 일로부터 드라마틱한 무엇을 찾아보기는 어렵다. 하지만, 화자가 저 사람이 반찬을 먹고 싶어한다고 느꼈던 순간, 그 사람이 가고 난 후 밥솥 뚜껑을 열었던 순간, 이상한 혼란에 휩싸여 냄비와 찻잔을 박박 닦았던 순간, 그리고 탁자 속 치어떼의 형상을 무연히 바라보았던 순간, 아마도 사랑은, 그 순간 어린 물고기처럼 맹렬히 그녀를 향해 헤엄쳐왔을 것이다.

소설 속에서 이 순간을 떠올리는 화자는, 피식 웃던 그녀의 표정을 떠올리던 「사랑을 믿다」의 화자와 닮아 있다. 그것이 사랑을 예감케 했던 순간이어서만은 아니다. 이 대학 초년생의 풋사랑이 완성되는 순간이 "오랜 세월이 흐른 뒤 우연히 그 언저리를 헛짚는 순간"이라는 소설 속 통찰을 보아서 그렇다. 화자는 그 세월이 흐른 후에야, 모욕적인 거짓말이라 느껴졌던 말들이 최초의 농담일 수 있음을, 그때 입가에 잡힌 주름이 비웃음이 아니라 장난기일 수 있음을, 섣불리 넘볼 수 없는 철벽을 쌓고 스스로를 상처입힌 것이 바로 자기 자신일 수 있음을 그려본다. 권여선 소설은 이렇게, 의식 저편에 녹아 있던 과거의 인상들과 여기저기 흩뿌려져 있던 과거의 경험들을 하나로 그러모아 궁극적인 자기 탐구의 길로 이어놓는 것이다.

6

'성격과 운명'이라는 이름 아래 읽어온 소설들이 있다. 이런 레테르를 좋아하지 않지만, 「그대 안의 불우」 「K가의 사람들」 「당신은 손에 잡힐 듯」 등에서 공통적인 배경을 간추릴 수 없는 것은 아니기에 그렇다. 물론 그 기원에는 가족이 있고, 부모가 있다. 아버지의 부재라 할 만한 사태가 발생하고 그로 인해 어머니에게 어떤 결여가 빚어진다. 딸들과 아들들의 성격은 그 그늘 속에서 싹튼다. 방어하거나 반발하려는 작은 몸짓조차 결국 그 그늘의 일부로 판명되니, 원망과 연민이 없을 수 없겠다. 하지만 원망과 연민이 소설의 핵심은 아닌 것 같다. 세 편의 소설에서 작가는 나의 삶이 어떤 관계들로부터 발아했으며, 또 그것에 어떻게 붙들려 있는지, 그래서 역설적으로 가장 가깝다고 해야 할 관계들로부터 얼마나 전속력을 다해 멀어져야 했는지를 돌아본다.

　'실연과 기억'이라는 이름 아래 읽어온 소설들이 있다. 이런 레테르를 좋아하지 않지만, 「빈 찻잔 놓기」「사랑을 믿다」「내 정원의 붉은 열매」 등에서 공통적인 배경을 간추릴 수 없는 것은 아니기에 그렇다. 소설의 표현을 따오자면 이 소설들은 "뭣도 모르고 살아온 모양"(「사랑을 믿다」)에 대한 반성적 탐구이되, 그 탐구의 중심에는 실연의 경험이 가로놓여 있다. 과연 이들은 누군가의 제스처를 오인했거나 그것에 무지했으니, 이들이 자신을 향해 뻗은 손을 희미하게 그려본다 해도 이미 늦은 후이다. 회상의 작업이 실연의 진실과 얽혀 있으므로, 낭만적 회한이 없을 수 없겠다. 하지만 낭만적 회한이 소설의 핵심은 아닌 것 같다. 세 편의 소설에서 시간의 플롯은 과거와 현재를 성찰적으로 연결시키기 위해 존재하거니와, 작가는 그러한 성찰을 통해 과거의 기억을 다시 살며 현재의 나를 돌아본다.

　그러므로 이제 함께 묶어 읽자. 과거를 돌아보는 소설들인가. 그렇다. 그 과거는 현재의 원천이 되는 과거이자, 사후적으로 발견되는 과거이다. 그래서 이 소설들은 현재의 자신을 만들어가는 소설이기도 하다. 한 이론가는 이러한 회상의 형식을 일러 '지금 나의 원인이 되는 과거들을 조직하는 이야기'라고 했으니, 모든 서사에 그러한 요소가 얼마간은 있다는 뜻이다. 그러나 과거와 현재를 통합하는 지난한 우회 끝에, 진술할 만한 가치가 있는 삶의 진실을 우리 앞에 내어놓는 소설은 흔치 않다. 권여선 소설에서 화자가 체득한 이치는 반성적 판단을 경유한 끝에 우리 앞에 제시된다. 그 반성적 판단, 다시 말해 자신을 옭아매었던 것들과 대면하고자 하는 시도는, 우리의 편견에 기대면 처절한 것이다. 그러나 그 처절함을 바깥에서 제어하고자 하는 작가 특유의 사색과 동찰이, 이 이야기들을 소설 속 주인공에 국한된 체험이 아니라 너와 내가 공유할 수 있는 체험이 되게끔 이끌어간다. 지금 읽고 있는 소설이 어쩐지 바로 내 이야기를 하고 있는 듯한 느낌, 그것은 모든 소설의 본성이 아니라 좋은 소설에만 가능한 자질이다.

머리맡에 아껴두고 생각날 때마다 꺼내어 읽고 싶은 문장들로 가득한 책을 읽었다. 그것이 아름다워서가 아니다. 이런 말이 허락된다면, 인생의 진실이 스며 있기 때문이다. 삶의 진실들은 경향에 무관하고 흐름에 구속받지 않는다. 소설이 한 철 지나고 새로 사는 옷과 같이 여겨지는 시절에, 천천히 젖어들게 하는 이야기들을 읽었다. 돌아보면, 사리를 분별할 줄 알게 된 이가 쓸 수 있는 소설에 늘 탄복했던 것만은 아니었다. 하지만 삶의 어두움에 가까이 다가간 이가, 자신의 아픈 자리들을 담담하게 돌아보는 소설들 앞에선 늘 할 말을 잃었었다. 그 여운이 무엇으로부터 오는지 이제는 알 것만 같다.

| 수록작품 발표지면 |

빈 찻잔 놓기 …… 『서울, 어느 날 소설이 되다』, 강, 2009

사랑을 믿다 …… 『한국문학』, 2007년 여름

내 정원의 붉은 열매 …… 『소진의 기억』, 문학동네, 2007

당신은 손에 잡힐 듯 …… 『문학사상』, 2007년 11월

K가의 사람들 …… 『문학동네』, 2008년 여름

웬 아이가 보았네 …… 『문학과사회』, 2009년 가을

그대 안의 불우 …… 『현대문학』, 2008년 3월

문학동네 소설집
내 정원의 붉은 열매
ⓒ권여선 2010

1판 1쇄 │ 2010년 9월 1일
1판 8쇄 │ 2024년 4월 25일

지은이 권여선
책임편집 박지영 │ 편집 이경록 조연주
디자인 송윤형 유현아 │ 저작권 박지영 형소진 최은진 서연주 오서영
마케팅 정민호 서지화 한민아 이민경 안남영 왕지경 성경주 김수인 김혜원 김하연 김예진
브랜딩 함유지 함근아 고보미 박민재 김희숙 박다솔 조다현 정승민 배진성
제작 강신은 김동욱 이순호 │ 제작처 더블비(인쇄) 천광제책사(제본)

펴낸곳 (주)문학동네 │ 펴낸이 김소영
출판등록 1993년 10월 22일 제2003-000045호
주소 10881 경기도 파주시 회동길 210
전자우편 editor@munhak.com │ 대표전화 031)955-8888 │ 팩스 031)955-8855
문의전화 031)955-2696(마케팅) 031)955-8864(편집)
문학동네카페 http://cafe.naver.com/mhdn
인스타그램 @munhakdongne │ 트위터 @munhakdongne
북클럽문학동네 http://bookclubmunhak.com

ISBN 978-89-546-1273-9 03810

www.munhak.com